十二星座女孩
励志言情小说系列

我的青春，愿以你为名

我是金牛座女孩

梨十一 著

I AM

A

TAURUS GIRL

Name My Youth Your Love

北京联合出版公司
Beijing United Publishing Co.,Ltd.

目录 /
contents

I AM A TAURUS GIRL

导　语

金牛座和双鱼座配对指数有多高？金牛座和天蝎座配对指数又有多高？一个二十四岁的女生和一个三十九岁的男人能否修成正果，还是那段青葱岁月里的爱情才是她的归宿？

我想你肯定有过那样的青春——美好而单纯的少年在阳光下微笑，你在经历了生离死别的惨痛后迅速成长。那些时光让人爱得欲罢不能，让人痛得死去活来，让人恨得咬牙切齿。可是许多年后，你应该还是会去怀念。

不知道别人会不会怀念，反正沈寻会。沈寻十六岁那年遇到了黎昕和何佳，十八岁时失去他们，二十四岁时遇见徐瑞天，而后又失去了他。人生总在不断得到、失去，失而复得、再失去中，如此重复。她总是在无数个夜晚想起黎昕与那盆茉莉花，也总是想起何佳脸上那种深深的绝望。而最终纠缠着她的噩梦却是徐瑞天大口大口在厕所里呕血。那个满天星光的夜晚，那场绚烂的极光盛宴中，沈寻终于寻到了最终的温暖，可是岁月已经太晚。

这是一场惨烈的青春，带着温暖的伤口，带着美丽的遗憾，一直开往人生的终点站。如果非要给这段时光命名的话，沈寻希望，以某个人的名字。

那个人就在心底，沉寂。

第一章　初　恋

吊扇嘎吱嘎吱作响，也挡不住门外炎热的空气往门里面钻。婉转悠扬的乐声从音响里飘出，像是在安抚这燥热的夏天。

沈寻手里拿着抹布，正在一遍一遍地擦拭她面前盆栽的叶子。

那是一盆茉莉花。翠绿而繁茂的叶子被擦得发亮。碧叶间，冒出了几朵洁白的花。风一吹，清香扑鼻。

沈寻擦完叶子，摸了摸花朵，嘴角带着笑。那动作轻柔得像是抚摩孩子一般。她将花盆摆在一个显眼的位置，然后开始用小铲子小心翼翼地松土。松土是大工程。土要一点儿一点儿地松，不然会弄断根，所以沈寻松完土已经浑身是汗。

正在这个时候，门被推开，从门外走进来一个人。

沈寻偏头，门外的阳光倾斜着照进来，她半眯着眼睛客气地喊了一声"欢迎光临"。那个人逆着光踏进来时，沈寻感到一阵恍惚。

走进来的是一名男子，他穿着一身黑色的西装。

沈寻看人一向先看衣服。她注意到那身西装用的是上等面料，做工精致，连纽扣都做得很精美，一看就价格不菲。

沈寻的目光渐渐移到男子的脸上。

男子大概三十多岁，身材修长。他的脸轮廓硬朗，眉峰太过锋利，尤其是那双眼睛，经过岁月锤炼，沉淀出一种特有的成熟锐利。

沈寻觉得这个人百分之百是天蝎座。她平时喜欢研究星座，所以喜欢用星座来评判人。天蝎座的男人感觉敏锐，成熟，深谋远虑，城府深，很难深交。眼前的人给她的第一感觉就是这样。她将男子引入座，然后去冲了一杯咖啡，放在男子的面前，并微笑着说道："你好，请问有需要帮忙的吗？"

男子递给沈寻一张名片。

沈寻接过来一看，顿时愣住了，名片上印着"徐瑞天"三个大字。其实沈寻一向不关注什么著名人物，只是徐瑞天的名字在蓝山市几乎是家喻户晓。徐瑞天是华富集团的老总，身价上亿，因为经常做慈善事业而屡被报道。蓝山市好几个重点中学都设有"徐瑞天助学金"，其中包括以前沈寻读的那个高中。他不是企业家中最有钱的，但绝对算得上是其中长得最好看的。

"我想定制一套婚纱。"

沈寻发现徐瑞天有个习惯。他说话的时候喜欢用手摩挲杯子，眼神带着探究。

"婚纱？"沈寻惊讶地反问。

在沈寻的意识中，徐瑞天是结过婚的。虽然沈寻不爱关注八卦，可是电视新闻铺天盖地的都是徐瑞天和他的妻子如何恩爱的消息，沈寻也略有耳闻。

大概徐瑞天也看出了她的惊讶，所以问道："怎么？你们店做不出来吗？"

沈寻两颊微红道："不是不是。"

"我想为家母李月芳定制一套婚纱。"

李月芳是店里的常客，也是高级VIP。这位李奶奶已经六十岁了，可还是非常讲究穿着。大概她生下来就是富贵人家的小姐，所以对着装要求格外高，每次来店里都是高贵而美丽的，看起来并不像六十岁的人。

"请问有什么具体的要求吗？"

徐瑞天轻微皱着眉头道："我带你去见她。"接着徐瑞天站起来，喝了一口咖啡，语气随意地说道，"咖啡还行。"

沈寻随即关了门，在门把上挂了一只小熊、一支笔、一个本子。那只小熊是用碎布料缝制的，看上去比较特别。小熊穿着白裙子，裙子上写着"主人外出，有事留言"几个字。

这家工作室是做高级服装定制的，名字叫"初恋"，老板叫郑青秋，是个美丽精致的女子，年龄大概有三十多岁，一直未婚，而且也是天蝎座。郑青秋在蓝山市也是比较有名气的人，曾经在国际服装设计大赛上拿过奖。她设计的每款衣服都很有灵气，而且每款都只有一件，由于是纯手工制作，所以一件衣服会花去不少时间，当然价格不菲。她不是什么客户都接，所以蓝山市的名媛们把能穿上"初恋"的衣服看作身份的象征。

店里只有郑青秋和沈寻两个人。沈寻通常是跟着郑青秋打打下手，她在一旁看郑青秋将一块普普通通的布料做成一件漂亮的衣服，像变魔术一样。

上了车，沈寻系上安全带，忽然觉得有些喘不过气。也不知道是不是天气太热的缘故，尽管车上开了空调，沈寻的手心却都是汗水。

徐瑞天看着前方，淡淡地问道："你在紧张什么？"

沈寻惊讶地转头，然后努力镇定道："我没紧张。"

徐瑞天也不戳破。

沈寻现在心里还乱七八糟的。她想着万一徐瑞天是骗子呢？很快她又觉得这个念头很可笑。一个身价上亿的人能骗一个普通老百姓什么呢？

沈寻觉得自己也没有美到能让人产生什么邪念的地步。

无数念头闪过之后，她嘴角带着淡淡的笑。

很快，她就笑不出来了。因为徐瑞天带她来到了市中区医院。

踏上楼梯的时候，沈寻有些惴惴不安。医院很冷清，地板、玻璃、器械都是冰冷的，医生、护士的脸是冷的，患者家属的眼泪是冷的。沈寻似乎感受到了各种病痛带来的痛苦，她忍不住搓了搓手。

徐瑞天带着沈寻来到病房。房门外坐着一个女孩，有十四岁左右。女孩穿着一身深蓝色的运动装，低垂着下巴，毛茸茸的头发蓬松微卷。沈寻见过这个女孩，她叫徐婉，是李月芳的孙女，经常带着李月芳去店里。

走进房门，沈寻看到一位老人躺在病床上。她的头发已经掉落得稀稀疏疏的，脸白得像一张纸，能看到淡紫色的毛细血管。她的唇也是惨白的，整个人如同稀薄的雾，仿佛风一吹，就散掉了。

看见沈寻，她嘴角勉强向上弯曲，艰难地微笑。

"沈小姐，不好意思，还麻烦你跑一趟。"

沈寻走上前去，替老人披了披被子，笑着说道："李奶奶，一点儿都不麻烦。听徐先生说，您想定做一套婚纱？"

李月芳有些羞赧地微微点头："我和我先生结婚时太仓促，没有穿婚纱。一晃几十年过去了，这成了我唯一的遗憾。如今我怕是时日无多了……"

"李奶奶，您可别这么想。您人那么好，好人一定有好报。"

"但愿……"

"李奶奶，请问您想要什么样的婚纱呢？"

李奶奶看了看旁边非常安静的徐瑞天，微笑着道："初恋。"

听到这两个字，沈寻的心像是被针刺了一下，疼痛尖锐地集中在一点后逐渐扩散蔓延。她的脑海里迅速地闪过一个名字。那名字如同流星，在天边划过一条线，最后沉寂而去。

沈寻呆呆地立了半天才说道："我先回去问问郑姐，等她设计好草图，过几天给您看。您一定要赶快好起来。"

李月芳点点头，接着说道："如果你有想要爱的人，一定要去爱一爱，因为你真的不知道下一秒钟自己是否还活着。"

沈寻微微一笑，同病房里的人告别后，逃也似的退了出来。原本她想快点儿离开，但是房门外那个小小的身影单薄得可怜。这让沈寻忍不住靠近。她安抚性地摸了摸徐婉的头发，轻声问道："你怎么不进去呢？"

徐婉皱着眉头，毫不留情地推开沈寻的手，不悦地说道："这和你有什么关系！你不要多管闲事！"

徐婉年纪不大，脾气倒不小，再配上蓬松的卷发，像是只参毛的小狮子。徐婉的这头自然卷显然隔代遗传自李月芳，她们两个长得很像。而她这个臭脾气八成是遗传自徐瑞天。

2

回工作室的路上，沈寻的脑子里一直盘旋着"初恋"这两个字，它们带着灼人的温度，烧得人浑身都是躁热的。

每个人的青春里都有那样一个人，如同天上的皎皎明月。那个时候，仅仅是幻想和那个人过完一生就很满足，哪怕从头到尾都不曾拥有过。他笑一笑，你的天空就放晴了。他眉头微微一皱，你的心就疼得不得了。他手里有根看不到的线，那线绑着你，让你成为一个木偶，傻傻地跟着他手舞足蹈。

沈寻的青春里，当然也有那样一个人——黎昕。

那时候，沈寻觉得单单这个名字都闪耀着光。

高中的时候，沈寻是班里的尖子生，也是班长，成绩好，经常考第一，人缘也好。同时她又很热心，所以老师和同学都很喜欢她。她一直都努力做到最好。尽管如此，沈寻并没有真正的朋友。她并不擅长同别人交心，更不会去迎合别人，所以能聊得来的人寥寥无几。

如果一个班里有个最优秀的女生，那一定也有与之匹配的一个最优秀的男生。在沈寻班里，这个男生便是黎昕。

开学的第一天，黎昕在班上的人气便旺旺的。据八卦协会会长兼室友以及唯一好友何佳透露，黎昕温柔善良，家境不错，能弹一手好钢琴，就算是穿着灰扑扑的校服，也掩盖不了他灼目的光芒。

其实沈寻不是特别花痴的人，所以一开始何佳说这些的时候她根本没放在心上，一心只管学习。但是因缘巧合，黎昕突然闯入了她的视线。

那是某天下午放学后，有个同学拜托沈寻帮忙值日，沈寻就没有急着走。她在打扫教室的时候，看见黎昕提着一个袋子，慢吞吞地走到教室的小阳台。原本沈寻也没放在心上，可是直到小阳台传来窸窸窣窣的声音，她这才有了好奇心。

当沈寻走到小阳台的时候，发现黎昕在摆弄一盆快枯死的茉莉花。

这株茉莉沈寻早就看到了，也不知道在阳台上放了多久，花盆里全是杂七杂八的垃圾，茉莉光秃秃的枝干残缺下垂。

黎昕先将花盆里的垃圾一点儿一点儿清理掉，然后剪掉已经断了的枝干，把紧实的土松开，上面撒一层肥料，最后浇上水。他弄完一切，将花盆抱起来，放在阳光最盛的地方，微微一笑。

那盆茉莉就像是他的孩子一样。

沈寻从来没见过这样的男生。要怎么形容呢？她无法解释从内心升腾起的那种淡淡的酸涩。

那一刻沈寻在想，若是有一天，也有男生像黎昕对待茉莉花一般对待她，她也就没有遗憾了。

原本沈寻有个不富裕但是很幸福的家庭。沈寻的爸爸没什么文化，只是一名小小的水泥工。沈寻的妈妈则做着一份比较轻松悠闲的工作，她空闲的时候喜欢打牌，全家的重担都落在爸爸身上。

初一那年，沈寻萌发了想当钢琴家的梦想，她想学弹钢琴。对于这件事情，她爸爸是支持的，只是她妈妈林容表示强烈反对，嘴里嚷着"吃都吃不饱了，还学什么钢琴"。

她爸爸觉得女孩子就应该学会一样乐器，修身养性。那个时候一架钢琴要一万多，对沈寻家来说，一万多的开支算是巨款，她妈妈死活不同意拿钱出来。

她爸爸说没关系，他能挣钱。

酷暑的时候，她爸爸顶着高温在工地的高层建筑上工作，因为过度劳累，有一天忘记系保险绳，结果中暑摔下高架而亡。

沈寻一点儿都不喜欢十五岁的夏天，少女时期的钢琴梦也成了噩梦。后来沈寻一直在想，若是当时自己不说想去学钢琴，是不是一切都会不一样，是不是他们一家三口还幸福地生活在一起。

沈寻爸爸死后有一笔赔偿金，一直被沈寻的妈妈林容攥着。从那时候起，沈寻不但失去了父爱，连母爱也变得稀薄。在葬礼上，沈寻永远记得她的母亲面带痛苦地说道："沈寻，你让这个家散了……"

那一刻，沈寻的心被碾轧了一遍又一遍，所有的疼都喊不出来。

林容开始经常夜不归宿，沈寻经常到麻将馆去找她。后来林容迷上了老虎机，把赔偿金输得干干净净。

沈寻忘不了初三的那个晚上。她刚刚回家，便看到妈妈蹲在地上，一双眼睛又红又肿，口中喃喃道："这人生太凉了……"

自从父亲死后，沈寻很少看到林容哭。林容的脸上常常挂着空洞冰冷的笑，连家里的空气都是冷的。

沈寻觉得，这个世界其实根本没有任何温度。

而遇见黎昕的那一刻，她终于触碰到了想要的温热。

沈寻以为，照顾茉莉花有可能是黎昕一时兴起。可是黎昕每天都会给茉莉花浇水，下课的时候还站在阳台，叮嘱路过的同学不要碰倒了花盆。

沈寻每天都会假装去阳台的水龙头处洗手，其实真实目的是去看那株茉莉花究竟有没有活过来。

直到有一天，原本光秃秃的枝干上冒出一点点绿色，沈寻的心像是被划开了一道豁口，那种温热不断往里面灌去。

她站在黎昕的旁边，笑着说道："茉莉花活了。"

黎昕也微笑着附和道："是啊，它终于活了。"

沈寻偏头，道："我叫沈寻，我知道你叫黎昕。"

"我知道你叫沈寻，我也知道你知道我叫黎昕。"

黎昕说的话听起来更像绕口令，沈寻忍不住哈哈大笑。余光中，她看见黎昕脸上浅浅的梨涡。

说实话，她也记不清自己究竟有多久没有这样笑过了。每天生活在自责与埋怨中，她快看不到未来了。

自从茉莉花活了以后，沈寻每天都要和黎昕在小阳台站一会儿，聊些无关痛痒的东西。聊年纪，聊生日，聊星座。

沈寻是金牛座。黎昕笑呵呵地说金牛座的女生聪明能干，温柔，做事情有条理，能够活得出彩。

沈寻脸红，也不知道黎昕是在夸金牛座，还是在夸她。

之前沈寻对星座一点儿都不感冒，黎昕提了一句，她便偷偷去翻星座书。

黎昕是双鱼座，星座书上说，金牛和双鱼不算绝配，但也算很相配。

看到这里，沈寻偷偷地笑了，仿佛看到了未来一般。可是当沈寻看到金牛座传说的时候，她沉默了很久很久。

宙斯爱上了美丽的公主欧罗巴，于是化身为公牛，开始接触欧罗巴，后来和她生下了三个孩子。为了纪念这些，宙斯将公牛的形象升到天幕，那便是金牛座。可是赫拉才是宙斯的原配。沈寻一点儿都不喜欢这个故事，因为从某种程度上来说，欧罗巴是个小三。

小三……如此尖锐的字眼儿，让沈寻如芒在背。

沈寻初中毕业时，家里的钱已经被林容挥霍得差不多了。林容白天出去，夜里很晚才回来，夜不归宿也是常有的事情，连续消失两三天也有过。一开始沈寻还非常着急，到处去找林容，甚至想过要报警。直到某天，沈寻看见林容和一个男的抱在一起，她整个人都呆掉了。

那个男人沈寻也认识，是爸爸的同事。而且这个男人也有妻子。

沈寻气得发抖。

林容回来的时候，沈寻怒气冲冲质问道："你为什么和那个有妇之夫抱在一起！"

没想到林容不客气地回答道："大人的事情你少管！"

"妈！"

"你别管！"

沈寻不知道要用什么理由去说服她。世界上没有不透风的墙。

那个男人的妻子找上门来，疯狂地砸东西，林容和那个女的大打出手。这么一闹，街坊邻居都知道林容给别人当情人了。每天放学、上学的时候，他们只要看到沈寻经过，都会指指点点，时不时地传出"这就是那个小三的女儿"之类的话。

每次想着这些，沈寻心里都憋了一团酸涩，日积月累，没法散开。她像是抱着一块大石头，越来越沉，越来越重，她被拖慢了步伐，双手血肉模糊，却仍然不撒开。

沈寻努力变得优秀，企图让那些优秀的光芒驱散这样无尽的黑暗。

可是，有什么用呢？

林容不在乎，沈寻也很难去改变这样的想法。为了挣生活费，沈寻开始打零工，批发些小饰品卖，或者发发宣传单什么的。

沈寻变得很忙碌，白天上学，晚上打工。虽然很累，但是她能够站直了身体，挺直了脊梁。

林容对这些漠不关心，有时候甚至还向沈寻要钱。

沈寻坚信着，林容总有一天会改的。可是等了好久好久，林容也没有任何改变。

沈寻唯一开心的事情就是她和黎昕的关系在逐渐变好。

中午的时候，有同学在小阳台互相洒水嬉戏，不小心把花盆碰倒了，花盆碎了一地。当时黎昕急忙从座位上跳起来去查看情况。

茉莉花刚长出来的枝丫又断了两根。黎昕微微皱着眉头，似乎有些不知所措。沈寻的心跟着纠在一块。她立即以五十米冲刺的速度跑回宿舍，拿了一个盆后再冲回教室，然后喘着粗气，走到阳台蹲下来，把花盆的碎片清理掉，再把泥土捧进盆里，把花重新栽上。

黎昕先是一愣，然后跟着沈寻一起不嫌脏地捧泥土。

两个人合力弄好一切以后，黎昕笑着说了声"谢谢"。

沈寻一边洗手一边笑着摇头说："不用谢。"

这事情的整个经过和画面被沈寻保存了许久许久。那天她发现黎昕的手很好看，指骨又长又直，连捧着泥土都像捧着宝贝一样。那天她还发现黎昕的眼睛又黑又亮，干净得不染纤尘一样。

为什么这个男生就这么好看呢？

整个过程，沈寻的脸带着绯红。大概是因为跑步的关系，没人发现那样的绯红其实是羞涩。

在后来漫长的岁月中，那样美好的羞涩感一直在沈寻心中，像块瑰丽的宝玉，无论被岁月如何冲洗，都是那么熠熠生辉。

　　自此以后，沈寻和黎昕的关系更进一步，上课的时候眼神会莫名其妙地撞在一起。每当这个时候，黎昕总是淡淡一笑。有什么难题，黎昕会和沈寻讨论，两个人像认识多年的好友一般，有很多共同之处。

　　班里甚至传言他们两个人在谈恋爱。被人打趣的时候，沈寻总是微红着脸解释说两个人只是好朋友。

　　而且，沈寻发现，黎昕钢琴弹得真的很好听。那是她不敢去碰触的噩梦，却被黎昕轻易化解了。大概是神创造世界的时候，给那个人遗留了一缕光，于是在茫茫人群中，他跟任何人都不一样。

　　或许在青涩的年纪注定会有一个让人浮想联翩的白马王子，他一定会穿着一尘不染的白衬衣，坐在落地窗前，优雅地弹着钢琴。阳光恰好洒在他修长好看的手指上。

　　那天放学，沈寻帮同学值日后，经过琴房时，听到里面传来了悦耳的钢琴声。曲子娴熟流畅，没有任何的错节音符，也没有任何停顿。

　　沈寻站在窗户旁，踮脚张望，看见黎昕坐在钢琴旁，闭着双眼，一双手优雅地跳着舞蹈。黑白分明的琴键、修长的手指、温暖的光，让琴房顿时熠熠生辉。这个画面几乎是一瞬间就俘获了沈寻的心。她那颗心被死死拽住，整个人都不敢喘气，生怕一呼吸，那样美好的画面就毁了。

　　大约是沈寻的目光太过炽热，仿佛有感应一般，黎昕忽然睁开了眼睛，扭头看向窗外。

　　沈寻的眼神中带着慌乱与歉疚。原本，在这个时候，沈寻应该安静地走开，可是她并没有，反而忐忑不安地朝着琴房走去。大概是因为黎昕在，所以琴房有一种特殊的诱惑力。

　　沈寻刚刚走到琴房门口，钢琴声戛然而止，旋律还在空气中回荡。黎昕微笑着问道："你为什么还在这里？"

　　沈寻缓缓走进去，偏头看着钢琴，忍不住上去抚摩："你刚才弹的是什么曲子？"

"《水边的阿狄丽娜》。不过我没有在水边看到阿狄丽娜，倒是在窗户边看到了。"

沈寻听到这句话，脸上的温度"噌噌"地就上去了好几度。她为了掩饰羞涩，埋着头绕到了钢琴的另一侧，假装是在打量钢琴，其实心里已经乱成一团。

黎昕仿佛没看见一样，自顾自地说道："关于阿狄丽娜还有一个神话故事。"

"什么神话故事？"

"一位孤独的国王爱上了一尊美丽的雕塑，他向众神祈祷，希望爱的奇迹降临，让雕塑拥有生命。终于，他的真诚和执着感动了爱神，爱神赐予了雕塑生命，于是这位国王和女子幸福地生活在一起了。"

"真是美好的故事。"

而这些美好的故事只是故事而已，当不得真。在爱情里，就算有了真诚和执着，也不一定有什么爱的奇迹。

每次想起这些，沈寻都觉得心在隐隐作痛。哪怕一切已经过去了很久很久，久到她可以去爱另一个人，久到沧海变成桑田，她依旧能够想起那些细枝末节。

回忆并没有因为时间的久远而消失，反而因为被描摹了无数遍而越来越清晰。

3

回到店里，郑青秋依旧未回来。沈寻点上了熏香，拿着设计婚纱的图册细细翻阅。那些婚纱美丽精致，连不想结婚的人看了之后都会想穿上试试。也并不是每一位客人都能定制婚纱，能享受定制服务的必须是"初恋"的VIP。做一件婚纱会花费整整一个月的时间。郑青秋对衣服的细节要求特别高，不允许有一点儿瑕疵。而且郑青秋的眼光也比较老辣，一个人站在她对面，她能精确报出对方的所有尺寸。

这也是沈寻最佩服郑青秋的地方。

天色渐暗，华灯初上。

沈寻翻了无数的素描本，也找不到丝毫灵感。这个时候，从门外走进来一位中年妇人。中年妇人微胖，个子不高，头发散乱成了鸡窝。她上身穿着廉价的花色衣服，下身穿着肥大的裤子，脚下踩着一双发旧的塑料拖鞋。她每走一步，就发出吧嗒的响声，格外刺耳。

沈寻站起来，放下素描本，问道："妈，你怎么来了？"

林容东张西望，答道："我不能来吗？你怕我给你丢人是吗？"

"我没有那个意思……"沈寻急忙解释。

林容走到沈寻面前，伸手，也不说话，直直地看着沈寻。

沈寻立刻明白了林容来的目的，她轻皱眉头："妈，我这个月还没发工资，而且我最近手头比较紧。"本来沈寻的工资就不高，再加上她刚交了一年的房租，已经没有多少积蓄了。她想存些钱，买台缝纫机，还有各种做衣服需要的布料零件，以便在家里练手。这也是一笔不小的开支。

林容拉长了脸，不乐意地讽刺道："怎么？你不认我这个妈了？"

其实不是沈寻不给钱。她是怕林容拿着钱去赌博。这两年林容除了越长越胖，脾气越来越坏，也越来越贪赌，好几次都是别人找到沈寻，让她这个女儿来还钱。金额也不大，都是一两千左右，可是多来几次，沈寻也承担不了。

沈寻恨透了母亲的嗜赌，似乎将美好的生活输得干干净净。

"妈，你以后别拿钱去赌博了，害人又害己。"

林容的脸色变了又变，提高了声音，情绪激动地喊道："你认为是我害了你吗？要不是你非要学钢琴，你爸会死吗？这个家会变成现在这样吗？"

林容的话难听刺耳，像针一样，毫不犹豫地扎进了沈寻的心脏。沈寻没办法辩驳。因为母亲说得很对，若不是她当初非要学钢琴，现在她家也不至于如此。那时候虽然家里不富裕，但是很幸福。

每天早晨，沈寻的父亲将饭做好，叫她起床。吃过早饭，父亲会骑着自行车，送她去上学。有时候父亲下班回来，会给她买好吃的。沈寻害怕听到雷声，若是遇上夜里打雷，都是父亲通宵守着她。

那默默的守护让沈寻觉得有安全感。那个时候，林容也像其他妈妈一样，为女儿织毛衣，女儿生病了，会悉心照顾。

可是那样幸福的日子如今只存在于记忆中了。

她实在不明白，为什么眼前的人会变成这个模样，里里外外都变了个样子。

岁月是把无情的刻刀，一刀一刀地雕刻着每个人，或美或丑，或善或恶。

沈寻低头缓缓背过身去，去翻包里的钱包。林容三两步走过来，抢过钱包，将里面最后的一千块钱拿在手里，皱着眉头说道："怎么才这点儿钱？"

沈寻不语。

林容拿了钱，脸上的怒气这才消散了一点儿。"好啦，你去忙吧，我不打扰你了。"她原本朝门口走了两步，想了想，又返回来朝着沈寻手里塞了四百块。

沈寻抿着唇，悲从中来。这个月才刚刚开始，她却要靠着这些钱坚持到发工资那天。她的脸上都是愁容。

林容走后，沈寻捏着空空的钱包，长长地叹了口气。

生活原本不应该是这个模样，可是却朝着另外一个方向不停延展，而尽头却是黑漆漆的一片。

沈寻觉得整个人被各种无奈和苦难束缚着，她试着尝试，努力想要去改变，却没有任何进展。

这个时候，门口响起一阵"嗒嗒"的声音。沈寻抬头，望向门口，原来是郑青秋回来了。郑青秋踩着高跟鞋，优雅地走进来。她穿着一袭 V 领的红色长裙，衬得她皮肤更显白皙。裙子收身收得正好，将她曼妙的腰身也凸显出来。她的头发高高盘起，露出如玉的白颈。她的五官漂亮大气，一双眼睛秋水盈盈。眉目流转，自有一番风情。

"小寻，发生什么事情了？"

沈寻转过身，有些窘迫地回答："我刚刚看了一本小说，很感人。"

郑青秋也没有继续追问，而是转移话题说道："今天有什么生意吗？"

沈寻点头，答道："那位李奶奶希望您能设计一套婚纱，主题是初恋。"

郑青秋明显一愣，随即喃喃自语道："婚纱啊……"

"而且，她的时间可能不多了……"

"嗯，知道了。明天我把草图赶出来给你，你再拿去让她看看。今天你可以下班了。"

沈寻收拾好东西，又看了看茉莉花，这才与郑青秋告别，慢慢走回家。她没有和林容一起住，而是在外面租了一个一室一厅的房子。房子离工作室不算很远，但是环境却差了很多。这房子是很久以前拆迁户集体修建的，时间比较长，住户中做什么工作的都有。

沈寻琢磨着钱包里面的钱，最终买了一包榨菜回家。白饭配榨菜，在沈寻看来是不错的搭配，毕竟还有得吃。

沈寻租的房子比较小，狭窄的客厅里放了各种各样的布料，卧室里除了一张小小的床、一张破旧的书桌，堆的全是做衣服用的材料。

沈寻很在乎这些材料，所以收拾得很整齐，每种材料都用盒子装着，并细心贴上标签。

房子虽然不大，但好歹算是一个家，因为这些布料和材料，沈寻有了些许安慰。

沈寻早就习惯了这样的生活。或许只是因为抱着希望，所以觉得未来总会好起来的。

第二章 触 碰

沈寻第二天去上班的时候，发现郑青秋趴在桌子上，满桌是散落的各种笔，画架上放着一幅草稿，昨天要定制的婚纱已经有了雏形，看样子郑青秋熬了夜，沈寻看到她露出的侧脸憔悴不堪。

尽管沈寻动作已经很轻，郑青秋还是醒了。她揉搓着眼睛，疲倦地打了个哈欠，道："你今天就把草稿图送过去吧，如果有改的，你先记下来。我回家睡会儿。"

沈寻点头。

郑青秋走到门口，突然停住，回头说道："如果你有灵感了，也可以画一张。"

"我吗？"沈寻错愕地望向门口，有些不可置信。

郑青秋微微一笑，什么都没说，然后离开了。

沈寻看着那抹优雅美丽的背影，内心翻腾。这近一年的时间里，郑青秋虽然不特意地教沈寻怎么去设计衣服，但是她也从来不隐瞒什么，这是第一次她让沈寻尝试着设计衣服。

其实沈寻有一个素描本，如果有什么好的灵感，她会在素描本上寥寥画几笔，但大多数都是不完整的。她也曾尝试过把草图画完整，但是最后发现都毫无新意。

沈寻把工作室打扫了一遍，这才拿着设计稿去医院。

来到病房门外的时候，沈寻看见徐瑞天坐在床边削苹果。他的动作很轻、很慢，神情专注认真。更重要的是，他的手很好看，白，修长，指甲短而整齐，干干净净的。

沈寻忍不住多看了两眼，徐瑞天仿佛有所察觉一般，突然抬头。他的眼睛又黑又亮。沈寻心惊肉跳，像是一个偷糖果被抓住的孩子，微红着脸，将视线偏离一寸，然后强装镇定地拿出手中的设计图讪讪地说道："我来送设计图的。"

躺在病床上的李月芳缓慢转过头，虚弱地微笑道："沈小姐……"

沈寻走过去，将设计图展开，同样微笑着说道："郑姐已经把设计图画好了，特意送来给您过目。您看看有什么需要改的地方吗？"

李月芳笑着缓缓伸手去摸设计图，干枯的拇指轻触在婚纱胸口的那朵玫瑰花上，嘴角带着笑意。"这一生，他也从来没有送过我玫瑰花。或许，他就是那朵玫瑰，长在心上，从来不曾枯萎。这婚纱我很喜欢，就照着这样做吧，不改了。"

沈寻点点头。

徐瑞天已经把苹果削好，用勺子一点儿一点儿刮成沙状，然后送到李月芳的嘴边。李月芳摇头，说道："你给沈小姐也削个苹果吧。"

沈寻急忙摇头："不用了，我这就回去了。"她可不敢让身家上亿的人为她削苹果。

"瑞天，替我送送沈小姐。"

沈寻原本想要拒绝，可是徐瑞天已经放下手中的苹果和刀，拿出消毒纸巾擦手，然后说道："沈小姐，走吧，我开车送你回去。"不容置疑的语气让人无法拒绝。

"徐先生，那麻烦你了。"沈寻埋着头，耳根有些烧。

或许是因为徐瑞天的身份，所以沈寻有些自卑，也有些拘谨。她笔直地坐在副驾驶座上，眼睛一直看着前方，也不说话，连余光都不曾偏向徐瑞天这一边。

徐瑞天伸手打开了音乐，放了一首歌，是张学友的《情书》，张学友用他独有的声线缓缓低唱着：爱不是几滴眼泪、几封情书。

听到这句歌词，沈寻的心似乎被一只贪婪的蚂蚁啃咬着，满是密密麻麻的痛。她把头扭向一边，看着窗外的风景发呆。

事实上，沈寻想起了黎昕，也想起了大学的时候，她忍不住给他写了一封信。那个时候，两个人已经没有任何来往。沈寻到处去向从来不曾有交集的人打听他的消息，一遍又一遍地去刷着人人网，去找关于他的只言片语。

也不知道是不是这封信承受的思念太过浓重，没有任何迹象表明黎昕收到过这封信，那封信像是人间蒸发了一样，毫无回音。

那封信的内容沈寻至今都记得，其实只有简单的几个字。可是这些字仿佛用尽了沈寻的力气。写完这几个字的时候，她把信紧紧捂在胸口，泪水淌了满脸。

思念并不是一件很幸福的事情。

爱情，更不是。

她正在胡思乱想的时候，旁边的徐瑞天淡淡开口问道："你吃早饭了吗？"

沈寻老老实实摇头："还没有。"

徐瑞天直接把车掉头，往另外的方向开去。"西城那边有家店的早餐不错。"

"不用麻烦的。"沈寻原本是想说没有吃早饭的习惯，想让徐瑞天直接把她送回工作室，可是又不好让徐瑞天再次掉头。

徐瑞天带着沈寻去的早餐店很高档，一块小小的蛋糕都是三位数以上，菜单上也没有传统的稀饭、油条。

沈寻看着菜单，也不知道点什么。而对面的徐瑞天已经报了好几种，最后问道："沈小姐有什么想吃的吗？"

沈寻摇头，说道："就这些吧，吃不完也是浪费。"

这顿早餐是沈寻吃过的最贵也最纠结的一顿，因为对面坐着的是徐瑞天。服务员大概也是认识徐瑞天的，所以看沈寻的眼神中不免多了一些探究或者鄙夷，毕竟徐瑞天是有妻子的。这样公然一起吃早餐，虽然看上去没什么，但也有一点儿暧昧。

想到"暧昧"这个词，沈寻的耳根开始发烫，嘴里再美味的东西也吃不出味道了。

反观徐瑞天，他一脸的气定神闲，品着早茶，面前的早点他也没动，大部分都是沈寻吃掉的。

沈寻吃掉自己盘中的蛋糕，抽了纸巾细细擦着嘴唇。

徐瑞天问道："你吃好了吗？"

沈寻点头，眼神落在剩下的两块蛋糕上。

徐瑞天起身结账。沈寻让服务员把剩下的蛋糕打包。走出门的时候，沈寻偏头看着旁边的人，鼓起勇气低声说道："我会把早饭的钱还给你的。"

徐瑞天偏过头来，沉稳的眼神中带着一闪而过的诧异。

"你只是喝了早茶，其他什么都没碰。"沈寻低着头，耳边的头发遮住了半张侧脸，发梢安静地躺在侧腰上，说不出的温婉。

徐瑞天忽然淡淡一笑，连说话的语气都染上三分笑意，"你不必在意。走吧，我送你回去。"

"不用再麻烦你了，我还是自己回去吧。"沈寻的脸上带着一丝坚定，身体绷得紧紧的，连眼神都带上了几分抗拒。

徐瑞天也没有过多勉强，转身去开车。

沈寻提着蛋糕，站在一棵翠绿的黄桷兰树下，淡绿色的长裙随风摇曳。她很瘦，仿佛一阵风就能把她吹走似的。树上月白的花瓣纷纷往下掉，满目芬芳。而沈寻依旧保持着拒绝的姿态。

回到工作室，沈寻做的第一件事情就是照顾茉莉花。盆里的第五朵茉莉花安静绽放，洁白的花瓣飘散着淡淡的香。

每次闻到茉莉花香，沈寻都会产生回到高中的错觉。

郑青秋补好眠，来到工作室，听到沈寻说客人没有任何意见，直接去了后面的裁衣间。沈寻也跟着去。

一般来说，设计草图出来以后就是制版，但是郑青秋是直接裁剪布料，省略掉制版这个重要过程。

郑青秋的眼睛就是尺子，她裁剪出来的布料一寸不多，一寸不少，做衣服也省去很多时间。她穿过一排排布料，用手一一摸上去，嘴角带着一种说不清道不明的笑。最后她挑选了淡粉色欧根纱和蕾丝。这两种布料都是从国外进口的。

看来郑青秋准备用蕾丝做上衣，用欧根纱做下面的大摆。她选好面料之后，回过头来说道："小寻，你去缝制点儿玫瑰花，作为下摆的点缀用。头纱你也来弄吧。"

这两个任务看似很简单，其实并不简单。点缀毁了，整件衣服也就毁了。沈寻心里有了盘算，也去选布料。

沈寻做了一朵稍大的艳红的玫瑰花，剩下的玫瑰花她选的是染着淡淡五彩颜色的布料。几朵凑在一起，颜色由浅色到最浅的颜色，晕染开来。

头纱自然也是粉色，用的是纱网。但是沈寻在上面缝上了几朵白色的花，让头纱瞬间有了活力。

仅仅只是做这些点缀，已经花费了沈寻不少时间。

郑青秋的所有精力也都花费在这件婚纱上。半个月后，婚纱终于完成，只是胸口那朵艳红色的玫瑰很显眼，而且跟婚纱的整体颜色不匹配。当初郑青秋看到这朵玫瑰花的时候并没有说什么。

沈寻看到成品的时候，嗫嚅着问道："郑姐，红色的玫瑰花好像太显眼了。"

郑青秋看着那朵玫瑰花，淡淡地说道："初恋是心上的玫瑰。红色是热烈，是纠缠，是义无反顾的勇气。它就是应该突兀地存在。换了颜色，反而没办法表达这些情绪。"

"万一客人不满意呢？"

"我懂她，她也懂我。"

沈寻听到这句话，突然明白为什么李月芳会成为这里的 VIP 了。一位服装设计师最需要的不是荣誉和赞美，而是顾客感同身受去理解设计师的用意。她也终于明白，为什么郑青秋会走到这个位置。

衣服完成了，郑青秋又回去补觉了。原本沈寻想亲自把衣服送上门的，但是想起那天吃早餐的情形。只得发了短信让徐瑞天来取衣服。写短信的时候，她字斟句酌，生怕言语间有什么不妥的地方。当然，沈寻不敢让徐瑞天本人过来，委婉地表达了让别人来的意思。

可是怎么也没想到，这个"别人"竟然是旧识。

那天沈寻正在擦茉莉花的叶子，门外进来一个二十多岁的女子，身材高挑，皮肤白皙。她穿着白色 A 字裙，踩着十厘米的高跟鞋，一头酒红色的长发散在背后。她的五官也非常精致，饱满的额头，鼻子挺拔立体，一双眼睛带着明媚的妖艳。

"你好，徐总让我来取衣服。"

沈寻抬头，看见来人，不由得一怔。来人也是表情微滞，随即带着讽刺，道："哟，小三的女儿，你怎么在这里？"

沈寻的脸如萧瑟秋风中的花，颤抖着迅速枯萎下去，唇色惨白，擦叶子的手轻微地颤抖，哆哆嗦嗦吐出三个字："陆挽霜……"

原本沈寻想要掩盖的过去，就这样被陆挽霜轻易地撕开，赤裸裸地暴露在阳光下，格外刺心。

陆挽霜是沈寻高中的学姐，典型的处女座，事事要求完美。她不但成绩好，吹拉弹唱更是无所不能，在学校是老师们的宠儿、男生们的女神，更是女生争着模仿的对象。所以，她喜欢的人是完美的黎昕。可能因为沈寻和黎昕走得比较近，所以陆挽霜处处针对她。若不是因为陆挽霜，沈寻和黎昕也不至于像现在这样毫无联系。

如今陆挽霜再度出现，沈寻的心惴惴不安，经历过以前的事情，当然更不可能让她把衣服带回去。

沈寻努力调整好情绪，放下抹布，略带歉意地说道："不好意思，衣服我会亲自送过去的。"

陆挽霜原本带着讽刺笑意的脸突然就变了颜色，她厉声质问道："沈寻，你什么意思！"

"我只有亲自送去，才知道有哪些地方需要修改。"原本的流程就应该是这个样子，只是沈寻一向对郑青秋比较有信心，所以一开始并没有打算亲自送过去。

陆挽霜哼了一声，也没有多说什么。

两个人一前一后到了医院。

病床上，李月芳似乎更加虚弱了。病床一旁坐着徐瑞天。他面前的文件堆成了一座座的小山。他眼眶深陷，大概是熬夜的原因，眼睛通红，眼袋非常厚重，整个人看上去多了几分憔悴。

沈寻抱着婚纱轻手轻脚地走进去，低声道："徐先生，我把衣服送过来了。"

徐瑞天放下文件，走到床边，看着虚弱的老人，低声道："妈，衣服送过来了。"

那一刻，沈寻从徐瑞天脸上看到了从未有过的片刻柔情。不管一个人再怎么强大，总有一个最软弱的地方触动着心怀。

李月芳艰难地睁开眼睛，眸中带着稀薄的光，像是快要被风吹灭的烛光，摇曳不定。她微微张开唇，却未吐出任何音节，只能用干枯的手指了指婚纱。

沈寻见状，急忙抖开了婚纱，展开放在李月芳的面前，微笑着说道："李奶奶，您满意吗？"

李月芳轻轻点头，指指婚纱，又指指沈寻。

沈寻不明所以。

徐瑞天看了一眼沈寻，道："你去穿上婚纱让她看看。"

"我？"沈寻惊讶无比。她的第一反应是拒绝，毕竟穿婚纱这种事情是神圣的，是人生中最有意义的，不能随随便便。可是沈寻看到徐瑞天没得商量的表情，只好颔首。

徐瑞天给沈寻单独找了一个房间，并且叫来了护士帮着沈寻穿婚纱，除了胸有点儿紧以外，其他都还好。

经过一番折腾以后，沈寻终于穿好了婚纱。一旁的护士惊叫道："天哪，这婚纱好美啊！要不然我帮你盘个简单的头发吧，很快的，这样看上去会更加漂亮的。"

沈寻还没拒绝，护士已经开始麻利地盘头发，她一边弄头发一边说道："我经常给我女儿盘头发，所以你放心吧。"

沈寻微红着脸说谢谢。一切摆弄完以后，她从玻璃窗倒映的人影中看到婚纱真的很美，虽然看不清人的模样，但还是有种惊艳的感觉。她小心翼翼地提着婚纱裙摆，忐忑不安地走进病房，耳根开始发红。

徐瑞天的目光一下就落在沈寻的身上，眼神深邃，嘴角勾起微微的弧度。他缓缓走到沈寻身边，凝神打量了半晌，低声开口道："很好。"

这两个字在沈寻耳边炸开，带着说不出的温柔与诱惑，也不知道是在说婚纱，还是在说人。

此时此刻，沈寻是美的。她穿着婚纱，站在窗前，光洒落了一地，反射到婚纱上，更显得神圣。她的头发被高高盘起，露出纤长如玉的脖子，像是高贵的白天鹅，优雅美丽。耳边留的几缕头发落在她微红的脸颊上，带着别样的温婉。尤其是那朵艳红的玫瑰花，在光的照耀下，灿烂夺目，娇艳得让人难以移开眼睛。

这个时候，徐瑞天从怀里掏出一个锦盒，然后从锦盒里拿出一对耳钉，亲自给沈寻戴上。沈寻低着头，不敢看徐瑞天，更加不敢动。她只觉得徐瑞天温热的手触在自己的耳垂上，那个瞬间，她浑身仿佛有一阵电流穿过一般。

徐瑞天的气息萦绕在周围，带着男人独有的味道。沈寻从来没有跟任何人如此亲近过。"徐先生……"她低声不安地唤他。

"你别动，马上就好。"

整个过程只有几分钟，但是在沈寻这里，已经过去了几个世纪。她很紧张，手心里都是薄薄的汗水。

徐瑞天给沈寻戴好耳钉，站在面前，像是欣赏一幅佳作，眼中是不加掩饰的欣赏。

一旁的陆挽霜死死掐着掌心，任由心里的嫉妒泛滥成灾。

沈寻微红着脸，觉得不自在，想要取下耳钉。

徐瑞天制止道："别动。"

沈寻低声道："徐先生，这不太好……"

"这样很好。"

沈寻本能转身去看李月芳。床上的人向她招手。沈寻慢慢靠近，有些羞赧地问道："李奶奶，这婚纱您满意吗？"

李月芳似乎是在看婚纱，似乎又没有，她轻轻点头，眼中的光渐渐地，渐渐地熄灭，像油灯熬干了最后一滴油般。

床边的手悄无声息地垂落。

病房里响起"滴滴"的声音，一声比一声刺耳，一声比一声催得人心疼。

徐瑞天落寞地站在床边，手死死攥成拳头，青筋乍起，显得如此无能为力。他的身影在明亮的光中太过孤寂，沈寻的心不禁疼了一下，莫名地想要去抱抱他。当然，沈寻并没有这样做，而是红着眼睛悄然离去。

徐瑞天没有动，站成了一幅黑白色的画卷。

沈寻出去后，就坐在走廊的长板凳上，同样无声沉默。这个时候走廊上响起急促的脚步声。沈寻抬头，看见徐婉急匆匆跑过来，三两步跑到病房，没隔几秒钟，房间里爆发出一阵哭声。原本是压抑的呜咽，像小动物受伤一般，最后变成号啕大哭，揪着沈寻的心。

沈寻懂得什么叫死，也懂什么叫永远失去，所以她能理解徐婉为什么哭得那么伤心。可是世间最无情、最无能为力的就是生老病死，它们来了便来了，走了便走了，什么也带不来，什么也带不走。

李月芳葬礼那天，天上下起了瓢泼大雨，整个城市笼罩在雨帘中。沈寻和郑青秋一起去参加葬礼。沈寻献上了一束白花。

徐瑞天站在人群中，面无表情。徐婉瘦小的身子在徐瑞天身边更加显得弱小，她穿着黑色的裙子，在雨中瑟瑟发抖。她红肿的双眼显示出她曾经有一场怎样的伤心欲绝。沈寻脱下外套，向前走了几步，将外套披在徐婉的身上。徐婉本能地扭动着身体抗拒，沈寻紧紧抱住她，却被瘦瘦小小的身子硌得发疼。沈寻安慰道："你奶奶没有走，她只是走不动了，所以想停下来歇一歇，看着你继续往前勇敢地走下去。"

徐婉拧紧了眉头，满脸泪痕，呜咽着道："我知道什么是死，我知道，我都知道。”

“小婉。”不远处有清丽的声音突然响起。

“妈妈。”徐婉将沈寻的外套一把扯了下来，冒着大雨飞奔到那个女子的身边，一头扎进她的怀中。

沈寻捡起湿漉漉的外套，暗暗打量着徐瑞天的妻子。她穿着一身黑色的套装，踩着黑色的高跟鞋，头发高高绾起，发间插着一朵白色的花。她看上去非常沉稳，有种独特的味道。她的名字沈寻是知道的，顾卿。毕竟电视里经常播放她和徐瑞天是怎样恩爱的。

顾卿搂着徐婉，走到徐瑞天身边，与他并肩，一家人看上去非常和谐。徐婉左手拉着顾卿，右手的小指勾着徐瑞天，哭中带着一丝笑意。

看到这一幕，沈寻悄然离去。

回到家，已经是傍晚了，沈寻浑身都湿透了，鞋子里面都是水，踩着咯吱咯吱作响。沈寻脱下衣服，洗了个热水澡，泡了一杯咖啡，然后窝在床上慢慢喝，这才觉得有了丝丝暖意。

窗外依旧斜风骤雨，树叶哗啦啦地摇曳，掉落一地。

沈寻看着房屋最中间的婚纱发呆。没错，她把婚纱带了回来，打算干洗后再还给徐瑞天。那天她穿婚纱的时候，背心也出了一层薄薄的汗水。想到那天的一幕幕，沈寻忍不住红了耳根。

晚上她依旧是榨菜配白饭，兜里的钱，所剩无几。沈寻算着发工资的日子，看着那些材料，忽然心生一计。

虽然暂时不能做出衣服卖，但是她可以手工制作胸针卖，材料都是现成的。

一想到这些，沈寻从床上跳了起来，开始动手做起来。很久以前她也这么想过，只是一直都没有实施。一来，沈寻并不是特别会做生意；二来，她想把这些材料留着做衣服练手。如今已经是穷途末路，只好出此下策。

沈寻把婚纱和那对耳钉直接留在徐瑞天公司的前台，什么都没说，接下来的日子她过得非常充实，白天在店里帮忙，晚上在灯下制作胸针。等做好了足够多款式的胸针，她搬了一张小桌子和一个小凳子去不远的夜市上摆出来卖。

这个夜市是平民们的乐园，卖什么的都有，晚上的时候十分热闹，人流量也比较大。沈寻做的胸针款式别致，价格也便宜，不一会儿便吸引了众多的人挑选。当然，看的人多，买的人比较少，大部分都是年轻人。毕竟对于平民来说，需要胸针不是特别多，所以胸针对他们来说只能算可有可无。

沈寻并不介意卖多少，只要有了进账，她就非常满足了。毕竟，做出来的东西有人买就是有人认可。她更在意这一点。

原本沈寻以为摆摊会很顺利，没想到第一天晚上就出了问题。摆摊摆了大概一个小时的时候，三个人高马大、满脸横肉的人走到沈寻的摊子面前。摊前原本聚集的人一下子就散开了，同时不远处围了一群看热闹的人。

"喂，你交摊位费了吗？"为首的大概四十岁的样子，肚子像是怀了双胞胎似的。

沈寻心里"咯噔"一下，忐忑不安地站起来，摇摇头，讷讷地说道："大哥，对不起，我刚刚来，不知道这里的规矩。"她真的不知道要交什么摊位费。

"摊位费一年一万二。"大肚子伸出手讨要。

沈寻急忙解释道："大哥，我不会占用这里太久的，可能就一周，一周就好了。您能不能通融一下。"

"这里没有什么能交一周的，都是交一年。你在这里摆一周是交一年，摆一年还是交一年。我不管那么多，拿钱来！"

"大哥，我没有那么多钱……"沈寻急忙从兜兜里拿出刚刚赚来的钱，说道："这些是我刚刚卖的钱。"

"没钱？没钱你来摆什么摊子！"说话间，大肚子突然抬脚踢翻了桌子，胸针散落一地。桌子撞到了沈寻的膝盖，沈寻没站稳，摔倒在地，手肘重重撞在地上，撕心裂肺般疼。

沈寻倒抽了一口凉气，泪水在眼眶里打转。她想得太过天真，没想到夜市里有这样蛮不讲理的人。她艰难地爬起来，盯着眼前的人，有些六神无主。

周围都是看热闹的人，却没有人帮她说话。

"你今天不交这一万二就别想走人！你没有钱，让你的亲戚给你送钱来！别说我没给你机会！我要是给你通融，这里岂不是要乱套了！那我还怎么管这里了！别磨磨蹭蹭的！你赶快叫人！"

沈寻深吸一口气，摸出手机，翻开联系人列表，忽然不知道要打给谁。犹豫了半晌，最后她决定打给郑青秋，可是郑青秋刚刚接起电话便说道："我这里有急事要处理，等会儿打给你。"说完，她就挂了电话。

沈寻没了办法，来来回回翻看联系人，最后手停在徐瑞天那一栏，犹豫不决。

大肚子看着沈寻磨磨蹭蹭的模样，又吼了一句："你快点儿，我没那么多时间跟你耗！"

沈寻心一横，将电话拨了出去，电话只响了两声就被接起来。她略带胆怯地低声道："徐先生，您好，我是沈寻，不知道您有没有空……"

等待是很煎熬的事情。沈寻站在路边上，面对熙熙攘攘的人群，手肘依然刺痛。她有些恍惚。徐瑞天那句"你等我"着实让沈寻找不到方向。其实打这个电话她已经做好了徐瑞天不理会的准备。

她不过是芸芸众生的沙尘，而他却是天上的明珠。当徐瑞天轻微皱着眉头，穿过熙熙攘攘的人群来到面前时，沈寻仍旧疑心是幻觉。若不是理智提醒着，她很想去掐掐胳膊，看看眼前的人是否真实存在。徐瑞天长得很好看，岁月在他身上没有留下太明显的痕迹。一身昂贵的西装在人群里看上去格格不入，那种指点江山的傲气也随之凸显。

沈寻原本悬着的心重重落下，她苦笑着说道："我没想到你会真的来。"

徐瑞天皱着眉头，看了看沈寻，然后眼神扫了一周，最终落在大肚子男人身上。"这究竟怎么回事？"

他的眼神犀利，大肚子男人原本高涨的气势忽然就偃旗息鼓，变脸一般换上了谄媚的笑，"误会，一切都是误会。"大肚子男人使着眼色，另外两个人急忙去收拾那些胸针，并给沈寻道歉，"区区小事竟然劳烦徐总亲自前来，我实在是愧疚。不如由我做东，去天宫聚一聚，还请徐总赏光，也算是我叶某赔罪。"

"你又是谁？"

大肚子男人说道："我是叶军。我弟弟在贵公司营销部当主任。"

"哦？原来你是叶镇的哥哥。"

"今天的事情实在对不住。都怪我这不识人的眼睛。大水冲了龙王庙都还不自知。以后但凡徐总的人在这里摆摊，叶某一定好好相待。"

沈寻看到这一幕，悲从中来。虽然已经是二十一世纪了，提倡人人平等，可这个社会还是分三六九等的，更不缺那些趋炎附势的人。你有权有钱就能够去踩别人，你什么都没有就等着被别人踩。

徐瑞天冷哼了一声，道："我可以不计较今天发生的事情，但是你们必须给这位女士道歉。"

大肚子男人急忙点头哈腰地说着对不起。

徐瑞天一手提起沈寻面前的桌子，一手提起板凳，看了看沈寻，道："走吧，我送你回家。"

沈寻捧着那些胸针，看着走在前面的徐瑞天，心里软成一团。她几次欲张口说谢谢，却又被吞了回去。

走到夜市口，沈寻快步走上前去，与徐瑞天并肩而立，低声道："徐先生，今天谢谢你。你不用送我了，我家就住在附近。"

徐瑞天凝视着沈寻受伤的手肘，面无表情地说道："带路。"

沈寻心知拗不过，低着头，走在前面，背上如芒在刺。两个人七拐八拐地终于到了楼下。徐瑞天也并没有止步的意思，沈寻只好硬着头皮上楼。

这是一栋老楼，阳光常年照射不进来，所以楼道里带着一股发霉的气息，冲得鼻子发痒。楼道里是声控灯，可是不太灵敏，沈寻跺了好几次脚灯才亮了起来。灯光是橙灰色的。楼道两边堆着各种各样的杂物，沈寻窘迫地提醒徐瑞天小心脚下。这里是不该他来的地方。

打开门，走进屋子，沈寻放下那些胸针，习惯性地讲着别客气，叫徐瑞天去坐，可是家里被材料堆得实在没有地方。她不安地看着徐瑞天，低声道："不好意思，徐先生，您只有坐床了。这里没有多余的杯子，也不能给你倒一杯茶。今天真的非常谢谢您。"

徐瑞天站在屋子中间，环视了一周，抿着唇什么都没有说。整个房间充满一种压迫感。沈寻局促地站在一旁，也不知道如何是好。

"家里有消毒水和红药水吗？"

没料到徐瑞天会如此问，沈寻一怔，随即摇摇头。寻常人家没有那么多讲究，受点小伤自然会好。

徐瑞天什么都没说，直接出去了，过了一会儿，带着一大堆药回来了。

"你怎么又折回来了？"原本放松的沈寻又再度紧张起来，背都绷直了。

徐瑞天摇晃着手里的大堆药，道："过来，我帮你清理伤口。"笃定的语气沈寻同样无法拒绝。

手肘流血的地方已经结痂。徐瑞天熟练地帮沈寻清理伤口，喷上药水，然后裹上一层纱布。

这个时候，沈寻离徐瑞天很近，近到可以看到他深邃专注的瞳孔，也看得到他眼角的一丝丝皱纹。那些是时间的痕迹。眼也不眨地看着面前的人，沈寻忽然觉得很热，胸口像是要炸开一般。

徐瑞天低声道："你这个样子让我想起我女儿。她总淘气，身上到处都是伤，也是我给她包扎。"

说到女儿，他的言语间带着些许欣喜和宠溺，眼神也清亮许多。

沈寻不可遏止地想起她的父亲。年幼的时候，她也曾贪玩，也会将身上弄出伤痕。每次父亲总是心疼得不得了。那个时候，她被人视作珍宝，而现在，将她视为珍宝的人却已经不在。

"徐先生，今天真的非常谢谢你。"除去说谢谢，沈寻实在不知道该说些什么，毕竟眼前的人什么都不缺，现在她也没办法去回报什么。

"你一女孩子怎么去那么乱的闹市摆摊呢？"

沈寻无奈一笑，答："生活所迫。"

若有安稳的生活，谁会想着去折腾。这一切不过是为了活下去，为了活得更好，每个人都有每个人的生活方式。沈寻没有站在人类食物链的最顶端，她只是底层小小的蚂蚁，要通过勤奋生存下去。

或许在徐瑞天的世界里，他一句话就是几十万几百万。那是沈寻不敢想象的数字。两个人代表的是两个阶层，本应该毫无交集。但凡沈寻有一丁点儿办法，她绝对不会去打扰眼前这个人。

"我这里有份兼职，你做不做？"

沈寻抬头，眼里尽是疑惑。

"你每周六、周日下午四点来家里陪陪我女儿，每周四个小时，我会按小时给你计费，负责接送。"

沈寻紧紧抿着唇，手指抠着掌心，犹豫不决。的确，她是需要钱，但是不需要同情与怜悯。这么轻松的事情相当于白送钱。

徐瑞天仿佛看穿了她的想法，解释道："我并没有要同情你的意思。和我女儿聊天不是一件很容易的事情。自从她奶奶走后，她一直过得很封闭。如果没有外人的接触，她很可能会得自闭症。"

沈寻再三犹豫，还是应下。有时候，在饿肚子和尊严面前，她选择先填饱肚子。"我答应你，但是不要接送。这样我会不安。"原本徐瑞天帮她已经是情理之外。如果还要特权接送，她只会欠下更多的人情。她并不想和徐瑞天有什么纠缠不清的地方，他是有钱人，也是有妇之夫，两人是云泥之别。

徐瑞天没有勉强，叮嘱了沈寻一些日常的注意事项后便离开。待这位大人物走后，房间里的压迫感消失，沈寻才真正放松下来，浑身起了薄薄的汗。

可是由于今天经历的事情太多，又或许是因为伤口发疼，沈寻在床上翻来覆去睡不着。深夜，是潜伏太久的思念迫不及待想要冲出桎梏的好时候，黎昕的身影就这样直直地闯了进来，毫无预兆。

如果，今天黎昕在，那又会怎样呢？

第三章 故 事

徐婉的情况比沈寻想象中还要糟糕一点儿，徐瑞天一点儿都没有夸张的成分。沈寻按照约定的时间去赴约。徐瑞天的家是栋白色的小洋房，带着一个很大的露天花园，被打理得很好。而徐婉就坐在阳台上，抱着一本相册，痴痴地看着天。阳光斜照在她的脸上，更显得苍白无色。她似乎更瘦了，纤细的手臂让人心里莫名一疼。以前的徐婉并不是这个模样。

初次见到徐婉的时候，也是沈寻刚刚进工作室的时候。那个时候的徐婉穿着粉红色的运动服，站在李月芳旁边，头上扎着马尾，嘴角带着乖巧的笑。那双黑漆漆的眼睛看人滴溜溜地转，说不出的青春活力。二十出头的沈寻看见徐婉都忍不住感叹时光老去。第一眼，沈寻看走眼，以为徐婉是水瓶座或者天秤座，谁知道居然是个小狮子座，脾气火暴，一点就炸。

徐婉不生气的时候古灵精怪，经常问沈寻关于服装设计的古怪问题，沈寻好多都答不上来，徐婉就在旁边嬉笑。可是那样一个有灵气的女孩在那儿呆呆地坐着，不说话，面无表情，眼睛里是化不开的哀伤。

沈寻低低叹口气对身边的徐瑞天道："我想用我的方式。"说实话，她也想不出办法，也说不出什么宽慰的话，只能悄声走向前去，安静地坐在一旁。

渐渐入秋，风穿过两个人的身边，撩起她们的长发。周围很安静，听得见客厅里那口陈旧的摆钟"滴答滴答"的声音，听得见风里传来的哨声，连呼吸声也能听到。

这一坐，就是好几个星期。徐婉没说话，沈寻也没说话。

一场雨后，树叶落了一地。似乎真正进入了秋季，温度凉了下来，天空堆积了厚厚的云层，灰蒙蒙的。

沈寻和徐婉坐在阳台，不一会儿，天空下起了绵绵细雨。雨丝斜洒在脸上，带着凉意。

徐婉缓缓抬起头，看着天空，喃喃自语："又下雨了啊……"

"这样的下雨天，你有故事吗？"

徐婉转过头，嘴角带着几分讥讽："我有没有故事和你有什么关系？你想讨好我，当我爸的情人吗？"

沈寻轻笑出声，无奈地摊开手说道："这么快都被你看穿了。"

徐婉瞬间变了脸色，像头炸毛的小狮子气势汹汹地站起来，龇牙咧嘴地说道："我最烦你们这种贪图名利的人！你们心肠歹毒，破坏别人的家庭！"

"对呀，我就是来破坏你家庭的，你要怎么办呢？"沈寻继续好笑问道。

徐婉气鼓鼓地吼道："你滚！你不准出现在我家！"

听到动静的徐瑞天安静地站在客厅里。沈寻当然也看到了，嘴角带着笑，琢磨着刚才的话他有没有听到，引起麻烦就不好了。徐婉需要转移注意力，需要发泄，于是沈寻就给了她一个借口。现在徐婉在乎的也只有徐瑞天和她的妈妈。

沈寻没有过多跟徐婉争执，而是起身，走到徐瑞天身边，低声用徐婉听不到的声音快速解释道："我有我的方式，不会影响你的。"

"我知道。"

徐婉看到这一幕，从阳台急促跨过来，指着沈寻骂道："爸，她想勾引你，你不要上当！"

徐瑞天只是笑着，什么话都没说。徐婉气急了，抱着素描本扭头用力踏着地板跑回房间，轰的一声关上了房门，整个客厅都在抖动。

"我把她宠坏了。"

沈寻淡淡一笑，道："你是个好父亲。"

"谢谢你。只要她还能生气，还能有其他情绪，我也就放心了，只是委屈你。"

"谈不上什么委屈。花一般的年纪就应该被呵护。时间不早了，我回去了。"沈寻收拾着东西，准备走人。

徐瑞天站在面前，看着窗外，道："外面在下雨，我送你回去吧。"

沈寻抬头看着外面，又低着头，无可奈何道："那又要麻烦沈先生了。"

六点，正是车水马龙的时候，虽然是周末，两个人还是堵在高架桥上。前面是看不到头的车队长龙。不少司机烦躁地按着喇叭骂着脏话，夹杂着听不懂的方言。徐瑞天似乎有些热，卷起了衬衣的袖子，露出结实的小臂。

沈寻的眼神仿佛被烫伤一般，仅是一眼又迅速移开。两个人的空间太过狭窄，沈寻呼吸都紧了，只好没话找话："这些日子，我似乎没看到徐婉她妈妈……"

"嗯。"徐瑞天微微皱着眉头，也没有说更多。

沈寻没有多问，这个时候，前面的车终于动了，空气中尴尬的气氛才少了几分。车下了高架桥，却开往另一个方向。

"徐先生……"

"我们去吃饭。"

如果沈寻能预知命运，她肯定不会跟徐瑞天去吃那顿饭。徐瑞天带她去了一家很高级的店。沈寻忽然想起一句话：若她涉世未深，就带她看遍世间繁华。想到这里，沈寻忍不住暗暗自嘲。这些算不得所谓的人间繁华吧。

"你笑什么？"

沈寻的思绪飘到千里外，又被拉回来，"没有笑什么。"

服务员将菜一一端上来，摆了满满一桌，有些是沈寻没见过的。她有些不知道要怎么下手，内心挣扎又挣扎，终于拿起筷子，脸上的表情有些视死如归。

徐瑞天笑着道："沈小姐，这些菜没下毒，你可以放心吃。"

沈寻的耳根瞬间就发烫，脸也跟着红起来了。她只能埋头专注于碗里的食物。没过多久，高跟鞋踩地的刺耳声由远到近。沈寻还未抬头，便闻到一阵香气。

香奈儿的味道。郑青秋也常用这种香水。

"沈小姐，你好。"顾卿穿着天蓝色的长裙，手里端着一杯红酒，淡淡地笑着，明亮的耳环来回摇晃，晃花了沈寻的眼，别有风姿。

沈寻急忙咽下食物，站起来，尴尬地回应："你好。"

顾卿端着酒杯，一只手随意搭在徐瑞天背后的椅子上，微微低下头，道："下周六我爸过生日。"

"嗯，我知道了。"

顾卿笑了笑，扬起眉梢，喝了一口红酒，余光看着沈寻，带着几分挑衅，道："老公，你的口味还是没变。看到沈小姐，我忽然想起我们年轻时候的模样。"

这句话无疑狠狠扇了沈寻一巴掌，动作软绵绵的，却是无比狠辣。面前的人无疑是想示威罢了。

"顾卿，你适可而止。"徐瑞天面无表情地提醒旁边的人，手中的筷子也停下来。

可是沈寻丝毫不介意，毕竟她并没有打算去取代面前的人。"徐太太，你太自谦了。女人像酒，年纪越大越好，越沉越好，越品越有味道。"

顾卿的笑凝固在脸上，握着酒杯的手微微颤抖，很快又恢复镇定，笑着道："祝你们用餐愉快。"说完，她迈着优雅的步伐去了不远的另一桌。桌子的对面坐着一个衣着不俗的男子。不一会儿便传来男女愉快的笑声。

沈寻觉得非常奇怪。第一，她在徐瑞天的家中并没有看到顾卿，而且也没有女性生活用品。第二，今天顾卿一边挑衅，另一边却和别的男人谈笑风生，更奇怪的是徐瑞天却自顾自地吃饭，什么反应都没有。一切都太诡异了。

"你太太她……"

徐瑞天抬头，嘴角缓缓带笑："我以为你会沉默，想不到你会伸出爪子。"

沈寻也笑了，有些不好意思地解释道："我不欠她什么，所以没必要忍气吞声。"

"原来是我看走眼。"

"嗯？"

"上次在夜市，如果你能拿出强硬的态度，也不会被人欺负得那么惨。"

沈寻也很无奈，毕竟在夜市那次不是她占理。更何况那个时候被人要一万二，兜里一百二都没有。虽然说不能把钱看得很重，可是对于挣扎在底层的人来说，钱就是生存之本。

相对来说，这顿饭除去中间的插曲，气氛还是蛮好的。沈寻面对徐瑞天的时候也没那么紧张。快要吃完的时候，顾卿和那个男人已经起身准备离开了，刚好经过沈寻和徐瑞天的旁边。

顾卿微笑着直接对沈寻道："沈小姐，下周六我爸的生日宴会你一定要来。这场舞会有不少上流社会的青年才俊，凭着沈小姐的姿色说不定还能觅得良人，嫁入豪门。你可别辜负我的一片好心哟！"说完，她就走了，也不给人拒绝的机会。

沈寻看着徐瑞天，脸色白了又白。顾卿看似邀请的话语无不透露着讽刺。沈寻知道自己身份低微。如果参加所谓上流社会的舞会，就一定要去以色侍人吗？顾卿的邀请不过只为看笑话罢了。

徐瑞天宽慰道："你别与她计较。"

沈寻摇头，收拾着包包，拔腿就走，也不曾道别。她怕再待上一分钟，就会失态。

以后的一周，沈寻日子并不好过，除了发工资这件事让她稍微有点儿安慰以外，她比较愁要穿什么衣服去舞会，该送什么礼物。工作的时候，她心不在焉，好几次被针扎了手。微薄的工资要买件像样的礼物或者是礼服怎么也是不够的。

郑青秋也发觉了沈寻的不正常，当沈寻再一次被针扎的时候，终于忍不住问道："你怎么心不在焉的？"

沈寻犹豫了几秒钟，把事情的前因后果说给郑青秋听。郑青秋听了不由得好笑地说道："那边挂了那么多衣服，你随便挑一件就是。至于送礼，也顶多只能送个心意。顾家在蓝山市你也是知道的，顾老爷子什么稀奇的物件没见过？你随便送送就好，不用太在意。"

郑青秋追求的是极致完美，那些衣服只是瑕疵品，不会卖给客户。虽然都有瑕疵，不过都是很小的问题，有些是线结不对，或者是配饰不对，同样价格不菲，只要打上了"初恋"的标志，更是受人追捧。那些衣服太过昂贵，沈寻怕穿出去弄脏、弄坏。

郑青秋见沈寻犹犹豫豫的，笑着说道："那些衣服除非有人穿它，否则没有任何价值，所以，你不用担心。"

"郑姐，谢谢你……"沈寻心里十分感激，并不是独独这一件事情。从某种程度上来说，郑青秋算得上沈寻生命中第一个贵人。高中毕业后，沈寻去了服装设计专业排名靠前的江南大学，大学四年一边上学一边打工，每天忙得跟陀螺一般，最出格的事情便是给黎昕写信。每天早出晚归，所以沈寻同室友的关系很一般，毕业后没有再联系。有时候，她甚至觉得若不是选的这个专业，这个大学就白读了。

毕业后，沈寻回了蓝山市开始找工作，不过因为没有关系没有出色的能力，到处碰壁。后来，她暂时找了一份卖化妆品的工作。梦想搁浅是暂时的，她随身带着一个笔记本，空闲的时候就背着店长偷偷地胡乱涂鸦。

郑青秋是那家店的客户之一，对于化妆品特别挑。那天她来店里选化妆品的时候正遇上沈寻挨骂。

店里其他店员打了沈寻的小报告，店长一边骂沈寻，一边将沈寻的笔记本摔在地上，用力踩上两脚，里面画的零散的东西掉了一页。沈寻愣愣地看着笔记本，一声不吭。

店长骂的话她至今都记得，她说"梦想只能用来喂狗"。

沈寻很想反驳，很想说梦想是生命的一部分，但是她没办法说出口。郑青秋进店后，店长停止骂人，换上笑脸去招呼客人。沈寻捡起笔记本，心疼地拍了拍上面的脚印。

郑青秋选好商品，坐在凳子上等候店员包装。沈寻看她脚后跟磨破了皮，就递上了两块创可贴。

就是这两个小小的创可贴，改变了沈寻的命运。郑青秋微笑着拿了一张名片给她，从此人生轨迹开始改变。

或许，这就是人生际遇。每个人都有最糟糕的时候，但是不会一直糟糕下去，总会有幸运的时刻。

很快到了周六，沈寻从早上开始便惴惴不安，整夜都没睡好，早上起来眼睛下方已经有了厚厚的眼袋。镜子里那个人脸色憔悴不堪，不断打着哈欠。

沈寻的礼物并不贵重。她把布料裁成"寿比南山"字样，然后绣到另外的布上，最后裱起来。

离宴会开始还有一个小时的时候，沈寻刚收拾好。或许是由于很久都没有拾掇过，所以镜子里沈寻脸上的表情有些呆滞。

沈寻穿着一条白色抹胸收腰礼服，露出性感的锁骨，胸也裹得玲珑有致，纤腰仅仅能盈盈一握。裙摆后面有一条开衩，一直到大腿根部，从后面看，能看到笔直白皙的长腿，带着些诱惑。沈寻将头发全部盘起，发间扎了一朵手工做的红色玫瑰，十分妖艳。最后，她将唇色涂成了如玫瑰一般的颜色。整个人看上去高贵妩媚，眉目流转，含蓄中带着丝丝魅惑。

徐瑞天来接人的时候，看到的就是这样一个画面。他过来得很突然，沈寻也觉得尴尬。徐瑞天站在沈寻面前，打量着她，然后漫不经心地说道："若是你还戴那对耳钉，一定很美。你为什么要还回来呢？"

"无功不受禄。"那对耳钉价格不菲，在掌心太过烫人，无法让人安心。

两个人快到目的地的时候，沈寻要求先下车。她不想让人看到是和徐瑞天一起去的。徐瑞天也没有多说什么，将沈寻放在不远处，驾车而去。沈寻走在人群中，回头率百分之两百。若说不开心，那是假的，谁都有虚荣心。

顾宅很大，人也很多，当然也有不少美女，所以沈寻的打扮也不算太扎眼，但仍然有人上来搭讪。沈寻能不开口说话，就尽量不说话，来搭讪的人觉得无趣，也就转移了目标。

熙熙攘攘的人群中，有不少蓝山市的富人和政要，但是沈寻没有看到徐瑞天的影子。她先看到了徐婉。今天的徐婉穿着白色的纱裙，看上去像是一位小公主一般。徐婉也看到了沈寻，小小的脸瞬间就垮了下来。

沈寻觉得有些好笑，拿着手中的酒杯，朝徐婉摇晃了一下，算是打招呼。徐婉迅速别过头去，就当没看见一般。那模样让沈寻笑得非常开怀。

"你在笑什么呢？"徐瑞天的声音在耳边突然响起，沈寻被吓了一跳。

"你女儿很可爱。"沈寻如实回答。

"今天的人比较多，你要注意照顾好自己。"

"嗯，这点你不用担心。"徐瑞天叮嘱完这句话，便离开了。沈寻寻思着这口气很像是父亲在叮嘱女儿。

沈寻端着酒杯，在角落里安静地坐着，没过多久，主持人宣布宴会开始。顾老从楼梯上缓缓走下来，满脸红光，后面跟着顾卿和徐瑞天。今天顾卿同样是万种风情，亲昵地搂着徐瑞天的胳膊，另一只手为他整理领结。徐瑞天朝她淡淡一笑。这些互动在外人的眼中如此柔情蜜意。

顾卿也看到了沈寻。

沈寻望过去，只见顾卿凑到徐瑞天耳边说了些什么，唇似是有意又似是无意地擦过徐瑞天的耳朵。然后顾卿冲着沈寻挑衅一笑，仿佛在宣示所有权。

沈寻无奈。顾卿大概有被害妄想症，看哪个女人都像是在看情敌一般。

接下来是顾老致辞。

"感谢各位来参加顾某的生日宴会，若有招待不周的地方，还请见谅。今天大家吃好、喝好、玩好，就是对顾某最大的祝福。"

致辞完毕，顾老带着顾卿和徐瑞天到人群中去敬酒。

这个时候，陆挽霜也来了。今天她打扮得格外妖娆，裙子是深V，一直开衩到肚脐下面裙摆开衩到胯部，每走一步，都给人要走光的错觉。她走进来的一瞬间，吸引了无数人的目光，尤其是男子。陆挽霜端着高脚杯，在这些男子中间调笑，游刃有余。

沈寻原本只是安静坐着品酒，陆挽霜一步一步走过来，笑得有几分诡异。

"小三的女儿，你好。"她的声音不高不低，周围的人恰好听得到，却又不会引起太大的骚动。

沈寻脸上的血色消失得干干净净，脸色惨白，拿着酒杯的手都在轻轻地颤抖。整个人如风中的残叶，破碎衰败。"你又何必揪着这件事情不放？"

"今天你穿得这么漂亮是要去勾引谁呢？是想去勾引徐总吗？"陆挽霜继续笑着，可是脸上的笑已经变了形，带着几分狠戾。

沈寻不断深呼吸，努力控制着情绪："你别乱说话。"

"我说不说又有什么关系呢？有些东西是会遗传的，妈是什么样子，女儿就是什么样子。"

"我从来没有做过对不起你的事情，你又何必总是针对我？"

陆挽霜冷哼一声，讽刺地说道："对啊，你沈寻那么高傲善良，怎么可能做了对不起我的事情呢？"她一步一步靠近沈寻，假装脚下不稳，趔趄歪身，手中的酒"不小心"倒在沈寻的头上。"哎呀，真糟糕，真是对不起了。"虽然是道歉的话，却毫无道歉的语气，仍旧是嬉笑着。

沈寻的模样格外狼狈，头发全湿，裙子也很脏。她忍不住"噌"地站起来，眼睛盯着陆挽霜，一句话也没说，准备离开。谁知道陆挽霜抬脚绊倒了沈寻。沈寻的额头磕在桌子的边缘，尖锐的疼痛不断传来，让人忍不住抽冷气。而沈寻倒下的瞬间，反射性地想要抓住些什么，最终只抓住桌布。桌子上的东西全部打翻在地，甚至有些打翻的甜品、菜品撒在了沈寻的衣服上，古怪的气味弥漫。所有人的目光都聚集在了沈寻的身上，议论纷纷。

"这是谁家的女儿，如此没有教养！"

"就是！她穿的鞋怎么那么土，还有那个包包，怎么那么破，一看就是地摊货！"

"我刚刚听那个谁说这个人是小三的女儿，还说要勾引徐总。"

"什么？就凭她这姿色还想要勾引徐总！"

后面的话越来越难听。沈寻皱着眉头，捂着潺潺流血的额头，艰难地站起来，却发现脚踝也在发疼。她一瘸一拐艰难地迈向陆挽霜，眼里带着某种坚定，仿佛听不到周围的声音。

原本在一旁抱臂看好戏的陆挽霜脸色渐渐变了。沈寻走近，抬起手臂，朝着陆挽霜的脸挥去，只听见"啪"的一声脆响，陆挽霜的脸上已经多了红红的巴掌印。

陆挽霜愣住，随即尖叫着去拉扯沈寻的头发，沈寻也不甘示弱，朝着对方的小腿狠狠踢了一脚。两个人你来我往，打得狼狈，也打得热闹。宴会现场乱成一团。见此情形，顾卿急忙叫人拉开两人。

气疯了的陆挽霜被强行拉到了一边，沈寻整理好原本已经乱了的妆容，将早已经准备好的画礼貌地递到顾老的面前，说道："顾先生，祝您福如东海，寿比南山。对不起，今天破坏了您的生日宴会。如果以后有机会，我一定会尽我所能补偿您。"沈寻深深一鞠躬表示歉意，然后一瘸一拐地朝门口走去，不顾及众人呆滞的目光。

顾卿死死拉住徐瑞天的胳膊，笑着打圆场，打破了僵硬的气氛："大家随我到后花园去吧，那里有更精彩的节目等着大家。"

大概谁也没想到那个狼狈的女子会突然有如此动作。

徐瑞天看着沈寻瘦弱的背影，嘴角微翘。

沈寻满身狼狈，额头沾血，脚下又是一瘸一拐，在路上的回头率是百分之三百。说不上来为什么非要打陆挽霜那一巴掌。原本也不欠她什么，可是为什么非要弄到大家都下不来台。沈寻不明白，为什么现在陆挽霜依然针对自己。或许曾经可以因为黎昕，可是现在，又是因为什么呢？

回到家里，沈寻脱下衣服，洗完澡，摸出徐瑞天买的消毒水，开始照着镜子清理伤口。额上的伤口不是很严重，只是脚踝高高肿起，像馒头一样，沈寻也并不打算去医院。今天徐瑞天并没有出面，沈寻说不上来究竟是开心还是难过。小说里，都流行英雄救美女，今天谁也没有出来帮忙。镜子里的人，眼睛里有种化不开的愁。

这条裙子已经不能穿了，沈寻没有将它丢掉，而是洗干净之后挂在衣橱里。这件衣服里有郑青秋的恩，也曾给过她瞬间的惊艳，她舍不得扔。

沈寻也是爱美的人，可是外在美是需要付出金钱的，她爱不起，索性安慰说人需要有内在美。但是，这个残酷的世界，某些人只看外在。这是个现实的社会。

周一，沈寻一瘸一拐地去上班。郑青秋看到沈寻的模样，有些无奈。"你确定你只是去参加了顾家的生日宴会而不是去打仗？"

沈寻坐在椅子上，长长地叹口气，低声说道："我也很怀疑。"

"你明天不用来上班了……"

沈寻迅速抬头，惊愕地问道："郑姐，你要开除我吗？"

郑青秋"扑哧"笑出声："我放你一周假，你好好回去休养。"

沈寻尴尬地笑着说道："我还以为你要辞退我来着。而且，那件裙子还是被我弄坏了。"说到最后，她的声音低下去。接着，把宴会上发生的事情给郑青秋叙述了一遍。

郑青秋评论道："这是一个悲伤的故事。"

谁说不是呢？

祸兮福所倚，福兮祸所伏。

郑青秋给沈寻放了假，沈寻一瘸一拐地准备打道回府。刚刚走出门的时候，一辆黑色的车缓缓停在面前。车窗摇下来，徐瑞天那张硬朗的脸就出现在眼前。

"徐先生，你怎么来了？"

"我来找你。"

"你找我什么事情？"

"你先上车。"

沈寻踌躇再三，最终还是上车。

徐瑞天没说去哪儿，沈寻也没问，脑海里乱七八糟的，等到回神的时候才发现已经来到了小洋房。沈寻坐在客厅里的沙发上，听见徐瑞天打了个电话，似乎是叫什么人来。半个小时过后，有人按门铃，来了一位穿着白大褂的医生。

徐瑞天道："你去看看她的脚。"

那个医生瞪着眼睛，惊愕地说道："我堂堂一个教授，你叫我来居然是看扭伤。"他一边说着话一边查看着脚踝，重新喷药包扎，开了消炎药，顺便也把额头的伤口重新处理。

沈寻微红着脸低声道："医生，麻烦您了。"

医生头也不抬地说道："你要多休息，别走动，别沾水。"

"谢谢。"

医生处理完，站起来，拍拍徐瑞天的肩膀，说道："老徐啊，以后这种事情别找我了。杀鸡焉用牛刀！"

徐瑞天嘴角微翘："改天请你喝酒。"

医生走了以后，沈寻浑身不自在。她环视房间一周，奇怪地问道："徐婉呢？"

"她终于肯去上学了。刚开学落下一段课程，我准备请个老师给她补课。"

"那我周末可以不用来了吧。"

"虽然她肯去上学，可是依旧郁郁寡欢。"

"嗯，那我周末再来。"

沈寻深深感觉到任重而道远。

3

过于迅速的成长必然伴随着不幸与惨痛，生离死别是人生的一个必要过程，谁也逃避不了。

徐婉的变化，沈寻清清楚楚。以前，那个小女孩总是张扬地笑着，现在却满眼沉郁。那双眸子被哀伤染成了墨色。她满身防备，谁靠近，就狠戾地发动进攻，最后两败俱伤。徐瑞天似乎开始忙碌，周末的时候，沈寻也见不到他人影。

更令人想不到的是，沈寻遇见了老朋友。她按照约定时间来陪徐婉的时候，却发现徐婉还在补课。那个补课老师穿着时尚，看上去很年轻，说话的时候轻声细语，听起来温柔贤淑。而且那纤瘦的背影无比熟悉。

徐婉察觉到有人来，抬起头来，直勾勾地盯着沈寻。

补课老师也缓缓转过身来，一瞬间愣住了。

沈寻看到熟悉的面孔，也怔住，有些不知所措。回忆如滚滚的雷电，铺天盖地袭来。沈寻似乎看到了血，听到了责备和叫嚣，浑身冰冷。

眼前的人是何佳。

"沈……寻……"何佳起身，缓缓走过来，眼眶渐渐红了。

沈寻拔腿就跑，跌跌撞撞地逃出去，连带着弄翻椅子，打碎了桌子上的玻璃杯，稀里哗啦脆响，如同那颗惊惶的心。沈寻的脑海里反反复复回荡着凄厉的号叫："沈寻，从此以后，你再也不准出现在我的视线里！"何佳怨恨的眼、流血的额头，还有那种绝望的神情，依稀还在沈寻的眼前。

沈寻埋头逃跑，留下仓皇的背影。老友见面，她没有勇气去说一句"好久不见"。

高中有两个人是沈寻的心病：第一个是黎昕，第二个便是何佳。沈寻尽管成绩优秀，但是和谁也不交心，何佳是她唯一的朋友。何佳和沈寻是同班同学，还是沈寻的室友。何佳虽然家庭条件好，但是人有些骄傲，再加上生活技能差，在学校也没有什么朋友。何佳被宠坏了，桌子上的东西经常乱放成一团，从来不整理被子，从来不洗衣服。她的衣服经常是拿回家去洗，脏衣服堆满了靠椅。当然，也从来不打扫寝室。

沈寻默默地把寝室打扫干净，有时候会帮何佳收拾桌子，或者洗衣服，毫无怨言。何佳对沈寻也很仗义，不论什么东西总是买两份，要是沈寻不肯收，她能怄气一整晚。何佳是典型的白羊座，比较直接，脾气火暴，来得快也去得快，开心不开心全写在脸上。

两个人第一次搭话是因为星座。开学第一天的晚上，何佳在看一本星座书，一时兴起问了问沈寻是什么星座。

沈寻那个时候还不知道有星座一说，于是摇头。

何佳问她生日是哪天，沈寻如实回答。

何佳眉开眼笑地说沈寻是金牛座，而且告诉她，金牛座的相邻星座是白羊座。何佳就是白羊座。那天何佳拉着沈寻，给她普及星座知识，说的时候还手舞足蹈，那种陌生感一下子就消失了。

女生的友谊通常开始于很小的事情，或许是因为借一支笔，或许是因为一件衣服。而沈寻和何佳的友谊则开始于分享秘密。高中禁止谈恋爱，所以那些暗恋、表白与情书、暧昧都是那么旖旎。花一样的年纪，正是感情懵懂的时候，越是神秘，越是渴望，也越是美丽。

何佳收到了一封情书，晚上的时候，她红着脸，支支吾吾地问沈寻应该怎么办。送情书的人叫周鹤轩。

虽然沈寻不太关心外界，但是对于周鹤轩她还是知道一点儿的。这个人和黎昕是完全不同的存在。周鹤轩长得好看，带着一种小痞子的味道，嘴角总是带着坏笑，一双灰棕色的眼睛总喜欢不停地乱放电，说话也总是油腔滑调的，尽讨女孩子喜欢。

对于何佳的问题，沈寻既没有建议她拒绝，也没有建议她答应，反而是让何佳再观察一段时间。谁也不能从表面上去判断一个人。沈寻也不敢肯定周鹤轩一定就是不靠谱的人，又或者是戴着重重的面具，其实内心很长情的人。从另一个层面来说，周鹤轩不像那种会写情书的人，若只是戏言一场，太过当真总会受伤。

何佳似懂非懂地点头，嬉笑着让沈寻讲一个最大的秘密，不然觉得内心不踏实。

沈寻犹豫良久，才老老实实回答道："我的妈妈曾经做过别人的情人。"内心的伤疤就这样被撕开，让人观摩。

何佳瞪大眼睛，哑口无言。她从来没想过沈寻会如此认真地回答。就算沈寻随便说件事情敷衍，其实何佳也不会介意。

其实，能对别人说出秘密也是一件很幸运的事情，毕竟还有值得信赖的人。后来沈寻在想，为什么开始信任了，却没有信任到底。若是当初不那么冲动，就不会发生后面的悲剧，说不定现在两个人还是最好的朋友。

这些是过去，却也是深困沈寻的梦魇。这五年来，一直如此。

何佳的再度出现，让沈寻不得不去重新面对过去。

进入秋季，马路两旁的榕树叶子渐渐发黄，风一吹纷纷掉落，一地残殇。沈寻刚准备下班，走进一位客人。沈寻习惯性地笑着喊"欢迎光临"，却发现来人竟然是何佳，脸上的笑瞬间凝固。何佳头发剪短了，也变瘦了，原本是圆圆的脸，现在下巴尖尖的，瘦得让人心痛。

何佳缓缓走过来，眉间带着稀疏的笑："怎么？你不欢迎我吗？"

"你能来，我很开心。你先坐，我去给你泡杯咖啡。"

沈寻记得，何佳最爱喝焦糖玛奇朵。郑青秋也爱喝咖啡，所以，沈寻泡咖啡的技术倒是长进了不少。

咖啡端上桌，沈寻坐在何佳对面，低着头也不说话。

何佳抿了一口咖啡，淡淡地说道："沈寻，好久不见。"

听到这句话沈寻鼻子一酸，低声叹道："对啊，我们已经好几年没见了。"

"你和黎昕还有联系吗？"

沈寻轻轻摇头："这些年，我和谁都没有联系。"

"沈寻，你比我狠心。"何佳淡淡地笑了，带着几分悲凉，"当初我转学，还以为你会不顾一切地想办法联系我……"

沈寻微怔，笑中带着苦涩，"我以为你真的不想再见到我，所以毅然决然地转学。"

"转学是个巧合，我那天说不想见你的重话只是气你不信我罢了。"何佳眼睛红红的，"你怎么就当真了呢？"

沈寻微微启唇，想说点儿什么，所有的话全部变成哽咽。沈寻很想说，其实曾经她无数次去何佳转学的学校里乱逛，企图偶遇。她也去过何佳的家门口，徘徊犹豫。只是后来她终于能鼓起勇气敲门时，却发现已经换了主人。高考之后也不知道在什么学校，就彻底断了联系。

何佳开始絮絮叨叨说了过去："我记得你成绩比较好，笔记、作业都会给我抄，我不懂的地方你会给我讲。每次我出去玩儿，都会给你带很多礼物。但是你总嫌太贵，不肯收。那会儿，我还不高兴。你去打工赚钱，工作还是我找的，给邻家小弟补课，拿的钱够生活费……"

"对啊，而且工资有一半还是你补贴，要不是你，说不定我连高中都读不完。"

"这个你也知道？"

"你搬家后，我去那家打听你的去处，可是他们都不知道。"说到这里，沈寻早已经泪流满面，"小佳，你肯定不知道，这些年，我有多么愧疚，我有多么想你……"

"对不起……"何佳也不由得哭出了声。

曾经那么要好的朋友，却做了五年的陌生人，如今再度重逢，却早已经物是人非。沈寻多想问何佳还能不能做好朋友，可是她没脸问，只好问问近况："这些年，你怎么过的？"

"高考之后，我读了师范学院，出来后，当了一名老师。我记得你说过，你想当一名老师的。那个时候我在想，若是我当了老师，是不是还能遇见你。"

沈寻当然记得曾经梦想着当一名老师，教书育人，有吃有穿，无病无灾，平平淡淡过一辈子。当初何佳还并心地说着一定要把儿子或女儿送去让沈寻培养。沈寻也记得，何佳的梦想是当服装设计师。可是，她亲手毁了何佳的梦想，所以选专业的时候选了服装设计，以此减轻内心的愧疚。

如今，两个人背负了对方的愿望。

第四章 旧 事

沈寻做了一件对不起何佳的事情，这是个很漫长的故事，要从黎昕说起。

高一时，沈寻和黎昕的关系可以称得上是纯洁的暧昧。"暧昧"这个词是何佳说的，"纯洁"这个词是沈寻固执认为的。越是接近黎昕，就越会被他吸引。他就像是一块暖玉，安宁而温暖。

快到元旦的时候，学校组织文艺晚会，而陆挽霜是文艺部的部长，擅长弹钢琴，她邀请黎昕一起表演四手联弹。

那天，天气正好，沈寻坐在窗台半眯着眼睛晒太阳。冬日的阳光是最温暖的。忽然，眼前一片阴凉，沈寻抬头一看，原来是陆挽霜挡了阳光。她站在走廊上，冲着黎昕挥手大喊："黎昕，你出来一下，我找你有事。"

班里其他的男生跟着起哄，阴阳怪气地复述着陆挽霜说的话。

黎昕当时正眯着眼睛趴在桌子上，抬头的时候，脸上有淡淡的红痕。他气定神闲地走出来，站在陆挽霜面前，笑着问道："陆学姐，你找我什么事情？"

"听说你钢琴弹得很好，元旦的文艺晚会我想邀请你跟我一起表演四手联弹。"

"这个嘛……"

"你不愿意吗？"原本笑着的陆挽霜脸上变得有几分委屈，"你是不是嫌弃我长得不好看，弹钢琴也不好？"

"不是不是。"黎昕急忙解释，"只是我从来没和别人一起弹过钢琴，所以没有把握。"

"没关系，离晚会还早，我们可以多练练，那我就当你答应了？"

黎昕无奈点头，淡淡地笑着。

陆挽霜同样微笑。

两个人相貌出众，站在那里像是让人赏心悦目的画卷，聚集了所有人的目光。

上课铃声突然响起，打断了这样的美好。陆挽霜跑了几步，回头笑着喊道："下午放学后我在琴房等你。"

黎昕点头，然后转身回教室。转身的时候看见沈寻，冲她微微一笑。

沈寻很难形容那个笑是什么模样，但是不知道为什么，觉得心里堵得慌。大概是从此以后，在琴房里，黎昕的记忆里还会有陆挽霜。

放学的时候，黎昕去琴房，沈寻就偷偷跟在后面。琴房里的两个人商量着曲子，沈寻就透过门缝偷看。天知道为什么她非得这么畏首畏尾，一点儿也不像平常的行事风格。

琴房里时不时地传来断断续续的钢琴声，又或是陆挽霜银铃般的嬉笑声。两个人从贝多芬讨论到《不能说的秘密》，有许多共同话题，讲话也不会干巴巴的。

门外的沈寻心里的酸慢慢发酵。大约是嫉妒了吧。原来黎昕在她心目中的位置似乎比想象中要重要一点儿。

当晚上沈寻同何佳分享这些的时候，何佳抱着被子在床上滚来滚去，欢快地打趣道："你喜欢上黎昕喽。"

沈寻捂着跳得飞快的胸口，还有些疑惑：原来这就是喜欢吗？

其实，如此优秀的黎昕想不被喜欢都难。沈寻不是第一个喜欢黎昕的人，自然也不会是最后一个，当然，更不是黎昕桃花运的终结者。

何佳贼眉鼠眼地怂恿道："要不然你去和黎昕表白吧。我觉得他对你也有意思。"

沈寻轻轻摇头。

且先不谈高中禁止谈恋爱这个规定，就算没有这个规定，沈寻也不可能去表白。或许有些话说出口，一切就变了。至少她心里清楚，自己是什么位置。能和黎昕说上话，这样也是好的。沈寻的要求真的不高。

或许在别人的眼中，她是班长，把班里所有的事情安排得井井有条，人长得不差，成绩也好，路过走廊的时候，偶尔也会有调皮男生对她吹口哨。只有沈寻自己知道，内心深处背负的秘密让人有多么丑恶。换句话说，母亲林容让沈寻感到自卑。

沈寻既然是班长，文艺晚会自然要组织班上出一个节目。最简单的当然是大合唱。班会的时候，大家起哄让黎昕当领唱。黎昕只是笑着，也没拒绝。

选歌的时候虽然出了一点儿分歧，但是最后决定唱张韶涵的《看得最远的地方》。

这首歌适合女生唱，可是沈寻没想到黎昕把这首歌唱得有种别样的温暖。因为下午放学黎昕要去练琴，所以大合唱在午后的体育场里进行排练。

黎昕穿着白色的衬衣，笔直地站在最前面，沈寻偷偷把位置安排在他后面的那排，能够光明正大地去看他的背影。

黎昕身材修长，比例也完美。这话说得不全面，他每个地方都完美才对。沈寻心底的喜欢又忍不住多加了几分。

排练完后，大家陆陆续续散开回班级，沈寻把早已准备好的水送到黎昕的手中。黎昕淡淡一笑，说着"谢谢"，随后从兜里拿出两张票说道："我这里有两张植物园的票，送给你，你可以周末和朋友去玩儿。"

沈寻很惊讶，脱口问道："你不去吗？"话说出去的一瞬间发现这样问似乎也有歧义，于是她耳根渐渐发烫。

黎昕的嘴角微微上扬："如果是你邀请我的话，我一定去。"

沈寻却之不恭，觉得整个世界是五彩斑斓的。

周末的时候，沈寻起了大早，洗脸照镜子的时候发现里面那个人眼睛里是满满的笑意。何佳忍不住打趣："你要去约会吗？"

沈寻低着下巴没说是，也没说不是，只是笑着抿唇不语，心里的欢喜太多太多，快要迫不及待奔涌出来一般。

花一般的年纪，带着特有的放大镜功能，一点点的悲伤和欢喜都会被放大无数倍，哭的时候可以痛哭，笑的时候能够龇牙咧嘴地大笑。

两个人约定在广场碰面。

沈寻记得，那是寒冬。天气暗沉沉的，大风刮过脸跟扇巴掌一样。道路两旁的阔叶树只剩下光秃秃的枝丫，倒映在暗灰色的天空中。路上行人匆匆，喇叭刺耳鸣叫。尽管这个天气并不适合去植物园，但是重点在与什么人去。所以沈寻满心欢喜，并不介意冬天里在植物园究竟能看些什么。

沈寻到广场的时候，黎昕已经到了。他站在喷水泉旁边，穿着深蓝色的羽绒服与黑色牛仔裤，戴着一条白色的羊绒围巾，整个人看上去阳光帅气。沈寻的胸腔里有一只兔子，不断蹦跶着。

沈寻走到黎昕的面前，脸几乎已经冻僵。她扯着微笑，道歉道："不好意思，让你等了好久。"

"你怎么不多穿点儿？"

沈寻拍拍脸，跺跺脚，呵着气说道："我的羽绒服还在家里，还没来得及回去拿。"

黎昕把他的围巾扯下来，围到沈寻的脖子上，说道："你怎么这么不懂得照顾自己？"

沈寻整个人都愣住了，她完全没想到会这样。围巾的温暖不断传递到全身，沈寻觉得整个人都暖烘烘的，似乎嗅到一缕阳光。

而且，这样真的很暧昧。

沈寻的脸渐渐发烫。黎昕依旧是云淡风轻的模样，仿佛这样做是天经地义的事情，没有什么害羞或者尴尬。

去植物园的路上，黎昕走前面，沈寻慢一步走在后面。

空气里除了暧昧还是暧昧。

可是很快，这种暧昧而欢喜的气氛就被冲散得一干二净。因为沈寻看到了林容。这不是重点，重点是，当时林容挽着另外一个男人的手臂，仰起脸，笑靥如花，那笑里带着些许羞涩，也带着几分深情。沈寻很久没有看到过那个整天只会骂人的妈妈会笑得如此……幸福。

那应该是幸福吧。

沈寻记得初中毕业的时候，她妈妈和另外一个男人抱在一起，虽然那个时候也笑着，可是那种笑是空洞的、苍凉的、割人心口的。

而这次不一样，她看那个男人的眼神，有着几分真挚。

沈寻天真地以为如果对方是单身，人品也行，她也不介意多一个继父。可是事实上，下一秒钟事情向更坏的方向发展而去。

林容背后有个中年女子穿着高跟鞋怒气冲冲地急速走向前去，粗暴地拉扯着林容的头发。林容尖叫着摔倒在地上，四仰八叉，模样十分狼狈。

那个女人打了男人一耳光，过来狠狠踹了林容一脚，然后开始拳打脚踢，一边打一边叫嚷着："现在的小三这么嚣张了吗？你居然在大街上搂着我的老公！今天我就打死你这个小三……"

林容被高跟鞋踢中了腹部，捂着肚子，痛苦地蜷缩在地上，皱着眉头呻吟道："立军，救我……"

那个男人站在一旁，皱着眉头，什么也没说。旁边看热闹的人越来越多，里三层外三层。沈寻远远地听到惨叫声、叫骂声，还有各种各样的指责声，脸上的血色渐渐消失。

旁边的黎昕脸上也好不到哪儿去。

沈寻不敢上前大声喊住手，更没办法解决眼前这混乱的场面。她怕这个时候冲上去，黎昕会彻底看扁她。她停下脚步，站在街道旁，犹豫不前。

黎昕转过头，脸色有些白，不安地问道："你怎么了？"

"我……我好像……肚子不舒服……"沈寻捂着肚子，埋下头，低声说道。

"那不去植物园了，我送你回去吧。"

沈寻轻轻点头。

回去的时候，两个人都沉默无语。沈寻想着刚才闹哄哄的画面，心里惴惴不安，根本没有看路，前面有台阶，她也没注意，毫无心理准备地踏下去，没站稳，身子一歪，从高处摔了下去。

黎昕急忙去扶人。

沈寻被扶起来，觉得脚踝刺痛，站都站不稳，更别说走路了。她有些不知所措。

"你感觉怎么样？"黎昕关切地问道。

"应该没什么大问题……"

黎昕背对着站在她面前，半蹲着，双手掌心向上，道："这里离医院不远，我背你去医院看看。"

"这样不好……"

"没事，我们光明正大。"

原本沈寻扭捏着不肯，黎昕二话不说，直接把人背上再说。

黎昕很瘦，背上全是骨头，隔着厚厚的羽绒服，沈寻也被硌得很疼。但是，沈寻把脸贴上去，有一种莫名的安稳。

若是就这样一辈子该多好。

当这个念头出现在沈寻的脑海里时，她便知道，从此以后，黎昕便是逃不开的魔障了。

沈寻扭伤了脚，最忙碌的要数何佳了。自从跟着沈寻以后，何佳的生活技能渐渐好起来，可以去打饭打水、收拾寝室、拖地什么的。至于衣服这个问题，她比较懂得走捷径。

何佳用各种小东西收买了宿舍阿姨的心，每次都带着衣服去宿舍阿姨那里用洗衣机搞定。

而且黎昕总认为有他的责任，所以每天早上他会多带一份猪蹄汤给沈寻补补。做事情的时候，黎昕也没有遮遮掩掩，班里的人都在说两个人在谈恋爱，而且传得绘声绘色。比如两个人在什么地方拥抱亲吻，据说都有人看到过。

何佳眉飞色舞地讲着这些的时候，沈寻心里淡淡一笑。她不排斥这样的谣言，甚至有些窃喜。最重要的是，黎昕也没出来澄清谣言，众人反而更觉得这是板上钉钉的事情。

同样不在乎这些谣言的还有另一个人——陆挽霜。

每天放学后，陆挽霜不管其他人是如何想的，总是早早地站在门口等待，美丽的倩影总会吸引无数人的目光，然后两个人大大方方地一起并肩去琴房练琴。

偶尔早上还会看见陆挽霜给黎昕递早餐。不少男生起哄，黎昕也只是淡淡一笑。陆挽霜来的借口也变得更多，借书，还书，借乐谱，还乐谱，乐此不疲。

陆挽霜喜欢黎昕，虽然没有说出口，但是全世界都知道。沈寻永远学不来这样高调地靠近，张扬而暧昧。

原本以为陆挽霜不会打破这样的暧昧，但是某天放学的时候，沈寻恰好撞见陆挽霜向黎昕表白。其实也算不上表白，陆挽霜笑嘻嘻地问黎昕有没有喜欢的人。

黎昕迟疑了一下，然后轻轻点头。

陆挽霜脸上的笑意僵硬，却依旧笑着问那个人是不是沈寻。

黎昕只是笑着，没有点头，也没有摇头。

沈寻当时觉得整颗心都跳到了嗓子眼儿。当然，她也曾幻想过，她和黎昕之间相互喜欢，一起从幼稚走向成熟，从青丝走到白头。明明只是一个念头，却在脑海里已经和那个人共度了一生。

人一旦有了念头，就多了一些期盼，人生也多了一丝希望。无疑，此时此刻，沈寻尝到了些许甘甜。大概是因为黎昕没有否认，让沈寻觉得在他的心目中，自己是有一定分量的。

原本沈寻以为，事情会向好的地方发展，没想到的是与此同时，另一种谣言暗暗生起。

沈寻走在路上开始有人指指点点。她去上厕所，经过走廊的时候，有些人用奇怪的眼神看她。

厕所里，沈寻刚关上门，就听见进来的几个女生嘻嘻哈哈地讨论着什么。

其中有个人说道："你们知道那个叫沈寻的女生吗？"

"知道啊，她好像是其他班的班长，而且和黎昕走得比较近，听说两个人是在谈恋爱。"

"那你们知道她的妈妈是小三吗？"

沈寻感觉那颗心瞬间被死死捏住，不由自主地屏住呼吸。

"她妈妈是小三？你怎么知道的？"

"我也是听别人说的，学校里都在传。"

"啧啧，上梁不正下梁歪。我前段时间还听说黎昕和陆挽霜谈恋爱，怎么现在却传他和沈寻谈恋爱。该不会是沈寻抢人吧？"

"这个叫沈寻的有这么下贱？"有人直言不讳地说道。

后面她们还叽叽喳喳说了什么，沈寻已经听不清楚了。

那一刻，沈寻的内心是前所未有的愤怒与耻辱。仿佛所有的情绪从头到脚都累积在脑袋里，随时都会炸开。波涛汹涌的胸腔，紧紧攥着的拳头，眼眶里打转的泪水，以及一阵一阵往上翻涌的酸涩，这些都让人悲恸不已。

传出这个谣言的是谁？

沈寻心里已经有了答案。这个学校，只有何佳一人知道这件事情。更何况，尽管黎昕看到了那天的情形，他也不认识林容，不会乱传谣言。

沈寻整个人已经被愤怒掌控，失去了所有理智。她怒气冲冲地去找何佳，不由分说地将她拉到学校僻静的小水池。

小水池这儿太过偏僻，很少有人来，地上的石砖表面长满了青苔。沈寻站在池塘边，愤怒地看着何佳，高声指责道："何佳！我没想到你是这样食言的小人！"

何佳涨红脸，急了："你是什么意思？"

沈寻冷哼一声，沉声道："你自己做过什么事情你自己心里清楚！"

"我到底做过什么事情让你这样对我！"

"何佳，你别在这里装模作样！我最讨厌的就是你这种当面一套背后又一套的人！"

"你什么都不说就这样急着给我定罪吗？"何佳气疯了，忍不住推了沈寻一把。

沈寻没站稳，一屁股坐在地上。

何佳愣住了，歉疚地急忙去扶沈寻的胳膊，想要拉沈寻起来。"我不是故意的……"

沈寻丝毫不领情，想要收回手臂，不想与面前的人有任何肢体接触。何佳执意要拉沈寻起来，沈寻死活不肯，抬起胳膊，推开何佳。何佳手上失了支撑力，整个身体止不住往后仰。原本想站稳，可是石砖上的青苔太滑，她整个人直接摔进了小池子里。

何佳惨叫一声，后脑勺重重磕在尖利的石头上，她闷哼一声，瞬间昏死过去。

沈寻睁大眼睛，惊恐地看着眼前，被前所未有的恐惧所笼罩。

血渐渐浸染了石头，顺着石头往下流，鲜红色在水里慢慢染开。何佳一动不动，脸色渐渐从红润变成死灰色。

沈寻高声尖叫："来人啊！救命啊！来人啊！快救救人！"

一时间，一切都混乱了。

沈寻的耳朵嗡嗡作响。刺耳的尖叫声，各种各样的议论声，救护车的鸣笛声，这一切的一切仿佛是老式的录音机在放一盘已经坏掉的磁带，听不分明。

一滴冰凉的液体忽然滴落在眉心。

沈寻迷茫绝望地抬起头，发现天空中有一片片白色的雪花轻轻飘落下来，带来冬的悲凉。

很长一段时间，沈寻依旧不明白事情是怎么发生的，脑子一直处于一种模糊的状态，心里觉得很空很空。

在手术室外，沈寻看着那扇门，有种说不出来的愧疚。她原本不是一个冲动的人，但是竟然被谣言刺激得失去了理智。如果当时不莽莽撞撞地去找何佳对峙，说不定这一切就不会发生。

医院安静得有些吓人，到处充斥着消毒水的味道。走廊里突然响起了急匆匆的脚步声。沈寻转身，看见何佳的爸爸和妈妈脚步踉跄地跑来，满脸焦急。

沈寻讷讷地站起来，不敢直视那位妇人的眼睛，"阿姨……"

妇人跑过来，紧紧攥住沈寻的手腕，声音颤抖着问道："小佳呢？"

"手术还没做完……"

"这到底是怎么回事？我们接到老师的电话说小佳摔倒了，这到底是怎么回事？"小佳的父亲问道。

"叔叔……都是我不好……是我害小佳摔倒的。她的头撞到了尖石头上，流了好多好多的血……"沈寻忍不住呜咽出声，"叔叔阿姨，我对不起你们，也对不起小佳……"

妇人的脸色变得有几分狰狞，她一巴掌狠狠打在沈寻的脸上，戒指将沈寻的脸刮出了一条细细的血痕。"我只有小佳这么一个宝贝女儿，如果她有什么事情，我绝对不会放过你！"

沈寻忍不住跪在地上，泪流满面。她深埋着头，瘦削的肩膀不断颤抖，内心被一种惶恐紧紧扼住，连呼吸都如此痛苦。

妇人似乎觉得不解气，一脚踢在沈寻的心脏处。

这一脚让沈寻几乎喘不过气来，心跳仿佛快要停止一般。她蜷缩在地上，狠狠抽了一口冷气。如果何佳有什么三长两短……沈寻不敢往下面想，她宁愿手术室里躺的人是自己。

夜色一点儿一点儿沉下来，如兴致缺缺的饕餮，蚕食着整个城市。

手术室门上的灯终于变成了绿色，门被慢慢推开，护士们推着何佳缓缓出来。

沈寻捂着心口，急忙凑上去。

何佳依旧昏迷不醒。

中年男子与妇人焦急地上去围着医生模样的人："医生，我女儿怎么样了？"

医生摘掉手套和口罩，长长地叹了口气，道："情况不太好，要转入重症病人监护室。明天如果病人能够醒来，还有希望。而且，就算病人醒来，也有可能会留下后遗症。"

"什么后遗症？"

"视力受损，有可能会半盲或者全盲。"

妇人的脸色一瞬间惨白，瘫倒在中年男子的怀中。

沈寻闭上眼睛，泪水簌簌地往下掉，内心被成倍的愧疚淹没。

何佳被送进重症监护室，沈寻就坐在病房门口的长板凳上，抱着膝盖，蜷缩成一团。好心的护士让沈寻先回去，沈寻固执地不肯。

隆冬，深夜。医院里有暖气也不顶用。夜风吹过，刺骨的冷刮过脸，钻进脖子，浑身冰凉。

沈寻并不觉得这样有多冷，更冷的应该是那颗心。

何佳是在第二天的清晨醒的。沈寻听到病房里何佳的妈妈不断喊着"醒了醒了"，然后痛哭出声。何佳的爸爸快步走出来，去喊医生。

沈寻一夜没睡，在狭窄的板凳上蜷缩太久，脚有些麻，爬起来的时候颤巍巍的。她拖着沉重的步伐，推开门，缓步走了进去。吹了一夜的寒风，她的头又痛又晕，眼前是模糊的，浑身的力气仿佛都被抽空一般。

那个妇人脸色变了又变，尖酸刻薄地问道："你怎么还在这儿？"

沈寻走到床前，埋着头，满脸愧疚，低声道："小佳，对不起……"

何佳的眼神虚弱而涣散，好像在看沈寻，又好像没有。

这时候医生来了，上上下下做了一番检查，这才下结论："还好，病人度过了危险期，最幸运的是，似乎视力也没问题。"

沈寻听到结果，心中也好像放下一块大石头，最后看了看何佳，才转身退出病房。

回到学校之后，沈寻得了一场重感冒，昏昏沉沉地坚持上课，最后晕倒在教室里。在各种惊呼声中，她看到了黎昕冲过来的身影。

沈寻睁开眼睛时，看到的是黎昕温亮的眼睛。他漆黑的眼眸间是显而易见的担心。

"你终于醒了……"

沈寻看看四周，发现在医院，手上打着吊针，喉咙间仿佛火烧一般，原本想咧嘴笑的，嘴唇却又干又疼。

黎昕见状，急忙递上一杯温开水。

"我已经帮你请假，也通知了你的妈妈。你好好养病，我帮你做笔记。钱的事情你也不用操心。"

"谢谢。"沈寻喝着水，心里想不感动都不行。黎昕照顾人总是这么细致入微，让人无可挑剔，"你怎么知道我妈妈电话号码的？"

"班主任那里有每个同学家长的联系方式。你先躺会儿，我去给你买点儿粥。"

沈寻微微点头。说到粥，她还真是饿了。

这一次，应该是最幸福的一次生病，毕竟有黎昕照顾。脑袋依旧昏昏沉沉的，沈寻胡思乱想间，林容来了。她一进来就是开骂："你个丧门星，这又要花多少钱哟！"

原本沈寻还有些期待，可是听到这句话，心只能沉了又沉。

"妈……"

"你一天到晚能不能少给我惹点儿事！"林容拉长了脸，坐在沙发上，背过身去，将提来的大口袋放在一旁，"这些是换洗的衣服，还有洗漱用品。"

林容骂归骂，但是带的东西比较齐全，都是沈寻平时常用的，零零碎碎一大堆。林容把东西一样一样拿出来，额头上都是细碎的汗。她一边拿着东西一边问道："我问你，给我打电话的那个男生是谁？"

"他是我同学。"

林容冷哼一声，毫不客气地说道："他该不会是你在学校交的男朋友吧？你不知道好好学习，现在学会跟那些阿猫阿狗谈恋爱了！我看你是不想读书上好大学了，对吗？"

"妈，你别乱想。他真的只是我同学。"沈寻不敢看林容，虽然明明她和黎昕之间没什么。但是沈寻心里喜欢黎昕，这也是不争的事实。就凭着这点，林容肯定是不允许的。

"反正，你好自为之。要是被我抓住你和哪个男生谈恋爱，我打断你的腿！"

这话让沈寻没来由地想起那天去植物园的路上看到的那一幕。她脱口而出问道："你不允许我和男生谈恋爱，那你怎么还和有妇之夫搂在一起？"

林容像被踩了尾巴的猫，蹦起来，直接扇了沈寻一巴掌。"谁让你乱说的！看我不撕烂你的嘴！"

沈寻愣住，脸火辣辣地疼。她满脸倔强，道："那天你在街上被打，我都看见了。"

林容脸色铁青，收回手，低声说道："还是那句话，我的事情你少管。"

"可你是我妈妈，你的事情我就要管。"沈寻的倔脾气也上来。

"你管好你自己！"

沈寻顿时哑口无言。

两人沉默无语，病房里的空气渐渐凝固。

这个时候，敲门的声音响起。黎昕买了粥回来，推开门走进来，脚步立即顿住，表情微怔。

沈寻的脸色全白了，生怕男生听到刚才的对话，于是仔仔细细去查看男生的脸，没有发现任何异样的表情。

黎昕僵硬地牵扯着嘴角，叫了一声"阿姨好"，然后将买好的东西放在桌子上，道："既然阿姨来了，我也不多留。沈寻，你自己多保重。"

"真的非常感谢你。"

黎昕挥挥手，挺直了背，步伐急促地走出去。

林容低声讪讪地说道："这个人好眼熟，我仿佛在哪里见过。"

沈寻也没有深究林容的话，艰难地爬起来去填饱五脏庙。明明是很普通的粥，沈寻却喝出了别样的暖心。

病来如山倒，病去如抽丝。沈寻的病一直持续到了元旦。她在能下床的第一时间便去找何佳。

何佳瘦了许多，唇色疏淡，露出来的手腕纤细而苍白。沈寻去看她的时候，她正看着窗外发呆。窗外的阳光正盛，留下一地温暖，肉眼能看得见空气中飞舞的细尘，看上去很欢快。

沈寻踌躇许久，这才鼓起勇气走进去。

"小佳……"沈寻忐忑不安地靠近。

何佳听到声音，缓缓转过头，原本无神的眼睛有了转瞬即逝的光，然而眉梢带着些许冷意："你来做什么？"

"我来道歉，对不起……"

何佳嘴角带着讽刺的笑，冷声道："现在你道完歉了，请赶快离开。"

沈寻走上前去，抓住何佳的手，激动地问道："小佳，我要做些什么才能让你原谅我？"

何佳面无表情地一根一根掰开沈寻的手指，眉目间带着明显的厌恶："你永远不要出现在我的面前！"

"为什么？"

何佳冷笑一声，死死盯着沈寻的眼睛，道："沈寻，你毁了我的梦！你凭什么认为我会轻易原谅你？嗯？你以为你是个什么东西！"

"我毁了……你的梦？"沈寻不明所以，整个脑袋里乱成一团。

"你怎么又来了！你害得我们家小佳还不够吗！她一直梦想着当服装设计师，现在却被你害成了视弱，你还有什么脸面让她原谅你！"妇人的尖叫声从门口传来，她扑上来对着沈寻就是一顿死掐。

沈寻只觉得头顶上黑影笼罩，头发被紧紧拉扯，身上被重重掐了好几下。

"妈，你别动手。"

"老婆，你冷静点儿。"

中年男人将妇人紧紧抱在怀里。妇人的眼神恶狠狠地盯着沈寻，恨不得剥了她一般。

沈寻难以置信地看着一脸冷漠的何佳，觉得快要窒息，整个人似乎被活埋进冰雪之中，血液渐渐凝固，连话都说不来。

"小佳……"

何佳背过身去，冷漠地、缓缓地说道："我喜欢香奈儿。她美丽、独立、自信，创造了一个品牌，也创造了一个传奇。她一辈子都没有结婚，像风一样，谁都可以喜欢她，她也能喜欢其他的谁。你从来不知道，曾经我多么想要成为她那样的人。可是现在，我却变成了一个色弱的人，不能准确地判断颜色。你觉得我能用这样一双眼睛去设计衣服、搭配颜色吗？沈寻，你告诉我，我能吗？"何佳声嘶力竭地喊着，带着哭腔，身体颤抖着，"从此以后，你再也不准出现在我的视线里！我再也没有你这样的朋友！"

"哐当"一声，沈寻听见那颗心不断下坠，最后摔得四分五裂。她觉得自己像是飞到云霄的飞鸟，到达最高处，力气殆尽，划过美丽的天空，而后轰然坠落。

爱情是脆弱的，友情也是，经不起误解与欺骗。

自此以后，所有的事情似乎都变了。

何佳转学了，只剩下沈寻孤孤单单地在寝室对着空床发呆，恍惚间她似乎还能听见何佳嬉笑的声音。

何佳受伤，也没有阻止学校的流言，当然，那也是事实，并不能算流言。到处都有人讨论沈寻的妈妈给别人做情人的事情。

不论沈寻走到哪里，都有人指指点点，甚至连老师都带着一种有色的眼光看她，还撤掉了沈寻班长的职务。班上的人也对沈寻爱理不理，其中也包括黎昕。

据说，元旦晚会上，黎昕和陆挽霜的四手联弹艳惊四座。两个人开始出双入对。沈寻几次想找黎昕说话，都被黎昕冷漠的眼神拒之千里。

自从在医院里黎昕为沈寻买粥以后，两个人再无交集，连话也没说一句。那种感觉就像看见温暖的光，却怎么也抓不住的枉然。

发生这些事情，都是因为有个这样的妈妈！沈寻心里越想越憋屈。

其实沈寻心里是恨的，最恨的人还是她自己。如果有时光机，她多么想回到以前，改变这一切。可是现在，谁都不能为力。她一直想努力活得优秀一点儿，让优秀的光芒掩盖那些不幸的事实。可是这优秀的光终究太过薄弱，遮掩不住不幸的黑暗。

沈寻无法忍受黎昕的忽视，所以她试图去改变这样的局面，放学的时候，她站在黎昕的座位旁边等待。

黎昕没有给她任何一个眼神。

沈寻终于忍不住开口："黎昕，我们谈谈。"

黎昕缓缓抬头，眼睛里的光明明灭灭，表情漠然。

两个人走出教室，沉默地并肩而立，气氛沉闷尴尬。还是沈寻忍不住先开口，问道："黎昕，你是不是讨厌我？"

黎昕摇摇头。

"那为什么最近你对我突然变得冷淡了呢?"

"老师说男女同学间不宜走得太近。"

"那你和陆挽霜呢?"

"我们是朋友。"

"那我和你就不是朋友了吗?"沈寻一再追问。

黎昕停下脚步,拿出手机,放了一段视频。看了视频之后,沈寻的脸顿时惨白。因为视频里放的正是林容在街上被打的那一幕,不知道被谁录了下来。

"沈寻,我不跟小三的女儿做朋友。你知道吗?视频里面的这个男人是我爸。那天我在医院看见这个女人,知道她是你妈。你妈来破坏我的家庭,你还想要我跟你做朋友吗?"黎昕脸上是淡淡的苦笑。

"这段视频是谁发给你的?"沈寻颤声问道。

"陆挽霜发给我的。我亲眼看见了那一幕,也亲眼看见你妈来了医院,听到了你们的谈话。"最后黎昕淡淡地说道,"沈寻,我从未如此痛心。"

陆挽霜这一刀捅得真好。

痛心什么呢?沈寻不明白,她明白的仅仅是,因为有那样的妈妈,她彻底失去了喜欢黎昕的权利。

这样的理由让沈寻哭不出来,也道不尽心里的委屈。

小三的女儿。

这五个字,几乎毁了沈寻的一生,失去了何佳,也失去了黎昕。

沈寻浑浑噩噩地度过了高二,把心思都用在学习上,也越来越沉默。而黎昕和陆挽霜的感情似乎越来越好。陆挽霜明明很优秀的成绩,却执意要复读一年。原因自然不言而喻。

沈寻并不关心这些,她的人生还有很长很长。

第五章 渴 望

最美的花季，最痛的雨季，已经通通成为回忆。其实工作以后，沈寻极少去回忆，因为痛苦总是比美好要来得刻骨铭心。

沈寻将全部身心都投入工作当中。画草图，接待客人，为郑青秋打下手。郑青秋熬夜，沈寻也跟着熬夜。半夜的时候穿针引线，眼睛都能把针看成细碎的花。尤其是有些布料要求手工刺绣，沈寻累得够呛。在做衣服上，沈寻的刺绣功底非常不错。

当初，郑青秋抱怨买回来的布料刺绣不尽如人意，而且她自己也来不及绣大面积的花纹。于是沈寻在网上自学，买书看，拿布料反复练手，手指头都肿了。她甚至请假亲自跑到杭州、苏州、成都去寻找那些资深的绣娘学习，回来之后再反复琢磨、反复练习。不得不说，沈寻有着做衣服的天赋。

想起那些为梦想忙碌的日子，沈寻觉得充实且有意义。她会在那样的日子里，短暂忘记曾经。

忙碌之中，沈寻也没有进一步跟何佳再接触，似乎有种近乡情怯的感觉。她也没有再去陪徐婉聊天儿。既然徐婉能接受何佳补课，说明一切都在好转。

沈寻一直相信努力活着，用心生活，总会得到相应的回报。原本沈寻以为，此后可能和徐瑞天再也没有任何交集，只是没想到，他会再度到来。

沈寻和郑青秋都在忙着手上的工作，徐瑞天缓缓走进来，站到沈寻的面前，淡淡地说道："我来讨一杯咖啡喝。"

郑青秋放下手中的活，妩媚地笑道："徐总说笑了。"

沈寻很自觉地去泡咖啡。

郑青秋和徐瑞天坐下来，谈笑风生，远远地都能听见郑青秋的笑声，其中也夹杂着徐瑞天的轻笑。几次接触，徐瑞天比沈寻想象中和蔼、有风度，也没有端大老板的架子，而且，他也是个好父亲。

"徐总，你这次来该不会真的只是讨一杯咖啡吧。"

徐瑞天看了看沈寻，嘴角带着淡淡的笑，道："下个月我女儿要去参加一个宴会，我想请沈小姐为她定做一件礼服。"

被点名的沈寻有些惊愕，忍不住诧异地看了看徐瑞天，又看看郑青秋。

郑青秋戏谑地说道："小寻，这次看来我只能做你的助手了。"

沈寻的思绪乱成一团，耳根开始发烫："郑姐，你别这么说。徐先生，我……我不行的……"

郑青秋站起来，拍着沈寻的肩膀，道："既然是客户的要求，你应该尽力满足。你在这里干了一年，是时候检验成果了。"

沈寻犹豫良久，深呼吸一口气，看了一眼不远处的徐瑞天，坚定认真地说道："我一定尽力做到最好。"

徐瑞天在店里喝着咖啡，又坐了半个小时才离去。他的背影沉稳，给人一种莫名的安全感。

沈寻是感激徐瑞天的，无偿帮了她这么多次忙，她至少应该回报些什么。她琢磨许久，决定给徐瑞天手工绣平安符，平安符有掌心那么大，一面绣了徐瑞天的生肖，另一面绣了"平安"两字，虽然有些廉价，看上去也掉身价，但是她绣得很用心，每一针每一线都格外仔细。

绣好平安符以后，就是操心礼服的事情。

沈寻决定先去征求徐婉的意见。周末，沈寻事先联系好徐瑞天，然后来到他家。主人在家，而且坐在阳台上看书。徐瑞天难得没穿老成的衣服，而是穿着一身休闲的服装，看上去年轻有活力，一点儿也不像将近四十岁的人。

沈寻按了门铃，徐瑞天前来开门。

门打开后，沈寻随口问道："徐先生，你不去公司吗？"

徐瑞天轻笑，一本正经地回答："你说你要来，我就给自己放个假。"

原本该脸红才对，可是不知道为什么，如此模样的徐瑞天让沈寻有些忍俊不禁。

"徐婉人呢？"

"她出去了，一会儿回来。"

沈寻低着头，犹豫再三，才拿出了那块护身符，忐忑不安地递到徐瑞天面前，不敢看他的表情。

徐瑞天微怔："这……是给我的？"

沈寻点头："徐先生，谢谢你一直在帮我，也谢谢你给我这次机会。我没有什么好报答你的，所以绣了一个平安符，希望你能平平安安。"

徐瑞天接过平安符，指腹不断摩挲着上面的刺绣，似是欢愉："你有心了。"

沈寻忍不住偷偷抬头看了看徐瑞天，发现他明明看着平安符，却似乎在走神。

"徐先生……"

徐瑞天回过神儿，转身回到房屋里，走出客厅的时候，他的掌心里多了一枚铜片。那枚铜片不大，已经很旧了，上面的字迹和图案已经被磨得隐约不可见。他把那块铜片小心翼翼地放进了沈寻绣的平安符，道："这样就是双倍平安。"

沈寻看着徐瑞天的一举一动，不明所以。

"这枚铜片是有故事的。"

这枚铜片的故事很简单。徐瑞天是早产儿，生下来的时候隔三岔五地生病。她的妈妈就去最高最灵的寺庙去祈求平安符，保他平安。那天下着大雨，他的妈妈一个台阶一个台阶跪着爬上寺庙，说这样比较诚心，神灵更有可能显灵，但他妈妈也因此落下风湿的毛病。几十年过去了，这枚铜片依旧在，可是那个求平安符的人却已经不在了。

故事讲完，沈寻感叹："福寿康宁，固人之所同欲；死亡疾病，亦人所不能无。生老病死是这个世界上最无能为力的事情。徐先生，我安慰不了你，因为我也看不透、放不下。"

听到这句话，徐瑞天忽然笑了，道："明明是如此没有安慰力的话听起来却有别样的安慰。沈寻，这是我收到过的最好的礼物。"他将平安符放在胸口，感激一笑。

沈寻也笑着说道："只要你不嫌弃就好。冒昧地说一句，徐先生，你比我想象中要好相处许多。一开始，我总是怕你。"

"我看出来了。每次你看到我总像是老鼠看到猫一样。"徐瑞天打趣。

沈寻从来没有想过某一天会和徐瑞天如此愉快地交谈。两个不同阶层的人，平起平坐，没有任何障碍。

这个时候，门被打开，徐婉走了进来。她看到沈寻先是微微一愣，然后换上了一种不屑的眼神儿，也不打招呼，径直往卧室走去。

徐瑞天叫住她："小婉，你沈姐姐来了，快来打个招呼。"

徐婉冷哼一声，毫不客气地反问道："我什么时候多了一个沈姐姐？"

"你这是什么态度！莫要让别人看轻了你的家教！"

徐婉不禁讽刺笑道："我的家教不允许一个企图毁坏我家庭的女人出现在家里。"

沈寻有些无奈，看来当初的误会是越来越深，于是笑眯眯地对徐婉道："小婉，我们来一场女人之间的谈判吧。"

徐婉抬头挺胸，高傲地说道："谈就谈！我们去卧室！"

沈寻给徐瑞天递了一个安心的表情，跟着徐婉来到卧室。原本以为，徐婉的卧室会是满满的粉红色公主风，实际上并不是。她房间的布置看不出小女生的心思，比较大方随意。

徐婉高傲地抬起下巴，态度倨傲地问道："你想跟我谈什么？"

沈寻打量着徐婉的房间，答非所问："你们家很有钱，所以你认为只要是靠近你们的人都是想要你们家的钱，对吗？"

"不然呢？"

"如果你结识了一位比你们家还有钱的人，你想要去深入了解他，你觉得那个人会认为你只是贪图他们家的钱吗？"

"这怎么可能？"

"小婉，你有可以交心的朋友吗？"

徐婉沉默。

沈寻继续说道："看来，你没有。你认为那些接近你的人通通是为了你的钱，所以你拒绝和他们做朋友，对吗？"

徐婉继续沉默。

"看来，我又猜对了。所以，小婉，这个社会或许是你想象的模样，但是那只是一部分。极端的处理方式只会让你自己一无所有。"

徐婉的脸色垮了下来，原本高涨的气焰淡了几分，还要逞强说道："你兜那么大一个圈子无非是想告诉我你不图钱，那你告诉我，你图什么？你在图徐家女主人的位置吗？"

沈寻"扑哧"一笑，有些啼笑皆非："首先，你爸爸年纪比我大了一轮还有余，年纪不符合。其次，他和你妈妈那么恩爱，也不可能分开。所以，你的担心不过是杞人忧天。"

徐婉低着头，盯着毛茸茸的头发，黯然失魂道："我妈妈……已经很久没有回来住了。"

沈寻有一瞬间的错愕，小心翼翼解释道："可能她只是太忙。"

"你懂什么！"徐婉忽然抬起头，眼眶里蓄满泪水，叫嚣道："你什么都不懂！"

徐家的家事沈寻怎么可能懂，她也更不可能光明正大去问徐瑞天是不是和他妻子发生了什么事情。

徐婉哭得很伤心，看得沈寻心里颤巍巍的。她忍不住去摸摸徐婉的头，轻声安慰道："世界上所有的母亲都会爱她的孩子。"

徐婉颤声道："她已经不爱我了，每次我打电话给她，她总是说很忙。"

面前小人儿的可怜模样让沈寻的心软得一塌糊涂，这让她暗暗萌生一个想法，尽管有些多管闲事的意味。

沈寻安抚住徐婉，提议道："你配合我的工作，我保证把你妈妈带到你面前来，好不好？"

听到这句话，徐婉的眼神都在发亮。"你说的是真的吗？"

"我说到做到。当然，你也要说到做到。"

徐婉停止抽泣，重重点头，算是承诺。"我对你那么凶，你为什么还要这样对我？"

沈寻笑了，道："大概，我只是想让你看看社会的另一个部分。"

其实说到底，沈寻大可以不管这档子事，也可以随便做一件衣服应付了事，只要让人挑不出错，很容易过关就行。

看到徐婉对母爱的渴望，让沈寻想到了她自己。那种渴望，沈寻再明白不过。当初，为了寻求那个人的原谅，沈寻努力把所有的事情做得很好。虽然事情发展得越来越糟糕，可是至少在这个世界上，她是有亲人的。这种与生俱来的血缘关系不会因为外部的原因而割舍掉。

沈寻是信守承诺的人，答应了徐婉的事情就要做到。所以第二天，她就去了顾家的公司。对于顾卿这个人，沈寻了解甚少，印象只停留在"徐瑞天妻子"五个字上。但实际上，顾卿比沈寻想象中要能干许多。

在去找顾卿之前，沈寻上网搜寻了关于顾家和徐家的资料。据说徐瑞天当年是倒插门，依靠顾家，成立了现在的公司，并一步一步发展到与顾家的公司并驾齐驱。如今，顾家的公司和徐瑞天的公司强强联手，让其他对手无路可走。顾家的顾老爷子退休以后，顾家的公司由顾卿亲手掌控。在生意上，顾卿和徐瑞天是合作伙伴，在生活中，两个人是恩爱夫妻，让人艳羡。在各种报道中，两人一起出席活动的时候，徐瑞天总是与顾卿十指紧扣，两个人郎才女貌。

报道中称，徐瑞天是千年难遇的好老公。

沈寻看到这条报道的时候，浑身起鸡皮疙瘩。徐瑞天的确不错，但是也没有夸张到什么千年难遇的程度吧。

来到顾家公司的时候，沈寻去前台询问顾卿在不在，想见她一面。前台说得有预约。沈寻耐心解释道："这件事情很重要，关于她的女儿徐婉，所以麻烦你打个电话给她。对了，我叫沈寻。"

前台给顾卿打了电话，沈寻这才有去见老总的权利。顾卿的办公室在三十五层。来到办公室的时候，顾卿还在翻阅文件，沈寻敲了敲门，得到允许，这才轻手轻脚走进去。

办公室很宽敞，有一面巨大的玻璃窗，透过它，似乎能把整个城市都纳入眼底。空气里弥漫着一种淡淡的香味。顾卿穿着一身白色的职业装，坐在看似价格不菲的椅子上，一边看着文件，一边头也不抬地问道："沈小姐，据说你来找我是因为我女儿的事情。从现在开始，你有十五分钟的时间，等会儿我还要去开会。"

沈寻站在办公室中间，有些尴尬地说道："昨天，我去看了她。"

"她还好吗？"

"她不好，非常不好。"

说到这里，顾卿终于从文件中抬起头来，看着沈寻，眼神直接而锐利："小婉她怎么了？"

"那个小姑娘太想念她的妈妈，可是她的妈妈却好久没有去看她。"

顾卿放下那些文件，揉着发疼的额头，皱着眉头说道："我一直都很忙，等我忙完了就去看她。"

沈寻并不接话，而是缓缓走到落地窗前，看着那一栋栋冰冷的大楼，缓缓道："以前我并不明白为什么那些老板那么喜欢把办公室建立在最顶层。如今站在这里，我明白了，那是一种对城市的征服感。"沈寻转身，继续低声道，"事情永远做不完。而人心，是会等凉的。这些用再多的金钱也无法补偿。"

顾卿站起来，来到落地窗旁边，看着窗外，神情有些迷惘："我也是身不由己，处于这旋涡逆流当中，如果不往前冲、不去闯，就会被淹没、被淘汰，这公司的几千人连饭都吃不起。"

沈寻默然。顾卿说的不是没有道理，看来今天要白跑一趟。

"沈小姐，今天我很感谢你。但是，还请你以后别管我家的家事。你这么热心，我会怀疑你另有所图。"说这句话的时候，顾卿紧紧盯着沈寻，语气中带着几分警告。

沈寻扯着嘴角，冷冷地回敬道："徐太太，你听说过苏东坡和佛印的故事吗？佛印对苏东坡说：'观君坐姿，酷似佛祖。'苏东坡却对佛印说：'上人坐姿，活像一堆牛粪。'试想佛印以佛心看人似佛，而你又是以什么样的心情来看人的呢？"

顾卿似乎没有料到沈寻会反击，脸色不断变化着。

沈寻什么也没说，干脆地转身走掉。

事实告诉人们，千万不要多管闲事，否则费力不讨好。

沈寻原本以为是做无用功，结果第二天徐婉就跑到工作室，主动要求量尺寸。她的开心全写在脸上，眉眼弯弯的，像是小月牙。

沈寻一边找着尺子，一边笑着问道："你怎么笑得这么开心？"

徐婉仰着下巴，笑嘻嘻地说道："昨天我妈妈回来了，而且，还住了一晚上。这都是你的功劳。"

沈寻无所谓地说道："这并不是我的功劳，而是她想你了。"

对于这件事情，沈寻也不敢邀功。她给徐婉量着尺寸，随意问道："你喜欢什么风格、什么颜色的礼服呢？"

"当然是红色的啊，越简单越好。"

这个回答就跟徐婉的人一样，沈寻心里已经有了隐隐约约的轮廓。等她加班画好图以后，拿给两父女过目，一致通过。接下来沈寻开始动手做衣服。沈寻的功底没有郑青秋的好，所以还得老老实实制版。接近一个月后，成品终于做出来，从头到尾，郑青秋都没参与。

第一次做出成品来。沈寻心里无疑是激动的，连眉梢都是笑。她看着衣服就像看一件宝贝一般，百看不厌，而且自我感觉非常完美。

这副样子让郑青秋好笑："小寻，你这个模样让我想起刚入行的时候。"

"我这个样子是不是特别丢份儿？"沈寻不好意思地问道。

郑青秋淡淡地笑着，道："我以前的梦想是当明星，后来才入的这一行。做这一行需要很多的耐心与细致，再加上那么点儿创新与灵气，表达你想表达的东西。几块布是没有任何意义的，设计师不仅要赋予它形状，还要赋予它生命。"

"赋予……生命吗？"沈寻还是第一次听说能赋予衣服生命。

郑青秋点头，继续说道："小寻，你最大的特点就是把自己封闭着，思维也很传统。比如说，玫瑰不一定能代表爱情，红色也不一定代表热烈，什么样式都没有也不代表简单。你需要想象力。"

沈寻似懂非懂地点点头。

"当然，这些也不能全靠想象力。这是一种艺术，源于生活，高于生活。你多走些地方，多长长见识就好。"

沈寻凑到郑青秋身边，笑着问道："那你是不是走过很多地方？"

"嗯，我去过很多地方，最想去北极，看极光。"

对于沈寻来说，出去旅游是一件很奢侈的事情，经济原因占了很大一部分，更不用说去看绚丽的北极光。虽然说大隐隐于市，小隐隐于林，但是许多人很难在喧闹的城市保持那颗纯粹的心。所以，不管沈寻在这个城市挣扎多少年，依旧会迷失方向，或许，这样的人不止沈寻一个。

少年时候的沈寻也梦想着某一天能走遍全世界，将所有的美景都纳进眼底。可惜，这梦就像泡沫一般，很快被现实戳破。

芸芸众生都在为生活挣扎奔波，这些人都是微小的弱者，沈寻也不例外。

沈寻做完衣服后，将衣服送上门，让徐婉试穿，但是没想到的是，刚好顾卿也在。

顾卿穿着白色的呢绒大衣，脚下穿着一双黑色的靴子，戴着一顶红色的圆顶帽，拿着红色 LV 包包，看上去时尚又美丽。当时，顾卿和徐婉坐在沙发上，徐婉在讲一本书，画面和谐而美好。徐婉的眉眼很像顾卿，有着一种大方果决的气质。

沈寻拿着衣服，局促地站在客厅中间，无比尴尬。

最终还是一旁的徐瑞天出声道："小婉，你去试试衣服。"

徐婉原本想站起来的，只是顾卿拉着女儿的手，头也不抬地说道："沈小姐，衣服你放在那儿吧，我们家小婉等会儿试穿。"

徐瑞天皱着眉头说道："小婉，你别听你妈妈的，赶快去试衣服。"

徐婉刚想站起来，顾卿抬起头，眉毛一挑，不悦地问道："徐总，我说等会儿再试穿有什么问题吗？你是觉得我怠慢了你的小美人儿吗？"

一句话，在场的三个人都变了脸色。尤其是徐婉，她盯着沈寻，仿佛要看穿人一般。

沈寻的身体不由得往后一缩。

"顾卿，你够了！"徐瑞天沉着声音说道。

顾卿没接话，反而是冷笑着站起来，然后对着徐婉说道："小婉，看来有人不太欢迎妈妈，你说该怎么办？"

徐婉皱着眉头，叫着一声"爸"，双手拉着顾卿的衣袖，满脸倔强地说道："我等会儿再试衣服。"

空气骤然凝固，死一般的安静。

沈寻急忙站出来，打着圆场，说道："那我先把衣服放在这里，有什么问题随时打电话给我。"

当沈寻准备转身离开的时候，只听见身后的顾卿慢悠悠地说道："现在的小姑娘，就喜欢玩些手段上位，偏偏又让人觉得合情合理，哎呀，这可怎么办呢？"

沈寻埋头走得飞快，不敢停留一步。

顾卿不依不饶，继续讽刺："沈小姐，你走那么快做什么？莫非是被我说中了吗？"

沈寻忽然听见身后"啪"的一声脆响，回头的时候发现顾卿脸上多了一个红红的掌印，顾卿正死死地盯着徐瑞天。

而徐瑞天背对着沈寻，沈寻看不清他的表情，只能看见他右掌微微颤抖。

顾卿盯着徐瑞天，停顿三秒钟后尖叫着冲上去一边捶打徐瑞天一边高声控诉道："徐瑞天，你居然打我！你居然为了一个外人打我！你居然为了一个女人打我！"

徐瑞天用双手将顾卿死死钳制住，冷声说道："顾卿，你管太多了。"

而站在一旁的徐婉愣愣地看着眼前的一切，眼泪不断往下掉。

沈寻没有停留，几乎是小跑着出来的。她怎么也没想到只是送一件衣服，事情却发展到这个地步。报道上说，两夫妻那么恩爱。而今天，那么有绅士风度的徐瑞天却动手打了妻子，还是为了一个不相干的人。

沈寻的心跳得很快，仿佛随时随地都能蹦出来导致死机。现在，她的脑袋里一团乱糟糟的，想不明白为什么徐瑞天会动手。

罪魁祸首是沈寻，可她却觉得那么无辜。

晚上的时候，沈寻翻来覆去睡不着觉，满脑子都是徐瑞天打人的那一幕，脑海里还回荡着顾卿的高声尖叫，浮现出徐婉哭红的眼。

迷迷糊糊睡过去后，沈寻梦见了黎昕，她有好长一段时间没有梦见过他了。梦里面，黎昕一直坐在琴房里弹琴，白色的身影，刺眼的光，黑白色的琴键，交织混合成奇怪的梦境。

黎昕缓缓转过头，嘴角微微勾起，低声道："小三的女儿。"

五个字破空而来，重重砸在心脏上，沈寻一下子被吓醒了，大口大口喘着粗气。梦里，那些光与影交错，勾勒的画面太过梦幻美好，让人记忆深刻。

钟表显示时间是凌晨三点，沈寻揉着额头，爬起来找水喝。窗外路灯昏黄，透过薄薄的窗帘，屋里太过安静，能听见厨房水龙头一滴一滴漏水的清脆声。

沈寻"咕咚咕咚"喝完一大杯水，这才坐在床上，回忆着梦，彻底失眠。

因为没睡好，沈寻第二天去上班的时候没精打采的，郑青秋不在，也没客人，她就趴在桌子上，呆呆地看着门外。

门外的树上不知道什么时候挂起大红色的灯笼，上面写着"新年大吉"四个字。偶尔会听到放炮的声音，紧接着便是几个小孩的哄笑声。旁边的超市摆出许多年货，门口放个音响，不断重复播放《恭喜发财》。

沈寻后知后觉，翻了翻日历，才发现一周后便是除夕。

有父亲的除夕，沈寻过得很愉快，一家人其乐融融。可是，沈寻已经很久没有过过除夕了。往年的除夕，沈寻都是在兼职中度过的。

下午的时候，郑青秋过来，专门给沈寻发了一笔工资。沈寻握着厚厚的钱，整个人呆呆的。

郑青秋不由得笑着说道："明天开始，你不用上班了。"

沈寻讷讷地问道："这是遣散费吗？"

郑青秋哭笑不得："姑娘，再有一周就过除夕啦，工作室关门，正月十五后你再来上班。"

"郑姐，这钱……多了……"那些钱超出了工资好多倍。

"我的姑娘，这个世界上有一种东西叫年终奖。"

"这年终奖也太多了吧。"沈寻目测应该有四五万的样子，比工资多了好多好多倍，"要不然你收回去一些吧。"

"这些钱你拿着吧，都是你应得的。行了，你也收拾东西回去吧，我来关门。"

"谢谢郑姐。"沈寻终于心安理得，笑得无比灿烂。

怀揣巨款，沈寻的内心又激动又害怕，早早抱着钱去银行存了一大部分。但是看银行卡上的数字远不如抱着现金的喜悦感强烈，沈寻还是喜欢怀揣巨款的感觉。

有了钱，沈寻难得去逛了超市，买了些生活用品，又买了一套护肤品准备拿回家。她提着大包小包在超市不远处打车的时候，余光看到旁边有家甜品店，玻璃窗上贴着哈根达斯的广告。

冰激凌……

沈寻小时候很爱吃冰激凌。或许用现在的眼光来看，冰激凌不是什么奢侈品，可是那个时候是。放学的时候，沈寻总是满脸艳羡地看着别人家的小孩轻舔那些冰激凌，那种隔空而来的甜香味如今都记忆犹新。

可是因为家里不富裕的缘故，沈寻没有零花钱，更没有私房钱一说。某天她实在忍不住偷了两块钱去买冰激凌。实际上，冰激凌的味道并没有想象中好吃。

这件事被发现了，沈寻挨了林容一顿毒打，从此再也不碰冰激凌了。高中的时候，何佳经常买哈根达斯，也会同沈寻分享。那时候，关于冰激凌的记忆是愉快的。所以，沈寻对于哈根达斯有一种特殊的感情。虽然何佳走后，她再也没吃过。

沈寻在甜品店门口站了许久，也没有勇气走进去。

这个时候，忽然有人轻拍沈寻的肩膀。

沈寻一回头，就看见何佳大大的笑脸。

何佳旁边还站着一位男子，个子很高，穿着一身黑色的衣服。男子长相不俗，嘴角带着邪邪的笑。

沈寻注意到两个人十指相扣的手。

何佳笑着对沈寻说道："走，我请你吃哈根达斯，他付钱。"

男子没反驳，只是笑着。

沈寻看着男子，还在琢磨着这人怎么这么眼熟，何佳已经迫不及待揭开谜底："他是周鹤轩啊，你不认识了吗？"

话说穿了，沈寻才恍然大悟。这个人高中的时候还是个小混混，给何佳递过情书，没想到这两个人居然在一起了。"你们两个什么时候在一起的？"

"不久以前。"

"缘分太神奇了。"沈寻觉得她和黎昕是没缘分的，所以这么多年来也没再碰过面。刚工作的一段时间里，沈寻傍晚还会出去散步，四处张望，期待着出现黎昕的身影。心里的那点儿期待被一点儿一点儿磨掉。

说话间，三个人已经走到甜品店靠窗户的桌子旁坐下，周鹤轩用卫生纸细心地把何佳面前的桌子擦了一遍。何佳看着周鹤轩，眼波里情愫流转。

爱，依赖，幸福，等等，她的眼神里饱含了太多东西。

沈寻不由得说道："我真羡慕你们两个人。"

何佳点了两种甜品又将菜单推到沈寻面前，道："你肯定也有这一天。"

有吗？沈寻疑惑。如果那个人不是黎昕要怎么办。

原本是想黎昕的，脑子里不由得跳出与徐瑞天吃早饭的那个画面，仅仅只是一闪而逝，却足以让沈寻面红耳赤。

何佳关心地问道："你怎么看起来脸好红？"

沈寻一边取下围巾，一边说道："店里的空调太热。"

太莫名其妙！怎么会想起徐瑞天呢！大概是这段时间他是出现频率最高的男子了。

哈根达斯摆在面前的时候，沈寻拿起勺子看了很久，才舀了一勺放进嘴里。

冷，甜，似乎甜得有些发腻，和记忆中的味道不一样。

再看看何佳，她吃得很开心。一旁的周鹤轩什么都没动，只是默默地看着他身边的人，看上去似乎心情很好。

何佳一边吃一边问道："你过年有什么打算？"

沈寻摇头。

"不如大年初四我们去西山滑雪吧。"何佳看着沈寻，眼神明亮，带着期待。

沈寻原本没打算要出去，可是看到何佳清亮的眼神，不忍拒绝。高中的时候也是这样，只要何佳有事情求人，都是这样的眼神。"我去就是了。"

西山不远，海拔较高，山顶上常年有雪。上面有个巨大的滑雪场，不少富人也爱往那里跑。沈寻不会滑雪，这次去就全当体验了。

很快就是除夕了，家家户户吃团圆饭。沈寻提着大包小包回家，林容正坐在沙发上，冷哼道："你终于知道回家了啊！"

沈寻吸吸鼻子，道："妈……"

林容翻着白眼，道："我饿了，你快去弄饭。"

沈寻放下东西，走进厨房。说是弄饭，其实大多数的菜林容早已经准备好。沈寻要做的菜也不费力气。

两个人一边吃着年夜饭，一边看着春晚，窗外偶尔有烟花绽开。屋子里橘黄色的灯光洒下来，暖洋洋的。

夜里零点整，窗外的天空中无数烟火炸开，震耳欲聋，绚烂无比。沈寻脖子都仰酸了。那一刻，她多么想变成一朵小小的烟花，在生命最鼎盛的时候绽开，然后消失无踪，只让人们看到她最美丽的一面。

沈寻向漫天的烟花许了一个愿望，可惜烟花绽放过后只是沉寂。

就像那句歌词说的：烟花易冷，人事易分。

大年初一，沈寻原本想睡个懒觉，可是大清早的，手机响个不停，屏幕上显示的是一个陌生号。沈寻接起电话，那边竟然是徐婉。

徐婉理直气壮地说道："你做的衣服我不喜欢，想要换一件。"

沈寻揉着太阳穴，道："上次看草稿的时候你也没意见，颜色也是你最喜欢的。"

"我不管。当初喜欢，但是现在我不喜欢。"

"过年期间我们工作室不上班。"沈寻耐心解释。

"顾客就是上帝，你就是这样对待你的上帝吗？"

沈寻明白徐婉为什么会如此针对自己。大概是因为那天自己去送衣服，害得顾卿被打了一巴掌。女儿想要为妈妈报仇，只能这么折腾人。"小姑娘，你公报私仇是不对的。你有什么恨可以明说，不用这样。"

"哼！"

沈寻继续说道："衣服你若喜欢就留着。你若不喜欢，就拿剪刀剪坏。但是我可不敢保证这样不会伤你爸爸的心。毕竟，那是他为你准备的礼物。"

那边的徐婉顿时没了声音，直接挂了电话。

沈寻有些哭笑不得。现在的小姑娘古灵精怪，整人的手段一套一套的。

大年初四，沈寻的心情终于好了一些。何佳开着一辆高尔夫来接人，副驾驶上坐着周鹤轩。

沈寻带着简单的行李，坐在最后面，有些不知所措。"我好像当了你们的电灯泡。"而且这灯泡绝对是三千六百瓦的。

何佳道："周鹤轩才是电灯泡。"

周鹤轩眉毛一挑，什么都没说。

沈寻明白，何佳大概是真正原谅她了。高中的时候，沈寻、何佳还有黎昕一起去买水，何佳说黎昕是电灯泡。两个人的圈子就这么大一点儿，友情也是，爱情也是。何佳重新把沈寻划进了圈子，沈寻坐在后排有一种想哭的冲动。

这么多年的内疚此时此刻一起崩塌，沈寻终于哭了出来。背负了这么多年的愧疚，终于土崩瓦解。沈寻心上的石头被丢了出去，整个人都松了。

何佳在后视镜里看见沈寻哭，问道："你哭什么？"

沈寻抽着鼻子问道："我们还是好朋友吗？"

何佳也突然红了眼睛，反问道："我们什么时候不是朋友了？"

听到这句话，沈寻终于破涕为笑。"你可不可以停一下车？"

何佳疑惑，但还是停到一边。

沈寻从车上下来，让何佳也下来，然后在路边一把将何佳抱住，低声哭道："我知道时间、地点、情形都不对，但我还是想抱你一下。"

何佳"哇"的一声哭了出来，道："我想这么做已经想了很久了。"

沈寻这才有种和老朋友久别重逢的感觉。

虽然那次在工作室与何佳谈过一次，可是沈寻根本就不敢再去找何佳。她怕，怕那些只是一句话，怕两个人曾经的友谊被这无情的时间阻断。然而，事实证明，感情比时间更绵长、更久远。

一旁的周鹤轩看不下去这幅姐妹情深的画面，道："两位美女，该出发了。"

沈寻和何佳这才止住哭声，再启程时由周鹤轩开车，两姐妹在后面说着私房话。

"你什么时候买的车？

"上个月。"

"你的眼睛……"沈寻没敢继续问下去。

"放心吧，我是色弱，不是色盲，分得清红绿灯的。而且，我一直在进行矫正，已经好很多。"

听到这句话，沈寻才把心放下来。两个人絮絮叨叨说了许多话，沈寻也知道了何佳和周鹤轩是怎么在一起的。

当初何佳转学，与周鹤轩做起笔友。当然，只是何佳单方面给周鹤轩写信。当初那封情书是别人署上周鹤轩的名字递给了何佳，是个恶作剧。何佳却上了心，倒追周鹤轩。这一追就追到了大学毕业，参加工作。周鹤轩终于被感动，与何佳在一起了，有情人终成眷属。

何佳把这么长的追逐说得轻描淡写，沈寻却听出了心酸，万幸结局还是圆满的。而且，周鹤轩对何佳也很好，大概对她也是真心的吧。

于是何佳开始孜孜不倦地劝导。"阿寻，你要真喜欢黎昕，就想方设法地找到他，用尽一切办法让他接受你。"

沈寻明白，若是真心想要打听黎昕的踪迹，也会有蛛丝马迹，可是她并不愿意。

一切都是过去，又何必再来自找麻烦。

岁月本安静，何堪旧人扰。

第六章 温 度

去西山大概有三个小时的车程，其中有两个小时都是盘山公路，左边是陡峭山壁、怪石嶙峋，右边是悬崖，一眼望不到山底。沈寻虽然相信周鹤轩的开车技术，但是仍旧有些不安。因为是山路，弯道又多又急，沈寻胃里一阵一阵地翻腾，脸色很不好。

当然，何佳也好不到哪儿去，还逞强问着身侧的人感觉怎样。

正在无比难受的时候，转过山头，眼前竟然是一片皑皑白雪。

何佳趴在窗上，欢呼道："快看，好多雪。"

极目望去，一片白茫茫。树上挂的都是冰，晶莹透亮。沈寻是南方人，很少看见雪。如今乍见这晶莹的白雪，心里自然是欢喜的，胃中的不适感也少了许多。

折腾了许久，一行人好不容易才到了西山山下，不过要坐索道才能上山，大雪已经将山里的路全部封闭。在缆车上，沈寻和何佳坐在窗户边上，脚下、眼前、远处全都是皑皑白雪。西山上的针叶林多而密，上面落满了一层厚厚的雪。

沈寻不由得想起一首诗：大雪压青松，青松挺且直。要知松高洁，待到雪化时。

下了缆车之后，还要坐二十分钟的大巴车才能到滑雪场。

何佳冷到搓了搓耳朵问沈寻：“你会滑雪吗？”

沈寻摇头回答：“我不会。”

“嘻嘻，我也不会。不过周鹤轩会，他会教我们的。”何佳用手肘捅了捅旁边的人。

周鹤轩痞笑，答道：“为两位美女服务是我的荣幸。”

没过多久，他们便到了滑雪场。滑雪场很大，人也很多。何佳高声欢呼着，催促着沈寻和周鹤轩去换上滑雪装备。

沈寻艰难地穿上雪鞋，在工作人员的帮助下，套上滑雪板，拿着雪杖，行走起来无比艰难。当然，沈寻并没有让周鹤轩教，此时的周鹤轩正在教何佳。沈寻旁边有工作人员给她讲解要领。

滑雪并没有想象中那么难，首先得适应，然后选择坡度为六度左右的滑雪道，开始活动。沈寻一开始只能尝试着走走路，或者转圈，又或者是爬坡，稍微掌握不好技巧，就直接摔雪地里了。沈寻不知道摔了多少次，感觉全身到处都在痛。

一旁的何佳倒是玩得挺疯的，还没学会走，就直接从雪坡上滑下去，一路尖叫着“让开”，不然旁人就得遭殃。结果，因为何佳还没学会如何停下，最后直接摔在别人身上，满身沾满白雪。

周鹤轩帅气地滑下去接应，动作娴熟，干净利落，还有几分像样。

何佳虽然摔倒在地上，可是依旧嬉笑着朝沈寻招手喊道：“阿寻，你快滑下来，好刺激！”

沈寻直摇头。

饭要一口一口地吃，路要一步一步地走。

沈寻进行初步活动之后，就基本上掌握了要领，能滑一小段路，就是姿势有些别扭而已。只要掌握好技巧，滑雪也没那么难。不一会儿，沈寻已经滑得有模有样的。正当她准备向何佳炫耀战果的时候，余光瞥到不远处有一抹熟悉的身影。

沈寻半眯着眼睛，看清那抹身影是徐瑞天的时候，惊讶到直接摔了个狗啃泥。沈寻一声惊呼，徐瑞天已经转过身来，目光准确无误地落在沈寻身上。

沈寻如坐针毡，慌乱着想要爬起来。可是越是慌乱，身体越不协调，折腾了好一会儿才爬起来，身上到处都是雪。

这时，徐瑞天已经朝沈寻滑过来了，沈寻看不清他什么表情。

沈寻的第一反应是要逃，于是直接转身掉头，艰难地往滑雪场外走。徐瑞天滑到沈寻的面前，一个漂亮的刹车停住。

沈寻见躲不过，抬起头，故意装作惊讶的样子，打了声招呼："呀！徐先生！想不到竟然在这里碰见你，真巧。"

徐瑞天没说话，只是伸手将沈寻头上的雪拍掉，表情理所当然，完全没有什么男女大防之说。

"徐先生……"沈寻半低着头，脸开始发红。

徐瑞天淡淡地问道："需要我教你吗？"

沈寻摇着头，眼神左顾右盼，看顾卿有没有在附近。

徐瑞天仿佛能猜到她的心思一般，说道："我妻子没有来，小婉上厕所去了。"

为什么徐瑞天的解释听起来有些怪怪的，感觉自己像是在偷情一样。

沈寻脸在发烫，胡思乱想着，溜之大吉才是好计策。"徐先生，我和我朋友一起来的，我去找他们了。"

徐瑞天似笑非笑，看不出喜怒。"我是不是又吓到你了？"

沈寻继续摇头，道："徐先生，我真的该走了。不然我的朋友会找我的。"

两个人僵持了许久，徐瑞天这才轻轻点头。

沈寻转身，缓步去找何佳，只觉得背上有一股火辣辣的目光，如芒在背。她原本搜寻着何佳的身影，背后忽然有一股向前的力量推来，身子不可控制地往下滑去。沈寻回头，看见徐婉对她做了一个鬼脸。

沈寻不懂转弯，也不会刹车，只能勉强维持平衡，尽量不摔个狗啃泥。但不幸的是，无论沈寻怎样喊着"麻烦请让开"，前面总是有人没听见。结果就是沈寻直接撞上前面的人，然后两个人一起摔倒在地。下坡的速度太快，沈寻被撞得有些发晕，在地上坐了很久才缓过神来。

何佳已经发现沈寻，急忙赶过来，将人扶起来，关切地问道："阿寻，你没事吧？"

沈寻摇头。

"你不是说要先学会走吗？怎么直接冲下来了？"

沈寻不想将徐婉拖出来，于是说道："你们先玩着，我去旁边休息一会儿。滑雪是个体力活。"

何佳正在兴头上，自然不会跟着去休息，于是说道："那你休息好了来找我们。"

沈寻点头，原本是想去休息，可是看到徐婉在不远处玩得不亦乐乎，忍不住将脚步迈过去。而且，徐瑞天也不知道去了什么地方。

小丫头不知道天高地厚，沈寻得去教育教育。

徐婉见沈寻走进，眼神中有一丝慌乱，左顾右盼似乎在找徐瑞天。

沈寻勾起嘴角，慢慢走过去，挑眉说道："小姑娘，就凭你刚刚的举动，我可以告你谋杀。"

徐婉的小脸瞬间惨白，沈寻心里简直乐翻了天。"你要庆幸我现在安然无恙地站在这里。"

徐婉不愿示弱，仰着下巴道："反正你都没事，你怎么告我？"

沈寻唬道："这里有摄像头啊。要是徐瑞天知道你搞这些小动作，肯定会想自己怎么教出这样一个女儿。"

徐婉愣住，铜铃般的眼睛里有了隐约可见的泪珠。

沈寻见目的达成，怕徐瑞天回来看到这一幕，便不敢久留，转身慢慢去了休息区。

没过一会儿，周鹤轩也过来坐下，何佳在雪地里玩得不亦乐乎。

沈寻往旁边挪了两个位置，有些局促。

周鹤轩转过身，戏谑着道："沈美女，我又不是洪水猛兽，你坐那么远干吗？"

"避嫌。"

"你是嫌弃我有女朋友了吗？"

沈寻皱着眉头，直勾勾地望着周鹤轩，仿佛要把这个人看穿似的。

周鹤轩继续厚脸皮地说道："沈美女，你这样盯着我，让我有足够的理由怀疑你喜欢我。"

沈寻不屑地"哼"了一声，道："周鹤轩，你别忘了，何佳是你女朋友。"

周鹤轩笑眯眯地说道："我没忘啊。不过我有女朋友和调戏你有什么冲突吗？"

"你！"沈寻一口气堵在胸口，咽不下去又吐不出来。

这个人在何佳面前表现得对何佳那么好，何佳不在却是这么副德行。

沈寻"噌"地站起来，面色不善地说道："周鹤轩，你最好收敛点儿。"

周鹤轩摊开手，一脸无所谓："你又不是我的谁，管不着我怎么做。如果你考虑做我女朋友的话，我可以考虑让你管管。"

沈寻还真没看出来，眼前的人居然这么猥琐："你再这样我去告诉何佳！"

"我求之不得。"周鹤轩笑着从兜里掏出一根烟，悠闲地点燃，吸了一口，嚣张地朝着沈寻吐烟圈。

沈寻瞪了他一眼，在雪地里挪动着去找何佳。

此时此刻，何佳已经玩得满头大汗，拉着沈寻的手，开心地说道："滑雪太刺激啦！就是太耗费体力，好累！"

沈寻勉强地苦笑着，心里在犹豫要不要告诉何佳这件事情。可是一想到何佳追了周鹤轩那么多年才在一起，如此不容易，若是说出来，说不定两人分手，还要搭上重拾的友谊。

"阿寻，你怎么不说话？"

沈寻笑着道："走吧，我们去休息一会儿，吃点儿东西。"

何佳招呼周鹤轩，三个人走出去准备换衣服，沈寻走出滑雪场的时候，随意四处看看，已经看不见徐瑞天和徐婉，那颗心才沉了下来。

沈寻不喜欢暧昧，也不喜欢跟徐瑞天走得太近，更不喜欢和他扯上什么关系。

可是天不遂人愿，去吃东西的时候，又遇到了徐瑞天跟徐婉。

这也不能叫缘分，毕竟滑雪场外吃东西的地方来来去去就那么几个。沈寻三个人坐在左边靠窗的位置，徐瑞天两个人坐在右边靠窗的位置。

徐婉面前堆了许多食物，徐瑞天什么都没动，静静地看着，嘴角微微勾起。

沈寻远远地听见徐婉开心地说道："爸，下次我们再来好不好？"

"只要你乖一点儿，我就带你来。"

徐婉突然抬头，问道："你所指的乖一点儿是什么？难道是不给你和你的新情人捣乱吗？"

徐瑞天拉下脸，低声说道："小婉，你怎么说话呢？"

"我开玩笑呢。"说这话的时候徐婉眼神转过来，与沈寻的目光对上。那眼神中全是挑衅。

沈寻急忙将目光收回来，专注于食物，余光却能看见徐瑞天已经转过身来，目光落在这边，有些炙热。

下午回去的时候，已经五点多，天色渐渐灰暗。

何佳玩儿得太累，靠在座位上睡了过去。沈寻撇头看着黑漆漆的窗外。

这次西山之行不算太糟糕，除了周鹤轩说的话，除了偶遇徐瑞天两父女，其他还是很完美的。

同何佳告别回家的时候，已经快九点了。

沈寻实在是太累了，回到家直接洗漱睡觉，头沾上枕头，立即睡过去，一夜无梦。

剩下的几天假期，沈寻每天都待在家里，买买菜，画画图，做点儿小手工，日子充实无比。不过让人惊讶的是，大年初六那天，林容提着大包小包沉着脸站在门外。

沈寻打开门的时候，着实惊讶了一番："妈，你怎么来了？"

林容一边往屋里走，一边理直气壮地说道："我来住几天。"

沈寻有些犯难："这里只有一张床。"

林容斜了一眼，问道："难道我不能跟你睡吗？你是不欢迎我这个妈？"

"不是。"沈寻急忙解释，"你来得太突然了。"

的确太突然了，沈寻一点儿心理准备也没有。

林容放下手里提的东西，坐在书桌旁，仰着下巴道："你快去煮饭，我饿了。"

沈寻也没有多问，只好无奈地去煮饭。

吃过午饭，沈寻洗了碗，换上床单，然后洗床单、洗衣服。这里是老式的房子，家具不齐全，没有空调也没有洗衣机。沈寻手头也不宽裕，所以这些东西都没布置。

衣服床单用热水浸泡后，沈寻开始手搓衣服。虽然水不是冰冷的，但是泡久了，也出奇的凉。

林容却在卧室里一边嗑瓜子，一边看电视，时不时地发出大笑声。

这边沈寻的手早已经又红又肿。

晚上的时候，沈寻没有跟着林容一起睡，身子蜷缩成一团，睡在沙发上。沙发太小，翻身都很艰难，还能听见咯吱咯吱的声音，沈寻一晚上都没睡着。而卧室里，林容鼾声如雷。

沈寻默默叹一口气。

第二天，沈寻悲剧地发现手长了冻疮，又红又痒。林容在她的行李里居然翻出了冻疮膏，扔给沈寻，还忍不住嘲讽道："你的手真娇弱。"

沈寻没回答，因为她发现那盒冻疮膏根本就没拆封。

元宵节很快就到来了。

沈寻一大早就起床开始忙碌。元宵节要吃汤圆，沈寻把买好的肉切碎，混上作料，又把汤圆粉掺水，用力揉搓。以前的元宵节都是父亲起来忙碌这些。一想起父亲，沈寻鼻尖酸涩。

等沈寻煮好汤圆，林容才慢条斯理地起床洗漱。沈寻默默去整理着床铺。

正月十五后，沈寻开始去上班。她早上走的时候，头不回地说道："中午你要自己弄饭，我不回来的。工作室很忙，我走不开。"

事实也确实如此。工作的时候，中午沈寻都是点外卖。

休业后再开门，是一件让人很头疼的事情。虽然已经是年后，但是定制衣服的人依旧很多。沈寻只能选择性地挑选登记，把剩下的人婉拒。当然，这些都是郑青秋的要求。不过也会遇见蛮不讲理的人，比如眼前这位看起来穿着华丽的中年女士。

"你们居然胆敢拒绝我！你们知不知道我是什么人！我的儿子就要回来了。我警告你们，最好十天内把我要的衣服做出来，否则要你们好看。"

沈寻低头道歉道："这位女士，不好意思，本店实在是接不下那么多订单，希望您能够体谅。"

"我不管你们有什么理由！反正十天后我必须要见到衣服，我有的是钱！"

一旁的郑青秋缓步走过来，姿态高傲，讽刺道："我的衣服不是什么人都能穿的，尤其是你这种人。这位阿姨，麻烦您哪儿来的就回哪儿去，本店恕不接待。小寻，送客！"

面前的人气得脸像调色板似的，颜色变换十分精彩，"姓郑的，你有什么好嚣张的！若不是依附男人，你能走到这一步吗？你在这里跟我装什么傲气！"

郑青秋面不改色，反而嘲笑道："至少我有资本依靠男人。你这副尊容怕是早已经被老公嫌弃得要死了吧。你在这里耀武扬威，说不定你老公现在怀里却搂着其他女人。你不如早早回去，捉奸还能分财产，多好。"

不得不说，郑青秋的嘴巴毒死人不偿命。沈寻在一旁暗暗感叹。

这位女士被郑青秋气得发抖，脸涨得通红，最后丢出一句"你给我等着"甩袖离去。

沈寻站在旁边，低声问道："郑姐，这样真的好吗？万一到时候她真的来报复怎么办？"

郑青秋拍着沈寻的肩膀说道："要是以后遇上蛮不讲理的客户直接赶人，别低三下四的。我郑青秋不需要用这种方式来维护客户。再说了，这种人只会拉低我衣服的水平。"

"郑姐，这样对店里的名声不好。"

"懂我的人自然会来，你放心吧。"

对于郑青秋的自信沈寻是佩服的。有本事的人自然应该像郑青秋如此嚣张。不过话又说回来，郑青秋怎么看都不像是依附男人的人。沈寻从来没有见过她的身边有过什么男性朋友。

元宵节一周过后便是情人节。

但这样的节日并不属于沈寻，所以下班后她便直接回家了。但没想到的是，这次回到家迎接自己的不是垃圾，而是一片狼藉。

厨房的地上有不少打碎的碗，客厅里的沙发翻了，板凳倒在地上。卧室里，沈寻做手工的所有材料都被打翻，被子也被扔在地上。书桌上的书散乱放着，衣柜被打开了，衣服被拖了出来，乱七八糟的。书桌的抽屉也被翻得很乱，而书桌上之前摆着的电脑也不翼而飞。

家里仿佛遭到了洗劫，而且最重要的是，林容不在。

沈寻完全不明白发生了什么事情，只好先打了林容的手机，可她的手机已经关机。她掉头跑下楼，向街坊邻居打听发生了什么事情。这栋楼有如此大的动静，肯定早就传遍了。本来房间的隔音效果就差。

最后有人告诉沈寻，上午有几个五大三粗的人跑进楼，不一会儿就传出"乒乒乓乓"的声音，还有惨叫声，那些人走的时候带走了一台电脑。

沈寻急忙问道："你有没有看到一个中年妇女？"

邻居说道："那个中年妇女是接近中午的时候走的。"

"那她受伤了吗？"

邻居摇头，表示不知道。

沈寻没办法知道究竟发生什么事情，也不知道该不该报警。她刚刚回房间，房东就来了。房东是一位四十多岁的中年妇女，看上去特别精明。

房东进了屋子，沈寻急忙扶起一个板凳让她坐下。"李姐，你坐。"

房东没坐，也没拐弯抹角，直接说道："我给你三天时间，你搬走吧。我不想惹麻烦。"

"李姐，今天我也不知道发生了什么事情。等我弄明白了再说好不好？"

房东坚决摇头："这件事情没有商量的余地，剩下的租金我可以退给你，这是最大的让步。"

"李姐……"

"就这样，我走了。"房东摆摆手，转身走掉，不给沈寻任何解释的机会。

沈寻的脑子里乱糟糟的，屋漏偏逢连夜雨，坏事简直是一波接一波。她心情悲伤，也没收拾房间，而是先回家了一趟。然而，林容并没有回来。

沈寻只好向邻居打听。而邻居告诉沈寻，林容八成是躲债去了。她赌博欠下了许多钱，前阵子已经有几个男的不断过来向她要钱了，动静很大。

难怪林容要去她那儿住。

又是赌钱！沈寻心里恨死了林容赌钱。如今居然走到这个地步。沈寻知道早晚有一天那些人会找上门来。如果钱的数目不大，还能填一填；如果太大，沈寻真不知道该怎么办。具体情况没办法知道，更没什么对策。一想到这些，沈寻脑袋都大了。

这个情人节真够兵荒马乱的。

沈寻回到租房子的地方，想不到竟然看见徐瑞天的车就在不远处停着。沈寻的步伐更快，当作没看到一般，但是车窗却慢慢打开，徐瑞天朝着沈寻喊道："上车。"

这下沈寻不能装作没看到，而是走近几步，道："徐先生，请问有什么事情吗？"

"上车！"

"现在太晚了，我想回家。"沈寻执意不肯上车。

徐瑞天也不恼，反而说道："要么你上车，要么我去你家，你自己选。"

沈寻当然选择前者。现在屋子里那么乱，不适合接待客人。

"你带着我去哪儿？"

"等会儿你就知道了。"

沈寻靠在座椅上，脸色有些倦怠。

徐瑞天面无表情，问道："我怎么打不通你的电话？沈小姐，你最好给我个合理的解释。"

从西山回来，沈寻把徐瑞天的电话拉进了黑名单，他能打通才怪。可是她可不敢说把他的电话号码拉进了黑名单，而是低声道："大概手机坏掉了吧。"

徐瑞天冷哼一声，直接带着沈寻去了一家手机店。

走进手机店的时候，沈寻还很奇怪，歪着头问徐瑞天："你要买手机吗？"

徐瑞天嘴角上扬，道："对。"

沈寻没多想，只是徐瑞天选了一个粉色的苹果手机，刷卡付过钱之后，她才隐隐约约觉得有些不对。

徐瑞天直接把手机往沈寻手里一塞，道："现在你把卡放到新手机上，我再来打你的电话试试，看这次是不是手机坏掉了。"

沈寻瞬间觉得头皮发麻，手上的盒子有些烫人。"徐先生，我手机应该没坏，还能用。"她急忙掏出手机，转过身把徐瑞天的电话号码从黑名单里调出来，道，"现在你再打我电话，保证畅通。"

徐瑞天定定地看了沈寻半晌，转身往外走。

沈寻跟在后面，道："我手机真的还能用，这个手机不用给我试。"

徐瑞天转身，将沈寻的手机抽出来，突然砸向旁边的墙。徐瑞天上前，取下手机卡，折回来递到沈寻手中，表情凝重。"现在你的手机已经不能用了。"

沈寻被徐瑞天突如其来的怒气弄得莫名其妙。徐瑞天肯定生气了。但是沈寻根本就不知道究竟发生了什么事情，难道只是因为自己把他的电话号码拉进了黑名单吗？

摔坏的那个手机也让沈寻感到心疼，毕竟那是她用第一桶金买的，具有特殊的意义。可是现在，她无论如何也不敢去把摔在地上的手机捡起来。

沈寻为手机默哀了三秒钟，心里暗暗叹口气。

两个人重新上车，徐瑞天猛踩油门儿，超过一辆又一辆车，沈寻的心提到半空中，喊道："徐先生，把你的电话号码拉入黑名单是我不对，以后我绝对不会这么做！"

"哦？"

沈寻无比认真地说道："我保证！"

徐瑞天脸上的表情终于有所动容。"以前你叫我徐先生带着敬意，现在你叫我徐先生带着拒意。沈寻，你为何如此拒绝与我相处？哪怕你现在就坐在我旁边，但是却坐在座椅的最右边。"

沈寻反射性地低头，发现还真是这样。那些心思一下子就被洞穿了，沈寻有些无地自容。这些都是无意识的，却也是来自内心深处的反应，无法去辩驳。

徐瑞天带着沈寻去了一家电梯公寓，这家公寓环境比较好，而且离工作室很近。当初租房子的时候，沈寻就考虑过租这里，无奈租金太贵。

沈寻奇怪地问道："徐先生，你带我来这里做什么？"

"你跟我走便是，反正不会害你。"

徐瑞天打开房间的门，率先走进去。沈寻站在门口迟疑了几秒钟，也跟着走进去，脑袋里有好多杂七杂八的想法。房子不大，两室两厅，看样子刚装修完没多久，简单现代，家具都是新的，似乎没有住过人。

徐瑞天把钥匙塞进沈寻的手里，道："以后你住这里。"

沈寻瞪大了眼睛，说不出的惊愕。

"今天我去找你的时候，刚好遇见你的房东。"剩下的事情自然不言而喻。

"徐先生，谢谢你，可是我自己能搞定这些事情。"沈寻不想再欠更多的人情，怕还不清。

"这房子没人住过。明天我叫人帮你搬东西。"

"徐先生，你的好意我心领了，可是这样不合适。"

"为什么不合适？"徐瑞天挑眉。

沈寻的脸微红，尴尬地觉得这样好像是被包养了。不过这样的话她可不敢说出口。两个人非亲非故，面前的人这样帮自己怎么看都太过了。

徐瑞天凝视着沈寻，低着头，道："如果我的女儿遇上困难，我也希望别人能拉她一把。这些都是举手之劳，你不用觉得我厥功甚伟。更何况，你帮过我。你穿上那婚纱让我妈妈没有了遗憾，让徐婉也从伤心中恢复过来，你还送了我一张护身符。这间房子空着也是空着，还不如你来住，增添一丝人气。你要觉得愧疚，交房租也行，时间你定，金额你定。"

沈寻从来没有听到过徐瑞天能讲这么长一段话。而沈寻歪曲了面前人的用意。她一面怕欠人情，另一面怕别人的眼光。

最后徐瑞天淡淡地说道："如果你把我当成普通朋友来看待，你也不会这么拒绝我。如果你一直这样拒绝我，才更有问题。"

沈寻瞬间被踩到关键点，脸色通红。徐瑞天说的这句话也不是没有道理，越是欲盖弥彰越有问题。然后，沈寻成功被说服，最终妥协。随后她低声嗫嚅道："我做的事情都微不足道，你不用放在心上。"

她只是一个普普通通的人，只能尽量为徐瑞天做些普普通通的事情来报答他的恩情。

3

沈寻请了一天的假，收拾东西。将近中午的时候有人敲门，打开门，陆挽霜站在门外。

沈寻愣了，陆挽霜也愣了。陆挽霜身后的两个男子却不知道发生了什么事情。

陆挽霜进门，嘴角带着讥诮。等那两个男子开始搬东西，陆挽霜这才讽刺道："哟，想不到你竟然这么有本事，让徐瑞天包养你。"

沈寻不愿做更多的解释，冷声学着郑青秋说道："要是你有本事，今天被包养的人肯定是你。"

陆挽霜脸色变了又变，威胁道："你不怕我把这件事情抖出去让你身败名裂？"

沈寻丝毫不见慌乱："如果我在徐瑞天耳边吹吹枕边风，你觉得你还有活路吗？"

当然，沈寻只是吓吓她，哪有所谓枕边风可吹。

"沈寻，你别嚣张！总有一天，会有人收拾你。"

沈寻故作镇定，道："不管有没有人收拾我，到最后你肯定会被徐瑞天收拾。"这算不算狐假虎威。徐瑞天的名字还是挺好用的。

陆挽霜仰着下巴，逞强说道："如果我不好过，你也不会好过，说不定何佳也不会好过。"

"这和何佳有什么关系？"

陆挽霜不回答问题，只是笑着，那样的笑有些瘆人。

沈寻见对方不说话，也没有追问，冷哼一声，搬东西下楼。在对陆挽霜的态度上，沈寻一直都是息事宁人，可是越是谦让，对方就越是咄咄逼人。

更何况今天情况比较特殊，不用这种方法，最后徐瑞天会被连累。其实说到底，沈寻觉得当初就不应该答应住进去。那一念的妥协造就后来的无限祸患。

陆挽霜来到公寓里，好奇地四处打探，一边看一边尖酸刻薄地说道："这应该就是传说中的金屋藏娇了吧，啧啧。"

沈寻只顾收拾东西，也不回应。现在，陆挽霜只能动动嘴皮子，说几句难听的话。沈寻不回话，也是自讨没趣，陆挽霜冷哼一声离开。

过不久，有小哥送来了家具，还有各种各样的日用品、厨具、家庭常备药，等等。凡是应该出现在家里的东西一样没少。杂七杂八的东西堆在客厅里，像小山一般。

这些应该都是徐瑞天的手笔，不得不说，这个人太细心，连卫生巾都准备好了。还好陆挽霜没看到这个，不然又该费一番口舌。

沈寻手里拿着卫生巾，说不感动都是假的。徐瑞天的细心像是一张软绵绵的网，一下困住了那颗心，挣脱不开。这么多年过去，已经很久没有人对她如此好。

沈寻的眼泪渐渐涌出，一滴一滴砸到地板上。这样的好，是罂粟，让人上瘾却戒不掉怎么办。

经过收拾之后，家里看起来有了一点点的人气。沈寻琢磨着，应该买几盆花放在家里，这样也有丝生机。刚刚出门，徐瑞天便来了电话，说了句"晚上过来吃饭"就把电话挂断了。

当然，沈寻最后还是用了那部粉色苹果手机。她后来存了两个月的工资，把这笔债总算是还上了。当然，她没有直接给钱，而是买了同等价位的东西快递到他公司。

既然大BOSS这么说了，沈寻莫敢不从，只好在买花之余，顺便买菜。花鸟市场上，她挑了些盆栽，外带两条小金鱼，还有一些温馨的装饰品。占了别人家的房子，也要好好装扮。

沈寻也不知道徐瑞天喜欢吃什么，就准备了一点儿清淡的菜。沈寻的厨艺不怎么样，虽然经常弄菜。小说里那种什么想要俘获男人的心就先俘获男人的胃之类的情节也不会出现在她身上。

七点多的时候，徐瑞天才出现在门口。他看到房子的时候，有些惊讶："我都快认不出来这房子了。"

"这样装扮你觉得怎么样？"

徐瑞天勾着嘴角，道："你开心就好。"

门口的鞋柜上，放着鱼缸，两条红色的金鱼悠然自得。客厅的茶几上，摆了一个花瓶，瓶中的百合怒放。墙角放着一个白色复古的花架，摆着一盆滴水观音。饭厅里的白炽灯有些刺眼，沈寻就给它装上了一个类似鸟巢的灯壳。阳台上摆着几盆多肉植物，看上去肉嘟嘟的，很可爱。还有一些盆栽分散放在房间里，看上去绿意盎然，充满了生机，仿佛整个屋子都鲜活起来。

徐瑞天坐在饭桌旁，沈寻把饭菜一一端上来，三菜一汤，每一份都做得很少。

沈寻坐在对面，道："徐先生，我的厨艺不好，你多担待。"

徐瑞天端起饭，拿起筷子，尝了一口，淡淡地道："你很有自知之明。"话虽这么说，徐瑞天的筷子却没有停下来过。他吃得很斯文，整个人也很放松。

房间太过安静，沈寻吃着饭，努力适应这种尴尬。

"小婉呢？"

"她去她妈妈那儿了。再来一碗饭。"

沈寻又给徐瑞天盛了满满一碗饭，最后依旧被吃光，饭菜都不剩。沈寻的胃口比较小，一碗足够。看到那些空盘子的时候，沈寻心里有一种说不出来的……满足感。

应该是用这个词来形容吧。

吃过饭后，徐瑞天坐在沙发上消食，沈寻在厨房洗碗收拾，出来的时候，沙发上的那个人闭着眼睛在打盹儿，看上去极其疲惫。

沈寻忍不住放轻脚步，给徐瑞天拿了一条毛毯轻手轻脚地搭在他身上，饶是如此，他也没睁开过眼睛。

沈寻坐在不远处的沙发上，忍不住静静凝视这个人。

徐瑞天年轻的时候应该很帅，虽然接近四十岁，但是岁月待他并不苛刻。他的额头饱满，眉毛浓如墨，睡觉的时候眉头拧成一块。他是高高在上的大 BOSS，却也是一个普普通通的男人。此时此刻，眼前的人仿佛褪下了重重的壳，露出最简单的一面。

徐瑞天醒来的时候差不多已经九点多。沈寻在书房随手画图。台灯的光暖暖地照在她的侧脸上，有一种惊人的美。

"沈寻，我先走了。"

沈寻起身，道："徐先生，我送送你。"

"不用，你好好待着。这段时间我都在这里吃饭。"说完，徐瑞天便出门。

沈寻呆呆地站在客厅，还在回味刚才的话。

这段时间……都在这里……吃饭？

沈寻突然觉得已经沦为徐瑞天的专用煮饭婆，虽然手艺有些差。

第七章　惊　变

专用煮饭婆就专用煮饭婆吧，也算还人情。沈寻就是这么想的。万幸徐瑞天不是特别挑剔的人。

解决了住的问题，沈寻心里担心着林容，电话依然打不通，更没有任何陌生来电。下班的时候，沈寻偶尔会回去看看，但是那边的家里已经积累了厚厚的灰，林容依旧没回去过。那些追债的人也没来找过。沈寻的眉间罩上了一层厚厚的担心。

一连好几天，沈寻都是这副模样。饭桌上，徐瑞天忍了许久，终于问道："你最近是不是还有什么难题？"

沈寻想说没有，可是一想到林容下落不明，那句"不是"怎么也吐不出口。

"到底发生什么事情了？"

在徐瑞天的再三追问下，沈寻这才低声道出了事实。"我妈赌博，欠了别人的钱，现在不知道在什么地方，也从来没联系过我。"

徐瑞天皱着眉头，道："这种事情你怎么不早点儿告诉我？"

"我……"沈寻也说不上来是什么原因。

徐瑞天放下碗筷，问了林容的名字等基本信息，然后打了几个电话，才说道："我已经托朋友帮忙找人，应该很快有消息。你不用太担心。"

"徐先生，真的非常感谢你。"

徐瑞天挑眉，道："你要真想要感谢我，还是先努力提高厨艺吧。"

沈寻脸一红，低声答应道："我一定努力。"

看来，煮饭婆也不是那么好当的。

只是沈寻没料到，还没等徐瑞天那边出结果，林容便主动跑到了工作室，当时沈寻差点儿没认出来。林容的衣服又破又烂，头发都凝成一块了，脸上很脏，全是灰尘，模样十分狼狈。

沈寻惊呼："妈，你怎么成了这副模样？"

林容满脸都是惶恐。她死死捏住沈寻的手，颤巍巍地道："你有多少钱，通通都给我。我要去翻本，翻了本还债。"

"妈！你怎么到这个时候还想着赌钱！你究竟欠了别人多少万？"

"我欠了五十万。你快把钱给我！那些人已经找到我了，给了几天宽限期。如果再拿不出钱，我会被砍死的。你是想眼睁睁地看着我被砍死吗？"

五十万，天！这是一笔巨款！现在全部家当也就四万块钱，远远不够。沈寻慌了神，一时间也没主意可拿。

林容不断念叨着让沈寻拿钱。

沈寻直直地看着林容，道："你想拿钱再去输个五十万吗？"

林容的脸色突变，像是枯萎的树叶，在狂风肆虐后只剩残缺的颓败。她那捏着沈寻的手也缓缓放开，整个人瘫软在地上，六神无主。"不然你要让我怎么办？难道让我去死吗？"

"妈，你让我想想办法。"现在唯一的办法就是借钱。沈寻第一个想到了徐瑞天，可是一扯上这五十万，就永远没办法跟他撇清关系。沈寻第二个想到的人是何佳。

沈寻打电话，向何佳借钱。何佳没问原因，只说大部分的钱买了车，最多还能借三万，而且很快就会转账过来。能想到的第三个人是郑青秋。

郑青秋大部分钱套在股市里，能借给她十万。就算这样，加起来也才十七万，离五十万还差一大截。

沈寻计算着数字，心里盘算着还有什么方法能够来钱。最后，她能想到的是卖家里的那套房子。那房子虽然面积不大，好歹能卖个二三十万。

可是林容听到这个提议时坚决反对，尖声道："那是你爸爸留下的最后的东西！"

沈寻硬着心肠，冷笑道："要么卖房子，要么被砍死，你自己选择一样。"

"你再想想其他办法。"

"我已经没有其他办法了，卖不卖房子随你。"

"你这个不孝女！居然要卖掉你爸爸留下的最后的东西！你怎么能这么狠心！"林容从地上爬起来，几乎已经失去理智。

沈寻心里的悲凉逐渐蔓延。她也不想这样的，可是却最终走到这个地步。她整个人像被锯子来回割般痛苦。她努力吸了口气，想让心脏不那么难受。"我也不想卖掉房子，可是现在真的没有办法。房子的事情你自己考虑，我只有十七万，就这样。"

"那你先把十七万拿给我。"

"让你的债主来拿。"

林容见沈寻态度强硬，便无可奈何地走了。

沈寻心里说不出的难受，那颗心一次又一次被最亲近的人伤害，千疮百孔。

门外寒风肆虐，吹得枝丫呼啦啦地响，像是故意陪伴沈寻一般。

这个冬天真的太冷、太长了，为什么温暖的春天还不来呢？

晚上，徐瑞天没有来吃饭，沈寻在阳台坐了许久，把关于林容的记忆一遍又一遍地回放。那些记忆太过稀薄，只能让人记起个大概。

一直以来，沈寻都是跟爸爸比较亲近，跟林容反而比较陌生。印象中，林容很少管沈寻，偶尔心情好的时候会买些东西给女儿。若是两个人吵了架，林容还会拿沈寻撒气。林容经常说自己嫁了一个没有前途的丈夫，要不是怀着沈寻，两个人估计不会结婚。

那时候不懂，现在沈寻懂了。林容觉得女儿是她一生悲剧的开始，所以才一直尖酸刻薄地对待。

想到这些，沈寻心里没那么多恨，只是想着当初就不该出生。说不定现在投了另外的人家，有一个很和蔼的爸爸妈妈，生活平淡而幸福。

可她最后也只剩下这些妄想了。

第二天，郑青秋没来工作室，下午的时候林容哆哆嗦嗦地领着债主前来。这位债主四十多岁，大概一米八的样子，很胖，脖子后面文着一条张牙舞爪的龙。他后面还带着两个一脸横肉的小喽啰，气势汹汹。

即使害怕，也不能在这个时候怯场。沈寻昂着头，走过去。

领头的人问道："你就是林容的女儿？"

他一张嘴，满口黄牙，带着一种烟熏的恶臭。

沈寻皱着眉头，忍着臭味点头。

"她说你能够还钱。"

"我只有十七万。"

领头的人脸色变了，凶神恶煞地问道："另外三十三万呢？你打算什么时候还！"

沈寻指着林容，道："她还有一套房子，大概能卖几十万。"

"我不要房子，只要现钱。"

"大哥，你能不能再宽限儿天，我想想办法。"

领头的人眼神凌厉，恶狠狠地说道："我已经宽限这么长的时间了，你还要让我宽限？"

"大哥，你行行好，卖房子也要几天的时间。我保证，等房子卖出去立即把钱还你。"

"老子又不是搞慈善的，少说废话，赶快还钱！"

面前的人太过凶狠，沈寻不由得退了两步。她的背后冷汗直冒。手指无意识地抠着掌心，紧张极了。

领头人见沈寻拿不出钱，直接让小喽啰开始砸工作室。小喽啰也不含糊，见什么砸什么。

沈寻急忙去阻止，毕竟这不是她的店，结果被推倒在地。她只能叫嚣着："你们不停手我就报警！"

领头的人直接过来踹了沈寻一脚，把她的手机也抢了过去。

无数的模型被推倒，摆的书通通被摔到地上，画的草稿通通被撕毁。桌子上的咖啡壶也被摔在地上，咖啡流了一地。落地窗也被敲得粉碎。东西被砸得乱七八糟。

沈寻看着这一切，却无能为力。她红着眼睛，恶狠狠地诅咒道："你们都会遭报应的！"

领头的人冷笑着说道："欠债还钱，天经地义。"

说话间，咖啡顺着地板流到了插线板处。插线板短路，瞬间爆出了花火。那火花刚好蹦到了布料上，布料"噌"一下燃烧起来了。那堆全是布料，火势长得飞快，没过几秒钟布料烧了一大半。

那几个人目瞪口呆地看着这一切，瞬间跑得没影。而林容还在发呆。

沈寻没空管这些，拔腿去拿着桶接水灭火，可是火势蔓延得太快，快到来不及用水浇灭。沈寻当机立断，去疯狂地抢救一切能够抢救的东西。才跑了四趟来回，工作室已经烧了一大半，浓烟四处弥漫。

沈寻再度冲进去，想再抢救一点儿什么，可是里面温度高得吓人，沈寻裸露的皮肤已经感受到了灼热，而且眼睛也进了烟。沈寻被熏出了眼泪，拉着林容跑出去。

周围已经聚集了许多人。

待到视线好一些，沈寻不顾林容的劝阻，又一次捂着鼻口冲了进去。这一次，工作室所有的东西几乎都在燃烧。沈寻急忙去救那盆茉莉花。因为被大火熏到，茉莉花的叶子已经萎靡了不少。沈寻的手刚拿起花盆，就被高温烫伤了，花盆没拿稳，碎了一地。她只好蹲下身，将茉莉花连根带土捧在手里。到处都是火，熏得沈寻看不清楚路，头发也被烧焦了几缕。

林容站在门口，高声骂道："都这个时候了，你还管什么花啊！"

沈寻一边护着花，一边看还可以抢救些什么。林容大声叫她走都没有听见。

这个时候，林容突然冲了进来。沈寻还没能反应过来究竟发生了什么事情，被狠狠一推。原本放着布料的大架子"轰隆"一声倒了下来，重重砸在林容的身上。她当场吐出一口鲜血。

"妈！"沈寻惊恐地看着面前的人，准备拔腿冲进去。路人一把将她死死拉住，并劝慰道："你别进去，你进去了只会送死。"

沈寻扔了花，用尽全身力气，疯狂地想挣脱牵制，但是又来两个人将她拉了出来。

林容有气无力地说道："我知道我不是好母亲，但是看到你有危险，身体总是比脑子先做出决定。这辈子欠你的我都还上了……"

"妈！"沈寻撕心裂肺地喊着里面的人，却已经没有任何回应。

这一切是那么不真实。

那个尖酸刻薄、只会打骂人、只会伸手要钱的妈妈居然在关键的时候牺牲了她自己。

沈寻愣愣地看着大火吞噬着一切，无力地跪在地上，捂着脸，失声痛哭。

119 刺耳的鸣笛声急促响起,周围十分混乱。

沈寻的耳朵嗡嗡作响,那颗心被碾压成泥,无法恢复原状。身上的每根骨头仿佛都被一一敲碎,浑身没有任何力气。嗓子已经完全哑掉,眼睛又红又肿,满是刺痛。

沈寻觉得这些真的太痛苦,就一如当初她劝徐瑞天,可是却没看透。能劝慰别人,却劝慰不了她自己。

此时此刻,沈寻觉得她就像是痛苦洪流中的蚂蚁,瞬间被淹没,从此不见天日。

世界上,唯一的亲人,没了。

什么是死呢?

死亡就是永远失去。这是最残酷的惩罚。

沈寻承受不住如此巨大的打击,眼前模糊,直接晕了过去。

2

这一定是个梦。

沈寻发现自己处于一个黑色的巨大旋涡中,整个人被墨色的水花卷起再抛下,五脏六腑都要被甩出来。整个天空是昏暗的,风掀起巨浪,用力拍在脸上,鼻口间全是水。

沈寻努力想要抓住些什么,周围除了水,什么都没有。她的手在虚空中做着抓的动作,在水中挣扎又挣扎,最终还是被像恶鬼一般拖进地狱。

这一定只是一个梦而已,醒来就好。沈寻努力想睁开沉重的眼睛。

当沈寻费力睁开双眼的时候,思绪还处于混沌之中,几秒钟之后,意识才清醒过来。这是一间病房,空气中弥漫着浓重的消毒水的味道。更重要的是,那株茉莉花已经被移进花盆,放在床头。而旁边坐着徐瑞天。

"徐先生……"不知道为什么，她刚刚低声喊出这三个字，泪水就夺眶而出。

徐瑞天抓着沈寻的手，声音喑哑道："我在。"

沈寻哭得更厉害了，从床上翻起来，一把抱住徐瑞天，呜咽道："我的妈妈也没了……"原本不该有这样亲昵的动作。可是睁眼看到徐瑞天的那一刻，沈寻那颗惶惶不安的心像是找到了能够依靠的地方。她这几天实在太累，只想靠一会儿，一会儿就好。

徐瑞天整个人都是僵硬的，最后听到如同小兽般的呜咽声，身体才渐渐放松下来。他的手放在沈寻的背上，轻轻地拍着，有一种莫名的安慰。

沈寻哭了多久，徐瑞天就保持这样的姿势有多久。窗外的阳光正盛，倾泻进来，落在两个人的身上，有一种明亮的温暖。

沈寻努力汲取着徐瑞天身上的暖意，企图让那颗凉透的心苏醒，但一切都是徒然。

徐瑞天退后一步，双手安慰似的搭在沈寻的肩膀，认真地看着她，道："你不用担心，一切有我。"

一切有我。

多么暖心的四个字。

"我去给你买点儿吃的东西，你已经很久没有吃东西了。"

沈寻含着泪光摇头，如今的状况实在是吃不下去，仿佛还有许许多多的事情。比如林容的葬礼，比如怎么向郑青秋交代，再比如怎么还债。

徐瑞天劝道："身体最重要。有力气才能去处理事情。"

沈寻这才轻轻点头。

徐瑞天走后，沈寻叹气，重新躺在床上，呆呆地看着窗外。

光秃秃的树枝上不知道什么时候长出了绿色的小芽，只有米粒那么大，远远看去，有一层薄薄的绿色。

仿佛春天很快就会来的。

沈寻原本想给郑青秋打个电话，却发现手机不在身边，似乎被债主一起带走了。

关于工作室的损失，沈寻觉得自己要负担全部的责任，这又是一笔巨款。更重要的是，这场火把郑青秋多年的心血毁掉了，也把沈寻的前途毁掉了。

沈寻突然觉得自己一瞬间一无所有了。人孤独地来到世上，又孤独地死去。可是沈寻却不愿意中途的过程也是孤独的。在困难的时候，得郑青秋帮助。如今却用这种方式去"回报"，沈寻惭愧不已。

正当发呆的时候，不知道债主是怎么找到这里的，他带着两个人直接闯进来，沈寻吓了好大一跳。

领头的人依旧面目暴戾，"你果然在这里。"

沈寻看着这三个人，有一股深深的恨意。若不是这三个人，原本可以避免那场大火，后面的事情也不会发生。她直接从床上跳起来，气势汹汹地走到那个人的面前，高声控诉："你们引起的那场火灾不仅烧掉一切，也害死一条人命！我要去报警，让警察抓你们！你们会得到应有的报应！"

领头的人冷笑："有谁看到是我们哥儿几个亲手放的火吗？有谁看到吗？"

他身后的人也跟着笑起来。

"你最好赶快还五十万，不然老子保证，以后你的日子肯定不好过。"

沈寻红着眼睛，心里只能恶狠狠地诅咒这几个人。

"你们想要让谁的日子不好过？"徐瑞天的声音在门外响起，带着一种威严。他走进来的一瞬间，三个人都愣住。

领头的人脸色变了又变，换上笑脸，道："原来是鼎鼎大名的徐总。"

徐瑞天站在沈寻的面前，将女子护在身后，道："道上的规矩我也懂。"徐瑞天从怀里掏出支票，"唰唰"地签上名字，眼也不眨地递过去，"欠债还钱，天经地义。"

领头的人笑眯眯地接过支票，道："原来这位美女有徐总罩着，刚才多有得罪，还请见谅。"他一边说话，一边将带走的手机拿出来，放到沈寻的手中。

徐瑞天冷哼一声，继续说道："这一码算清，再来算另一码。工作室起火的事情你们三个谁也逃不了责任，等着法院的传票吧。"

面前的三个人互相看了一眼，脸色惨白。

徐瑞天掸了掸袖子上的灰尘，漫不经心地说道："至于证据，这个东西太好办了。如果有的话，肯定能够找出来。我徐瑞天要让你们看清楚，今天你们得罪的究竟是什么人！"

最后一句话掷地有声。

其中有个人被吓得脚软，直接摔到地上。

"还不快滚！"

三个人吓得屁滚尿流地走了。

沈寻站在徐瑞天的背后，看着眼前人的背影，眼眶渐渐湿润。这五十万还得太容易，让人疑心在做梦。她从来没想过，徐瑞天会主动帮她还钱。徐瑞天做债主总比别人做债主好。

"徐先生，我该怎么报答你……"沈寻现在满脑子都想着要不要像电视剧里一样，把这副还算干净的身子给他，"如果你需要，我可以……"剩下的话说不出口。她的手覆在领口的扣子上，心跳飞快，面色绯红。

徐瑞天饶有兴趣地看着，眉毛一挑，道："沈寻，我真想不到你居然会用这种方式。"

沈寻把头埋得死死的，连耳根都是红的。

"你是不是霸道总裁文看得太多了，脑袋里装了些什么乱七八糟的东西。我徐瑞天是贪图温软香玉的人吗？你未免看低了我。"

徐瑞天的话让沈寻更加无地自容。可是这实在是没办法，欠得太多太多，心中愧疚。"徐先生，我不是那个意思……我只是……"她也没办法解释。

"这件事以后再说。你先吃点儿东西，我还有事情处理，先走了。如果你想出院，随时可以。"

说完这些话，徐瑞天头也不回地走了。

沈寻懊恼，好像又惹他生气了。

沈寻出院的第一件事就是去找郑青秋。两个人约在咖啡馆见面。郑青秋依旧满面春风，仿佛工作室烧毁这件事并没有对她产生什么影响。

沈寻站起来，深深朝她鞠躬，真诚地说道："郑姐，对不起，一切都是我的错。这笔损失我会慢慢挣钱还你。"

郑青秋笑着摆摆手，道"托你的福，现在我终于能换新的工作室了，比以前的还要大。小寻，你遇到了一位贵人。"

沈寻抬头，满脸疑惑。

"徐瑞天难道没跟你说吗？我开一家新工作室的费用全部找他报销。"

沈寻愣住，久久反应不过来。没想到徐瑞天连这个也考虑到了。

"你妈妈的事，我很难过。你是一个坚强的姑娘，一定能挺过去。"

"谢谢郑姐。"

"工作室重新弄好，你再来上班吧。如果不愿意的话，我也不勉强。"

沈寻轻轻点头，没说愿意，也没说不愿意。所有的事情需要好好捋一捋，沈寻现在的状态根本不适合工作。

林容的死无疑是巨大的打击。她的葬礼很简单，也只有很少的三个人，包括徐瑞天和何佳。沈寻站在墓碑前，模样呆滞。她伸手留恋地抚摸着墓碑，就像抚摩着林容的脸，冰冷刺人。那个人明明就在眼前，却永远也看不到了。生与死的距离如此近，又如此遥远。

原本死的人该是她。

沈寻一直以为林容心里只有恨。但是，那一瞬间的抉择，最终还是没能逃掉这深埋的爱意。她内心深处对林容的怨消失得干干净净，只余下无尽的悔恨。

从此，只剩下她一个人。想到这些，沈寻忍不住泪流满脸。

何佳忍不住向前去抱住她，呜咽道："阿寻，我也是你的亲人。"

沈寻哭着用力回抱何佳，低声道："我真的只有你……"

"很高兴，我能成为你的唯一……"

风很大，吹起树枝哗啦啦作响，也吹起那颗不想孤零零的心，轻飘飘地在找家。

3

很长一段时间，沈寻处于一种灵魂出窍的状态，做什么事情都要愣上好一会儿，记性也不好。常常做一件事情总要忘记什么东西。比如吃饭的时候，要愣很久才知道要拿筷子。炒菜的时候喜欢发呆，总是忘记放盐。她的脸上，一直是郁郁寡欢的模样。何佳隔三岔五地过来陪伴，讲些笑话。虽然沈寻会很给面子地笑，但是很勉强，笑不达意，看上去让人无比心疼。每个夜深人静的夜晚，思念疯长。沈寻只能躲在被窝里，撕心裂肺地哭泣。

徐瑞天偶尔也会过来看看，两个人却没什么话可以说，谁也没打破这样的平静，直到沈寻在厨房切菜的时候不小心切到手指。

她"哎呀"一声，原本在沙发上坐着的徐瑞天蹦起来直奔厨房。

沈寻的食指被切了一条口子，鲜血直流。徐瑞天找出消毒水和创可贴，处理伤口。沈寻呆呆地看着徐瑞天认真而紧张的脸，低声说道："我记得以前你也这样为我处理过伤口。"

"所以呢？"

"自从你出现后，我的生活从未平静过。"

"这点我承认，但是结果却不是我想要的。"

沈寻知道这些事情都怪不到徐瑞天的头上，可是有些话，她还是要说出口。"徐先生，以后你能不能不要出现在我面前。我会把欠你的所有东西都一点儿一点儿还清，哪怕这一辈子都是在还债。"

诚然，这些话都不是真的。她害怕拥有，害怕去依靠，更怕以后习惯这种保护后再也无法独自生活。她想戒掉这罂粟，一切从头再来。

徐瑞天倏地抬起头，墨色的眼睛凝视着沈寻，目光灼灼。

沈寻禁不住看，将脸转到一边。

令人没想到的是，徐瑞天将沈寻紧紧搂在怀里，声音竟然有些颤抖地说道："沈寻，把你的以后交给我好不好，我将视你如珍宝。"

风忽然停住，时间忽然停住，连心脏似乎都停顿了两秒钟。温暖的气息轰然炸开，沈寻猝不及防，脑袋有轻微的眩晕。徐瑞天的怀抱太过温暖，沈寻还未拥有，已经开始贪恋，可是，人终究是要清醒的。

沈寻硬下心肠，轻轻推开徐瑞天，往旁边挪了两步，低声道："徐先生，我给你讲个故事吧。"

这个故事关于林容给别人当情妇，也关于黎昕最终的厌恶，更关于她从小背负"小三的女儿"五个字。这些故事发生太久太久，沈寻却从未忘记当初的感觉。最后她说："我不愿意重复我妈妈的路，不愿意让我的女儿被别人戳脊梁骨。徐先生，我相信你一定是一位很好的伴侣，可是我已经没资格。"

徐瑞天听到答案，嘴角微微扬起，道："沈寻，给我一点儿时间。"

能给多少时间呢？沈寻不明白，更不想去触碰这样的底线。或许，徐瑞天是特别的，又或许，在徐瑞天心中，她也是特别的。可是，这样的特别又能持续多久呢？所以，等与不等已经没有任何意义。

沈寻开始谋划一场不辞而别。爱情令人智昏，而沈寻一直都是清醒的。

不过遗憾的是，这场计划很快就被打破。沈寻原本在收拾东西，门铃响起，顾卿竟然站在门外。

沈寻有一瞬间的慌乱。

门被打开，顾卿踩着高跟鞋，姿态高傲地走进来，左顾右盼，看见地上打包的行李，讽刺道："沈小姐，想不到你还真有几分本事。怎么？你这么快就打算搬进徐家吗？"

"你来找我有什么事情？"沈寻既没有让顾卿坐也没有倒茶，直接转身去收拾东西了。

顾卿挡在沈寻的面前，脸色不善地说道："现在有件事情，你必须立即去做。"

"什么事情需要我做？"沈寻冷哼。

顾卿脸上带着一股戾气，道："你知不知道，徐瑞天为了你要开新闻发布会，公布我和他离婚的消息。"

"嗯？你们已经离婚了？什么时候的事情？"沈寻满是疑惑。

"呵，听到这个消息你是不是特别高兴？我和他三年前就离婚了，但是为了公司，也为了我爸爸，一直没有公布。如果徐瑞天公布离婚，你知道会给两家公司造成多大的损失吗？"

沈寻神情不变，道："这件事情你应该去找他，而不是来找我。"

"可是罪魁祸首却是你！"顾卿面目狰狞地控诉。

"这是你们之间的事情，与我无关。"沈寻冷着一张脸，摆明不愿意去劝徐瑞天。第一，徐瑞天决定的事情，没有任何人能动摇，沈寻深知这点。第二，沈寻也没有义务非要去维护这两家公司的利益。第三，沈寻十分讨厌顾卿咄咄逼人的样子。

"你真自私！"

沈寻冷笑："顾小姐，你把赌注压在我身上，又何尝不是自私？从前我什么都没做，但你从头到尾都在针对我。现在你有难，却来求我帮忙，这究竟是谁更自私一些。"

顾卿的脸色很不好，胸中有股愤怒的火，气得手都在发抖。

"你与其来求我，不如去求徐瑞天，说不定看在以前的情义上，他能罢手。"

"情义？"顾卿仿佛听见了天大的笑话似的，哈哈大笑起来，笑着笑着眼角有了浅浅的泪，"徐瑞天从未爱过我。"

是的，从未爱过。

年轻的时候，顾卿无奈嫁给徐瑞天，徐瑞天被逼迫之下娶了顾卿。但是没想到顾卿动了心，而徐瑞天只记得了顾家的逼迫，后来借助顾家做生意，开公司。最先提出离婚的是顾卿。她受不了徐瑞天那种冰冷的眼神，仿佛随时都会把人冻成冰块。原以为，只要她有毅力，哪怕石头也会开花。可是十几年过去了，顾卿从满怀希望到失望，最后绝望。漫长的岁月浪费在一个男人的身上，却毫无结果。最美的年纪没能开出最美丽的花朵。

沈寻的出现，让她有了危机感。有时候，女人的直觉非常敏锐。第一次看见沈寻的时候，她就知道，徐瑞天要来真的，任何人都无法阻挡。

原本以为，徐瑞天就算来真的，也不会持续很久，直到他打电话通知要开新闻发布会。那语气就是已经没有转圜的余地，只是来通知一下而已。

顾卿嫉妒得快要疯掉。沈寻是那么普通，长相一般，身材一般，能力一般，凭什么能走进徐瑞天的心！

顾卿不明白，沈寻也同样不明白。

其他的事情，顾卿没有细说，沈寻也没有细问。她只知道，徐瑞天如今在法律上是单身就够了。

这个消息太意外，也太让人震惊了。

顾卿走后，沈寻犹豫再三，还是给徐瑞天发了一条短信：不要开新闻发布会，我愿意等。

徐瑞天一再帮她解决难题，这个时候，她也不想忘恩负义地再给他增加难题。

徐瑞天很快就回短信说"好"。

沈寻看着这简简单单的一个字，终于露出了这些天第一个真诚的笑。

第八章　重　逢

徐瑞天很忙，沈寻也很忙。

沈寻忙着怎样让那盆茉莉重新活过来。它被大火熏过后，状态一直不太好，沈寻也跟着难受，在网上找各种攻略，也会去花鸟市场向种花的人讨教。

反反复复折腾许久，茉莉花还是彻底枯萎了。

沈寻在花盆面前站立良久，无声沉寂，像是在默哀。

她要默哀的不只是花，还有那不断走远的青春。那是有着黎昕的青春。

有些人只能用来回忆，有些人适合用来白头。有些人如同梦幻的泡沫，有些人就在身边，触手可及。

黎昕是前者，徐瑞天是后者。

沈寻向生活妥协了。她没办法不吃饭、不喝水、不睡觉地去仰望天上的月亮。

徐瑞天终于忙完事情，打电话说要来吃饭。沈寻又折腾了一阵。

晚上的时候，徐瑞天七点准时到达。他进了房门，就瘫在沙发上，有些暴躁地扯掉领带，满脸倦容。

沈寻端上去一碗绿豆汤，轻声道：“你看上去很累。”

徐瑞天接过碗，一口气喝掉汤，"嗯"了一声。

"你是大老板，当然得事事操心。生意场上的事情我不懂，也没办法帮你。"

徐瑞天闭着眼睛，尽量放松地说道："你这里，有一种家的感觉。"

沈寻忍不住去揉他皱着的眉，道："那你就把这里当作家。"

徐瑞天一把抓住沈寻的手，没了后文。沈寻想把手缩回来，无奈被抓得太紧。她的脸开始渐渐发烫，催促道："你快去洗手吃饭。"

徐瑞天睁开眼睛，嘴角带着淡淡的笑意。

两个人的晚饭比一个人的晚饭温馨得多。以前，沈寻都是一个人吃饭，冷冷清清的，食之无味。如今对面坐着徐瑞天，沈寻总觉得应该说些什么，于是就把今天做了什么絮絮叨叨交代着，徐瑞天竟然没有觉得烦，反而和沈寻一起讨论某些东西。最后，他说道："如果你觉得无聊，可以到我的公司来工作。工资过得去，工作相对来说不是很难。"

沈寻没有犹豫多久便点头答应。她顿了顿，道："我想凭着自己的实力去你们的公司。"

徐瑞天点头，大口大口吃饭。

郑青秋那里沈寻实在没有勇气再去。她想的是，等赚点儿钱后，再单独开一个小小的工作室。

春天正式来临，马路两旁的阔叶树都长出新叶，阳光温暖，微风拂过。广场上有各种各样的风筝在飘荡。孩子们的欢笑声相隔很远都能听到。人们脱下厚厚的冬装，换上春装，爱美的姑娘迫不及待穿上碎花连衣裙，从大街上妖娆走过。

沈寻为了能够凭借自身的实力去徐瑞天的公司，做足了准备。她翻看了关于公司的许多资料，也咨询了徐瑞天她究竟适合什么职位，权衡之下，她想去挑战策划部。对于策划，她也不是完全不懂。大学的时候她选修了市场营销课，也学过关于策划的东西。在做兼职的时候，曾协助策划过活动。写简历的时候，她写了许多自己对策划的见解，还写了曾经在初恋工作室工作，也写了自己对徐瑞天公司的一些了解。

上交简历后，沈寻耐心等待着。周一的时候，人力资源部打电话给沈寻，让她周三先去笔试。

沈寻接到电话很开心。在开心之余也翻出了公司历年的笔试题目，恶补知识。笔试当天，有不少人，题目也很难，沈寻没有什么信心。没想到的是，星期五的时候，人力资源部打电话让她下周一去面试。她开心地快要蹦起来了。为了能给面试官留个好印象，星期一那天她穿着正装，还化了淡妆。

星期一的清晨，沈寻早早出了门，有些不一样的感受。伤疤虽然还在，但是已经慢慢开始愈合。沈寻知道，她的心上永远都会有条伤痕，可那又怎样？在这个世界上，活着的人总是比死了的人多些幸福和痛苦。

这才是生活的真谛。

沈寻去公司面试。

面试时，沈寻非常紧张，手心里都是薄薄的汗水。参加面试的人一共有十五位，她的笔试成绩不高不低。

一共有五位面试官，沈寻一个都不认识。她做了自我介绍之后，面试官开始提问，她一一作答。面试官问的问题有些是她做过准备的，也有她临时发挥的。不管怎样，好歹都能回答上来。最终，沈寻面试通过了。接到通知上班的电话时，她开心得快要飞起来。第一时间就是给徐瑞天打电话。

徐瑞天在电话里说道："你的努力老天看得到。"

沈寻也比较有成就感，就好比独立完成了一件衣服一般那么开心。

沈寻周一正式去上班。进公司的新人有三位，陆挽霜带着他们去人力资源部报到。沈寻看到陆挽霜的时候，明显看到她眼中的诧异。陆挽霜心不甘情不愿的，但还是带人过去。

陆挽霜对着人力资源部的主任道："王主任，这些人的去处你们自行决定，我还有事情，先走了。"

等待陆挽霜离去，沈寻这才向这位王主任微笑着鞠躬问好，并做了自我介绍。"王主任好，我叫沈寻，请多多指教。"这个王主任沈寻记得，他是面试官之一。

"我看到你简历上说你曾经在初恋工作室工作，你是说郑设计师开的那个初恋工作室吗？"

"是的。"

"我爱人特别喜欢那里的衣服，可惜总是预订不上。而且听说那个工作室已经被烧毁了，可惜。"

"新的工作室正在筹备中，开业的话，您可以带着您爱人再去看一看。"

"原来如此。那你为什么不继续在那里工作呢？"

沈寻微微一笑，道："我想体验不同的生活。"她可不敢说是因为没脸再去。

王主任把沈寻带到了策划部，平时策划一些活动或者是提些方案。策划部的主任姓辜，叫辜敏，是个四十多岁的中年妇女，每天穿着一成不变的黑色职业套装，上面穿着西服，下面穿A字裙，踩着一双粗跟的高跟鞋，头发一丝不苟地绾成一团，看上去老练成熟。

辜敏离异，带着一个小女儿。或许是因为单身许久的缘故，内分泌失调，脾气非常暴躁，经常把策划部的人骂得狗血淋头，更不用说是刚来的沈寻。她做事雷厉风行，要求不管是什么策划案都力求完美。

一开始，沈寻只能在策划部打杂，帮忙复印文件、买咖啡、早点、送东西，等等，每天从早跑到晚，又苦又累，偶尔其他人也会教沈寻一些东西。之所以沈寻在策划部做的事情比较分散，是因为当初王主任没指定谁带她，辜敏也没指定。沈寻就像一块砖，哪里需要她，她就去哪里。这就是新人的必经之路。

中午吃饭的时候，公司有食堂。众多员工惊讶地发现，大老板开始在食堂吃饭了。当然，没人敢和他坐在同一桌。

沈寻在公司几乎遇不到徐瑞天，两个人都有空的唯一时间点就是食堂，所以食堂师傅的手艺大大见长。吃饭的时候，沈寻会偷偷地看徐瑞天。当然，偷看徐瑞天的人也不止她一个，所以没那么显眼。

徐瑞天吃饭从来不左顾右盼，吃完之后，直接拿着餐盘从沈寻身边经过，目不斜视，每次都是这样，仿佛是一种默契。

沈寻在心里偷笑。

这样的生活很累，累得沈寻没办法胡思乱想，心中的伤渐渐减少。

但是生活从来不会如想象中那样平静，沈寻遇见了黎昕，一切全乱了。

在很久以前，沈寻脑海里无数次想象过与黎昕究竟会有怎样的再度相遇。在她的那些想象中，黎昕已经是成功的青年才俊，沈寻已经成为服装设计师，穿着时尚，打扮精致。但是没有一种想象是描述当时的境况。

那天下着大雨，整个城市笼罩在厚厚的雨帘中。沈寻被派出来买咖啡，雨水哗啦啦地下着，尽管打着伞，她的裙子还是湿透，鞋子里面也进了水。有汽车飞驰而过，溅起路边来不及流入下水道的水，沈寻左边的衬衣也湿了一半。

买好咖啡后，沈寻尽量将伞打低一点儿，遮住雨，急匆匆地往公司里赶，一不小心就撞上什么人。沈寻退后几步，滑了一跤，顺势摔在地上，伞落在一边，手里滚烫的咖啡全洒在了她的衣服上，再加上瓢泼的大雨，整个人狼狈极了。

沈寻龇牙咧嘴地抬头想道歉，当看清楚眼前人的时候，表情都凝固了。

"沈寻，好久不见，别来无恙。"

"黎昕……"沈寻的声音都是颤抖的。

黎昕长高了，脸上已经褪去高中时候的青涩。他穿着白衬衣，撑着一把黑色的伞，一只手插在裤子的口袋，看上去依旧带着王子般的贵气。那双眼睛依旧明亮，却已经没有当年的澄澈，取而代之的是一种被社会磨炼出的深沉和睿智。

而沈寻还四仰八叉地坐在地上，裙子是湿的，衬衣上都是咖啡，隐隐约约能看见胸衣。头发被雨水淋湿成一缕一缕的，模样太过狼狈，实在是丢人。

黎昕向前走一步，将伞遮在沈寻头上，缓缓伸出手。

沈寻的脑袋里晃过当初黎昕冰冷的语气，没有勇气去抓住那只手，而是只靠着她自己爬起来。

黎昕收回手，脸上没有任何不自在，仍旧带着笑，道："我带你去买一套衣服换吧，毕竟这有我一半的责任。"

沈寻慌忙摇头，低声道："不好意思，我得赶回公司了。下次有空的时候再约你。"最后一句话只是客套话罢了。

回到公司，沈寻一头扎进厕所，打电话找徐瑞天救急。原本徐瑞天还在开会。会开到一半，老板一声不响走人，其他人面面相觑。

沈寻今天的脸是丢尽了，还连累了徐瑞天。沈寻在厕所里，而徐瑞天机警地避开人，进了女厕所，亲手把衣服递进去。口袋里面不仅仅有一套衣服，居然还有内衣和内裤，标签都还没来得及撕。而且，尺寸刚刚好。

沈寻很难想象徐瑞天究竟是如何去买内衣内裤的。那别扭的模样应该很好玩儿。想到这里，沈寻忍不住笑出声。

可怜的徐瑞天回去开会的时候,脸都是黑的,下面的员工战战兢兢,生怕被骂得狗血淋头。

因为遇见黎昕的缘故,沈寻的脑袋里乱糟糟的,下午的工作不断出问题,被辜敏狠狠骂了一顿。陆挽霜刚好经过,眼里满是蔑视。沈寻不断道歉,并且再三保证以后这些错误不再犯。

下班回家已经是很晚,沈寻胡乱吃了点儿东西,洗个热水澡,疲倦地躺在床上,脑袋里空荡荡的,仿佛所有的思绪都在遇到黎昕的那一刻被抽空。

这一场相遇完全没有预兆,沈寻也没有任何心理准备,那个人就这样再次突兀地闯进她的生活,搅乱了平静的湖面。

2

工作照常继续,沈寻没有再去打听黎昕的任何信息,哪怕知道他在同一个城市。但要命的是,中午食堂吃饭的时候,徐瑞天直接坐在了沈寻的对面,没有任何表情。

当时沈寻正在夹菜,吓得筷子都掉了。她拼命给徐瑞天使眼色,徐瑞天当作没看到。周围的人议论纷纷。一连好几天都是这个样子。

策划部的人都八卦地凑上来,问沈寻和大老板是什么关系,沈寻尴尬地笑着说是亲戚关系。至此,策划部的人对沈寻无比热情,但是依旧止不住流言蜚语。毕竟,名义上,徐瑞天是有妻子的人。在别人眼中,大老板与年轻的姑娘总是有一段肮脏的故事。

一如当年,流言正盛的时候,沈寻正在上厕所,却听见外面窃窃私语。

"那个沈寻长得也不怎么样,却勾引徐总。"

"只听新人笑,哪闻旧人哭。徐总和他的妻子明明那么恩爱,却要被这个叫沈寻的横插一脚。"

"现在的小三都比原配还嚣张。"

"我听说她的妈妈以前是小三儿。"

"你听谁说的？"

"我听陆助理说的。据说陆助理和那个姓沈的还是高中时候的校友。"

"这叫上梁不正下梁歪。"

突然辜敏的声音响起："你们叽叽喳喳讨论什么！还不赶快去工作！"

八卦的人瞬间从厕所散出去。

沈寻站在厕所，有一种说不出的难过，仿佛一瞬间回到了高中的时候，千夫所指。只要有陆挽霜的地方，全世界的人都会知道沈寻的妈妈曾经给别人当过情人。

从厕所出来后，沈寻沉着脸，直接去找陆挽霜。两个人来到僻静的地方。沈寻也不拐弯抹角，直接问道："你为什么总是要抓着我妈妈的事情不放？"

"这些是事实，你一辈子都会背负这些。"

"你为什么要这么针对我？我哪里对不起你？"

"高中的时候，黎昕没有选择我，这就是你的错。"说这话的时候，陆挽霜的脸上是森然的恨意。那种恨仿佛要将沈寻生吞活剥一般。

沈寻无奈地问道："你要我怎么做才能不揪着我妈妈的事情不放？"

陆挽霜狰狞地笑着说道："沈寻，你做梦！你毁了我的人生，我也不会让你好过！"

"你现在是光鲜亮丽的陆助理，而且黎昕也回来了，你又有机会跟他在一起。怎么谈得上我毁了你的人生？"

"你永远不懂！"

沈寻是不懂，也不想去懂。陆挽霜已经如此不可理喻。

中午吃饭的时间，沈寻不再去食堂，而是随便买了一点儿面包和牛奶。让人想不到的是，徐瑞天竟然会来策划部的办公室，他手里还打包了饭菜。看到他的身影，面包直接堵在沈寻的喉咙，吐不出来，咽不下去，噎得眼泪都流出来了。

徐瑞天走过来拍着沈寻的后背，皱着眉头道："你吃东西怎么这么不小心？"

沈寻灌了一大口水，终于把面包灌了下去，这才能够喘气。"你怎么来了？"

"你为什么不来食堂吃饭？难道是不愿意跟我坐在一起吗？"

"公司里有太多的流言蜚语。"

徐瑞天将打包好的饭菜放在桌子上，很直接地说道："沈寻，你这辈子最大的失败就是永远活在别人的目光中，可悲！"

这句话传到沈寻的耳里，犹如雷鸣般振聋发聩。

的确，从小到大，沈寻一直在意别人眼中的她是什么模样，所以活得也累。在这人生当中，每个人都有自己在意的，没法改变。这已经是一种习惯。就好像高中的时候她怕别人说她是"小三的女儿"，包括现在也怕。她没有勇气去辩驳，如同陆挽霜说的，这些都是事实。哪怕那个人已经死了，事实依旧存在着。

不知道为什么，这一刻，沈寻的眼泪突然奔涌而出。在意这么多年的东西明明可以不去在意的。没有谁会永远地活在别人的眼光中。

徐瑞天淡淡地说道："人，是为自己而活的。当你活在别人的眼中时，你就没有了自己。沈寻，你不能从别人的目光中去寻找自己的价值。"

大道理人人都懂，但又有谁能真正做到呢？

沈寻早就明白这些的，只是端了这些年，却不知道该如何放下罢了。

不过既然徐瑞天这么说，总要试一试。

沈寻努力工作，当被人指指点点的时候，就当没看见。中午在食堂里和徐瑞天坐在一起，试着不去在意别人的目光，也不会如坐针毡，甚至还能和面前的人谈笑风生。当有人讨论沈寻妈妈当过情人的时候，沈寻尽力大大方方走过去说那是事实，但不代表她的女儿也会这样。当然，最后一句往往没什么说服力。

毕竟真相只掌握在少数人的手中。沈寻说过愿意等，那就只能等下去。

可是为什么偏偏在这个时候黎昕回来了呢？那一点点的火明明快要熄灭了，却突然间添了干燥的柴火进去。

沈寻不愿意去打听黎昕的消息，但让人意外的是，下班时她在公司门口看见了黎昕。他坐在宝马车的驾驶座上，看样子似乎是在等什么人。沈寻犹豫着要不要直接掉头走人，却想不到黎昕先下车，朝她走过来。

"沈寻，我们又见面了。"

沈寻不敢看黎昕温润的眼睛，低着头道："好巧，你在等什么人吗？"

"等你。"

沈寻惊讶地抬头，"等我？"

"我和你好多年未见，一起去吃个饭叙叙旧吧。"

沈寻的第一反应竟然是看背后有没有徐瑞天的身影。

"不给我面子吗？"黎昕笑着问道。

"给。我怎么敢不给你的面子？"

沈寻坐在黎昕的副驾驶上，像做贼般心虚，生怕徐瑞天会看到。说实话，她不知道为什么那么紧张，手心都是汗。余光中，黎昕的侧脸线条坚毅，少了些柔软，依旧那么迷人。黎昕似乎特别钟爱白衬衣，所以穿着白衬衣的他看上去依旧是沈寻梦中的少年。

与其说是叙旧，不如说是黎昕絮絮叨叨讲着他后来的故事。高中毕业后，他去了美国芝加哥大学，学业修满后，三个月前才回国，成立新公司。美国的生活节奏很快，也经常有热情的女孩儿约他，他也交了几个好朋友，利用寒、暑假的时间走遍美国各大州，感受生活。

"有人说，爱芝加哥就像爱一个塌鼻子的女人，你完全有理由寻觅到更好的，但却很难找到这么真实的。"

"看来你很喜欢芝加哥，那为什么不留在那里发展呢？"沈寻问道。

"没有爱人的城市是一座空城。芝加哥没有我爱的人，所以我要回这里。"说这话的时候，黎昕的眼睛凝视着沈寻，目不转睛，带着专注，眼神里还有其他不懂的情绪。

沈寻把脸撇向一边，努力掩饰那颗急剧跳动的心，也没有问他的爱人是谁，但是心里不免有些刺痛。

其实这没什么好问的。反正他爱的人一定不会是她。

"那么你呢？你这些年过得怎么样？"

沈寻看着窗外大片的阳光，半眯着眼睛，似乎是在回忆。她很想说其实她一直过得很不好，一直在想他，一直在盼着再遇见他，连梦里也都是他。

可是现在才说这些话已经毫无意义，所以沈寻淡淡一笑，道："我过得很好。"

所有的想念与委屈通通留在过去，也想把黎昕留在过去。

说了这话之后，两个人都沉默许久。五年的距离，足够改变许多东西。黎昕是越来越优秀，而沈寻似乎还在倒退。

吃过晚饭，黎昕执意要送沈寻回家，怎么也推不掉。黎昕一直将沈寻送到楼下的路灯处。橙色的灯光洒在黎昕身上，平添一丝暖意。

沈寻低着头："我已经到家了，你回去吧，注意安全。今天谢谢你。"

黎昕没有道别，也没有动，而是看了沈寻半晌，才用一种低不可闻的声音说道："沈寻，我可不可以抱抱你？"他的声音暗哑有磁性，带着一丝请求，又像是一种诱惑。

还没等到沈寻回答，黎昕已经抱起了沈寻。沈寻的鼻尖全是属于黎昕的味道。这个拥抱来得太迟。

沈寻觉得周遭的一切都停止了，包括那颗心脏。她空虚地仰望着漆黑的夜空，似乎有一种迷人的眩晕。那个瞬间，她的脑袋里迅速划过徐瑞天的脸。她急忙推开黎昕，脸微红道："我先上去了，再见。"

"沈寻，晚安。"

沈寻脚下跑得飞快，根本不敢停留，更不敢回头。

打开房门，徐瑞天的身影就在窗边。他在抽烟，面无表情，周围烟雾缭绕。沈寻很少看到徐瑞天抽烟，她有些惊魂未定。而且从那个窗户可以看到楼下路灯那儿，刚才那个拥抱他一定看到了。

徐瑞天灭掉烟，转过头来，问道："你去哪里了？"

"我和一个朋友去吃饭。你什么时候来的？"

"我一下班就来了。"

"那你为什么不给我打电话呢？"

"我打过电话，不止一次。"

沈寻没有听到电话响，摸出手机的时候才发现关机了，"原来是手机关机了。对不起，我没接到你电话。你吃饭了吗？"

"没有。"

"那我去给你下一碗面。"

沈寻放下包，转身就钻进厨房，而徐瑞天依旧站在窗口，保持着原来的姿势，不知道在想什么。

待到沈寻把面端上桌子，徐瑞天这才缓缓走过来，他的脸色很不好，吃着面，把沈寻忽略得干干净净，问他话也不回答。

沈寻暗道糟糕，要向组织解释。可是要怎么解释那个拥抱呢？她也很莫名其妙。当初黎昕说得那么无情，如今再来惦念什么呢？

最后还是徐瑞天开了口："那个人是黎昕吧。"

"嗯。今天他叫我出去叙旧。你是不是不高兴了？"沈寻问得小心翼翼。

徐瑞天皱着眉头，不回答。

那就是不高兴了。

沈寻急忙解释："我也不知道他为什么突然就找来，也不知道他为什么要抱我。"

"那你对他又是什么感觉？"

沈寻犹豫了一阵，才低声回答："我不知道。"她对爱与不爱的定义早就分不清了。

"沈寻，你还忘不了他。你什么时候忘记他，我什么时候再过来。纵使我再纵容你，也不允许一个一心二用的人把我玩得团团转。"说这句话的时候，徐瑞天脸上已经有了隐隐约约的怒气。

沈寻心一慌，站起来，想要习惯性地去解释什么。可是她张着嘴巴，却说不出一句话，任由徐瑞天甩门而去。轰隆的声响在客厅里回荡，连墙都在微微抖动。她懊恼地坐在沙发上，静静发呆。

何为爱？何为不爱？如何分辨？

这两者之间的界限很微妙，也很模糊。

《圣经》说，爱是恒久忍耐，又有恩慈；爱是不嫉妒，爱是不自夸，不张狂，不做害羞的事，不求自己的益处，不轻易发怒，不计算人的恶，不喜欢不义，只喜欢真理；凡事包容，凡事相信，凡事盼望，凡事忍耐。爱是永不止息。

那不爱就是把这些都否定吗？

沈寻不明白，晚上的时候她思考了许久，却找不到答案。

沈寻"被甩"的消息很快就传遍了公司。就因为中午的时候徐瑞天已经不在食堂，所以流言就此传开来。有时候不得不佩服这些同事的八卦心。

徐瑞天也真正做到了不闻不问，哪怕在公司碰到，他们也是毫无眼神交流。沈寻几次想找他谈谈，然而对方一直不配合。

最令人烦恼的还是黎昕。每天下班的时候，黎昕的宝马准时等在门外，沈寻加班多久，他就会等多久。公司里又是流言纷飞。沈寻躲了黎昕一周，终于忍不住把他拉到僻静的地方。

"黎昕，你究竟想做些什么？"沈寻皱着眉头，十分不悦。

黎昕一如往常微笑着说道："我等你呀！"

沈寻久久凝视着眼前的人，仿佛要将他看穿一般，想看看那笑的背后究竟是什么。她忘不掉，黎昕曾经冷言冷语地说不跟小三的女儿做朋友。或许别人说这句话，她只是觉得刺耳。可那个人是黎昕。"我妈妈已经去世，过去的事情也就过去了。黎昕，你曾说过，我和你已经不再是朋友。"最后一句话，带着埋怨，也带着一种报复，她是故意说的。

黎昕微微一愣，然后笑着回答："我不想和你做朋友，我想成为你的恋人。"他的语气说得太随意，很像说了一句"今天太阳真好"。

沈寻的脑袋却轰地被炸成空白，满眼只有黎昕的微笑。那样的笑真好看，带着一种让人无法拒绝的温暖。他温润的眼神仿佛也在诱导着让人想要有答应的冲动。

真的，沈寻差一点儿就答应了。可是，那一刻，她也犹豫了。

黎昕缓缓说道："高中的时候，我就开始喜欢你。可是因为当时爸爸的事情，心里也埋怨过你。后来想一想，当初还是太过意气用事。这几年，我一直都很想你。这次回国，也是为了你。"

沈寻木然地听着这些话，不知道该做何反应。

"抱歉，我回国的时候调查过你，你和徐瑞天之间的事情我也知道一些。如果他是你的顾虑，我可以帮你把钱还给他，你来我的公司上班。我保证给你最优厚的待遇。"

三个月前正是出事的时候。

"那为什么当时你不出现？"如果当时黎昕出现，现在这一切都不一样了。

黎昕解释道："当时我正在忙着筹备新公司，得到消息的时候已经晚了。"他顿了顿，轻声问道："沈寻，你能不能给我一个机会？让我补偿这些年的缺席。从此以后，你人生里的每一件事，我都不再缺席。"

这些话，如此深情，直达沈寻内心深处。她早已泪流满面，只能捂着脸，小声地呜咽。

"你现在可以不给我回复。我愿意等你。"

沈寻呜咽着说不出任何话，沉默很久后，她才低声道："你暂时别来找我，让我好好想想。"

上帝怎么去安排故事，世人总是不懂。命运怎么去演绎这些起承转合，谁也没办法预料。

黎昕开始大张旗鼓地追求沈寻，每天一束红玫瑰，准时准点送到公司。策划部的人每天都会起哄。而沈寻心里却是波澜不惊。她不知道为什么会这样？

这些事情，徐瑞天也是知道的，他从来没说什么，也没来吃过晚饭，电话也不曾打过。

　　沈寻像是在进行一场拉锯战，脑子里乱成一团，没有任何主意。因为黎昕的追求，又因为徐瑞天的不闻不问，陆挽霜开始频繁针对沈寻，各种杂事都要吩咐沈寻跑一趟。如果是策划部提上去的案子，辜敏必然叫沈寻去上交。陆挽霜会先看一遍策划，然后挑各种毛病让回去改。因为沈寻的关系，策划部也跟着受气。策划部的人都非常讨厌沈寻，也自动离她远一点儿。

　　中午吃饭的时候，沈寻孤零零一个人，食不甘味。她也动过辞职的念头，却又不知道去什么地方，所以只好放弃。

　　坚持和忍耐一定会开出美丽的花，一切都只是暂时的。

　　事情的转机来自徐瑞天生病。

　　那天徐瑞天正在开会，突然昏倒在办公桌上，整个公司人仰马翻的。沈寻看着医护人员将徐瑞天抬上救护车，心揪成一团。听说，白天去探望他的人通通被挡在门外。沈寻只好下班后，在家熬了粥，炒了些清淡的小菜，好好收拾了一番，这才去了医院。

　　医院里的味道依旧令人生厌。

　　透过房门上的玻璃窗口，沈寻看到病床上的徐瑞天还在看文件。房间里只有他一个人，连照顾他的人都没有。

　　沈寻提着保温盒，小心翼翼地推开门，忐忑不安地走进去。

　　徐瑞天抬头，面无表情，目光清冷。沈寻有些小小的失望。好像他也并不是那么期待，好像她自己有些自作多情。

　　沈寻将保温盒放在床头柜上，一一打开，问道："你吃吗？"

　　"你做的？"

　　"嗯。"

　　徐瑞天放下文件，接过粥，慢条斯理地喝起来。

　　沈寻偏头，有些担心地问道："医生怎么说？"

　　"胃病而已。"

"那你应该好好休息，不应该再费神看文件。"

"最近新成立了一家公司，是个很强的竞争对手，我在分析他们的资料。"

沈寻没有多问，安静地坐在旁边，细细打量徐瑞天。好久不见，他似乎瘦了许多，发间也冒出几根白头发。不知道什么时候，眼角竟然多了些鱼尾纹。

原本喝粥的徐瑞天忽然问道："我是不是很老？"

"男人四十一枝花。"

"还有几个月我才满四十岁。"徐瑞天略微不满地争辩，模样看上去有些孩子气，沈寻不由得笑了。

可能是刚才孩子气了一把，所以徐瑞天继续哀怨地问道："你为什么现在才来？"

"白天要上班。"

"那好，我放你三天假。"

"为什么？"

"我要在医院住三天。"

沈寻顿悟。看来这几天又要沦为徐瑞天的煮饭婆。

除了煮饭外，沈寻和徐瑞天几乎就待在病房里。她怕大老板无聊，还带了几本财经杂志，也为她自己带了几本书。

病房里，岁月静好，他们各看各的书，偶尔讨论些话题，不尴尬、不突兀，安静的时候也不会觉得有什么不适感。

这样的安静被徐婉打破了。

徐婉像个小鸟一般，闯进病房，看到沈寻在这里，步伐突然停住，脸上的不悦立即表现出来。"爸，为什么这个人会在这里？"

"你怎么来了呢？"

"她能来我就不能来吗？"徐婉仰起下巴指着沈寻，非常不满。

徐瑞天皱着眉头，指责道："你怎么说话呢？"

徐婉抱臂，嘟着嘴："你这么久不来接我原来是和这个女人搞在一起。"

"徐婉！注意你的言辞！"徐瑞天气得捂着胃，眉头拧成一团，脸色很不好。

徐婉的眼神有些怕，但还是强硬地反问道："难道我说得不对吗？"

两父女的脾气简直是一模一样，连生气起来都很相似。

沈寻急忙拉着徐婉出了病房。

走出病房，徐婉狠狠挣脱沈寻，不屑地看着她，道："你想说什么！"

沈寻耐心地解释："你别气你爸爸了，这段时间他真的很忙。医生说他有严重的胃病，搞不好会恶化成胃癌。你这样气他，他的病情会加重。我觉得你肯定不希望这样。"鉴于上次的唬人效果还不错，这次打算再唬一次。

徐婉想争辩些什么，最终张张嘴，什么也没说。

"如果接你回来，他没办法照顾你。"

徐婉吼道："说得就好像我妈那边有人照顾我一样！"吼出这句话，她立即红了眼睛，一副受伤的模样，讷讷地说道："我在我妈那边每天都是一个人，家里只有一个保姆。那房子空荡荡的，我一点儿都不喜欢！"

"要不然晚上你住我那儿，只要你不嫌弃饭难吃就行。"

徐婉脸色难看地讽刺道："你少跟我套近乎！反正我是不会承认你的！"

"这是朋友间的邀请而已。"沈寻也没解释太多。面前的小姑娘固执得近乎可怕，认准了一件事情很难被改变。而且，在徐婉心目中，她一直都是一个破坏者。估计连这个小姑娘都不知道其实自己的爸爸妈妈已经离婚。想到这里，沈寻对徐婉又多了一分怜惜。

　　徐婉再进病房的时候，不再像一头小狮子，而是心平气和地坐了半小时，然后被徐瑞天赶了回去。沈寻一直在门外守着。她不放心徐婉晚上一个人回去，于是便送她回家。徐婉的脸色依旧很难看。

　　来回奔波是一件很累的事情，沈寻想着一定要让徐瑞天给她涨涨工资。当然，这件事情她也只能想想，不敢光明正大提出来。

第九章 扰 乱

　　徐瑞天出院那天，医生絮絮叨叨叮嘱了许多东西，让他好好调养，不然可能发展成胃癌。沈寻看他皱着眉头，一脸不悦，只有不断向医生说着谢谢，硬拉着徐瑞天离开。

　　她一边走一边婆婆妈妈地说道："你要听医生的话，好好调养胃。"

　　徐瑞天转过身瞥了一眼，道："你要是做饭能好吃一点儿，我的胃也少受点儿罪。"

　　沈寻不满地辩解道："我做的菜就算不好吃也谈不上难吃嘛。"当然，这句话没什么说服力。

　　一切恢复正常，徐瑞天坚持要每天一起下班。虽然他念着饭菜不好吃，每天晚上还要来吃晚饭，甚至周末的时候还会带着徐婉一起来蹭饭。

　　所以下班的时候两个人会一起去菜市场买菜，回头率百分之三百。毕竟徐瑞天穿着不俗，气质也不像要去买菜的。至于吃饭，徐瑞天很好打发，给他吃再难吃的东西他也不会说什么。徐婉却一点儿也不好打发，每次都念叨着饭难吃，但是依旧还来，折腾人。

　　徐婉特别喜欢折腾人，一会儿要吃水果，一会儿要吃夜宵，忙得沈寻晕头转向。弄好这些吧，徐婉抬脚走人，看都不看一眼。沈寻一再跟徐瑞天说不能跟小女孩一般见识。徐婉折腾一番后没什么效果，果断放弃。沈寻是典型的打不还手、骂不还口的人。徐婉所有无形的攻击就像打到海绵一般，毫无反应。

这样的日子真实平和，沈寻故意忽略掉那天黎昕说的所有话。

不过这个问题能逃避一时，却不能逃避一世。

某天下班后，沈寻和徐瑞天一起去买菜。徐瑞天自觉地放下架子，两只手提着菜。沈寻空着手，比较轻松。

两个人走到楼下的时候，沈寻愣住。不远处，黎昕站在那里，低着头，翻着手机，也不知道等了多久。她条件反射地去看徐瑞天的表情，发现他皱着眉头，似乎有些不悦。这个时候黎昕抬起头，看过来，眼神微微迟疑。

沈寻无奈，硬着头皮走过。走到黎昕面前的时候，她转身对徐瑞天说道："你先回去吧，我一会儿就回家。"

徐瑞天面无表情地点头。

黎昕的脸色顿时就不好了。

待到徐瑞天走后，黎昕忍不住开口讽刺道："沈寻，这就是你的答案吗？"

沈寻低着头，诚恳地道歉："对不起。"

黎昕皱着眉头，问道："他哪里好？沈寻，你告诉我，你喜欢他哪一点。"

"我……不知道……"沈寻回答得很老实。

"他除了比我有钱以外，还有什么能比得过我？我比他年轻，也比他更有前途，而且会比他更加爱你。沈寻，你真让我痛心。原来，你跟那些爱慕虚荣的女人没什么区别。"

黎昕的妄下定论无疑给了沈寻狠狠一巴掌，让她又气又羞又恨。她原本想大声吼出来，最后只是云淡风轻地说道："所以，你要尊重我的选择。"

"你会后悔的。"

"那就等我后悔再说。"

不得不承认，黎昕说的的确都是事实。他的确比徐瑞天更年轻、更有前途，可是那又怎样？那么多年的鸿沟，沈寻没办法跨过去。那天黎昕说的那些话让她很感动，但感动归感动，可是她根本就不信。

黎昕非常愤怒，他的脸涨得通红。这是沈寻第一次看见他生气。平时，他的脸上总是挂着淡淡的笑，有着安慰的力量。沈寻有一丝丝的愧疚。

回到家的时候，客厅里居然没有人。沈寻四处寻找徐瑞天，却发现他居然在厕所里对着镜子拔白头发。

看到沈寻，徐瑞天拔头发的动作僵住了。他扯着嘴角，皱着眉头说道："你来帮我把这根白头发拔掉。"

"白头发只会越拔越多的。"沈寻虽然这么说着，还是走向前去，为他拔掉了那根白头发。

徐瑞天"嘶"的一声，抽了一口冷气，看着沈寻手中的白发问道："我是不是真的老了？"

"在我心中，您永远十八。"

"岁月真是不饶人。看见你那么年轻，我才发现自己真的老了。"

"我快满二十四了，你快满四十了，你比我大一轮都还有余，拔掉白头发也没用。"沈寻说得一点儿都不留情面，"不过你放心，现在你这样的人在外面是很受欢迎的，现在有不少的大叔控。"

徐瑞天嘴角勾起，问道："那你是大叔控吗？"

沈寻抽了抽嘴角，回答："看脸。"

"我的脸还是挺耐看的。"

沈寻盯了徐瑞天一眼，仿佛不认识一般。

最开始的时候，沈寻心中的徐瑞天一直是高高在上的，接触后，才发现他不端架子，有风度，比较细心，会照顾人。再进一步接触以后，发现他也有孩子气的时候。

看到一个人从完美到不完美，说明越来越接近真实的他。

沈寻也发现自己对黎昕是越来越不了解了。

关于黎昕的事情，徐瑞天从未细问过，那天之后也只是淡淡说了一句"一旦有了选择就要远离这个人"。

不过沈寻和徐瑞天说是朋友又不像朋友，说是恋人也不像恋人。

沈寻的心中，关于黎昕的一切都在发酵，再加上许久没有约何佳，所以给她打了个电话让她出来吃夜宵。

两个人去了一家烧烤摊。

高中的时候，何佳最喜欢带着沈寻去吃夜宵，每次必吃烧烤。在家里，何佳的爸妈从来不让她吃这些。

两个人叫了一桌子的菜，然后又叫了两瓶啤酒。沈寻一直不明白酒那么难喝，为什么还有那么多人要喝。当然，这个问题何佳已经给她解释过无数次了。这是中国的酒文化。开心要喝酒，不开心更要喝酒，结婚要喝酒，失恋要喝酒，生娃要喝酒，等等。要是没有酒，这些人生大事通通没有味道。

虽然理由有点儿歪，但仔细想想吧，也有那么点儿道理。

沈寻一口酒灌下喉头，龇牙咧嘴地拿起筷子去夹菜。

何佳喝了一杯酒，打着嗝儿问道："你找我出来有什么事情？"

"黎昕回来了。"

"这件事情我早就知道，只是一直在犹豫要不要告诉你。"

"他说他喜欢我。"

"这不可能吧？"何佳瞪大眼睛，明显觉得沈寻是在胡说八道。

"我也觉得不可能。"

何佳摇头晃脑地分析道："他要真喜欢你，这么多年肯定不会对你不闻不问。换作我的话，我也不会这样。"

从理论上来说，何佳说的不无道理。

"那你答应他了吗？"这才是何佳关心的重点。

沈寻摇头，道："我觉得黎昕就只是一场梦，他越是真实，我越是害怕。那些对他的喜欢统统在看不见他的几年中被放无限大，最后又统统被消磨掉。而且……"

"而且什么？"

"我……那个……最困难的时候，徐瑞天在我身边。"

"对啊！上次在阿姨的葬礼上，我见过他一次，一直没机会问你！老实交代，你们两个是怎么勾搭上的？"何佳明显一副坦白从宽，抗拒从严的架势。

于是沈寻就絮絮叨叨说了和徐瑞天之间的整个故事。其实，这个故事没什么新意，也就比那些霸道总裁文多了一些现实感。

何佳听完故事，继续摇头晃脑地说道："也就是说，现在你和徐瑞天的关系也很尴尬。"

沈寻点头。

两个人没有任何亲昵的动作，顶多就像搭伙吃饭一般。这样的日子也让沈寻怀疑徐瑞天是不是早就忘记自己那天说了什么。

"你和周鹤轩准备什么时候结婚？"

问到这个问题，何佳突然沉默。她灌了一大口酒，然后高声喊着让老板再来两瓶酒。她脸上的落寞丝毫没有逃过沈寻的眼睛。

"小佳……"沈寻低声唤她，"是不是周鹤轩对你不好？"

何佳摇头："周鹤轩对我很好……可是，我总觉得少了些什么。结婚的事情我也跟他提过，不过他没说同意，也没说不同意。"

"你们究竟怎么在一起的？"上次周鹤轩那么轻浮，让沈寻心里十分不踏实。

"其实，我也不知道。我给他表白过，也被拒绝过。那个时候我真的很难过，爸妈都替我着急。可是有一天，周鹤轩突然约我出来，跟我说，他喜欢上我了。然后我们两个就在一起了。人生是很奇怪的，越是渴求的东西越是得不到。或者，表面看上去你得到了这件东西，但实际上并没有。"何佳说得颠三倒四的，不过沈寻也明白。

何佳继续说道："我太爱周鹤轩了，所以想用最宝贵的东西困住他。但结果不尽如人意……有爱就有欲望，但是有欲望不一定会有爱。我觉得周鹤轩就像雾一样，有好多不为人知的秘密。我不敢问，怕问了，我们两个也散了。"说到这里，何佳的眼里有了泪水。却依旧笑着道，"不过，我不后悔。"

那语气带着坚定，沈寻都快被感染了。

她一直很佩服何佳。何佳对待生活总是勇敢的，哪怕前面是悬崖，也要跳上一跳，从来不计较后果，不管代价如何。

那天晚上，两个人喝了许多酒，三更半夜周鹤轩来接人。何佳开心地搂着他的脖子，冲着沈寻笑，一脸幸福。

沈寻也想笑，可是心里酸酸的。

何佳那么卖力表演的幸福，能骗得过谁呢？

2

五月下旬，天气渐渐变热。

五月里有特殊的一天，沈寻二十四岁的生日。

小时候每个人都盼着快快长大，可是长大后又盼望这岁月慢些。沈寻觉得过得最快的要数上大学后的那些日子。她甚至想不起来这几年到底做过些什么，仿佛一眨眼就晃到了这个年纪。

沈寻已经很多年不过生日了，或许是因为那个时候，只有她一个人。没有人说生日快乐，没有人送蛋糕，也没有人唱生日歌。

如果不是徐瑞天，她根本想不起来还有生日这么一说。

那天是星期五，大清早就有快递小哥来送玫瑰花，上面有一张小卡片，写着地址和时间，没有落款。

当然，这个笔迹沈寻是认识的。徐瑞天写字有个习惯，最后一笔总是勾得特别重，包括签名。毫无疑问，这束花是徐瑞天送的。

沈寻脑海里回忆这天到底是什么日子，最后想起来是她自己的生日。

下班后，她匆忙赶去约定的地方，却没看见徐瑞天，正准备给他打电话的时候，有个长相斯文的男子站在面前，很客气地问道："您好，请问是沈寻小姐吗？"

沈寻点头。

"请跟我来。"

男子走在前面，沈寻跟在后面，心里有说不出的疑惑。男子将她带到一家店面前，并且给了一把钥匙，道："沈小姐，这是徐先生送给你的生日礼物。"

沈寻看着面前的店铺，张大嘴巴，惊讶到说不出话来。店铺很大，有两层，装修得很华丽。店面的门口两侧有个小花园，种着茉莉花，散发着阵阵清香。店面的下面一层左边放着一排排的布料，布料看上去很昂贵。右边放着几个模特，模特后面的玻璃橱窗里放着做衣服的其他材料。后面有个小房间，放着缝纫机等工具。店面的二楼是休息间，有一张很大的床，看上去很有质感。沈寻目瞪口呆看着这一切，不知道要说什么才好。

她颤巍巍地拿起手机给徐瑞天打电话，很快电话被接通。

"喂，你在哪儿？"

"你先说说礼物喜不喜欢？"

"这礼物太贵重了。"

"沈寻，我最不缺的就是钱。"大老板的语气自豪又嚣张。

沈寻攥紧手中的钥匙，从来没想过会有这一天。徐瑞天做事情总是能轻而易举地讨人欢心。他对人的那些好又狠又准，让人毫无拒绝的念头。

可是见面吃饭的时候，沈寻把钥匙推到徐瑞天的面前，收回依依不舍的眼神，道："我真的不能收这份礼物。"

徐瑞天轻笑，道："看来我没亲自拿钥匙给你是正确的选择。"他将钥匙重新推到沈寻的面前，道，"从现在开始，我聘请你为店长，名字你来取，你来给我打工。如果你不做的话，这店会一直闲置着，我的经济损失会更大。"

沈寻看着钥匙，忍不住回答："你不是说你最不缺的就是钱了吗？"

徐瑞天道："遇见你，我才发现原来有钱是一件很快乐的事情。"

现在常说：钱不是万能的，但没有钱是万万不能的。在这个弱肉强食的年代里，除了靠权说话，便是靠钱说话。对于有钱人来说，钱多少只是个数字，没有其他任何感觉。看着钱越来越多，的确会很满足，但是金钱带来的空虚往往更能把人拖入地狱。

沈寻没有钱，所以尽管明白这些道理，她却没办法感同身受。

徐瑞天接着说道："我突然很庆幸能在这个年纪遇见你。如果换成二十多岁的话，我肯定会错过你。"

其实沈寻尽管进了策划部工作，但是并没有停止对梦想的追求。休息的时候她还是拿着速写本涂涂画画，有零碎的想法，也有完整的作品。在策划部工作虽然也能学到东西，却不能继续何佳的梦想。哦，不对，话也不能这么说。这应该是两个人的梦想。

权衡之下，沈寻正式提交了辞呈。她在收拾东西的时候，辜敏过来拍着她的肩膀，说道："沈寻，其实你很努力。"

"谢谢辜姐的照顾。"沈寻给辜敏深深鞠躬，表示感谢。

这句话无疑是对沈寻这些天工作的肯定。

沈寻辞职，最开心的当然是陆挽霜，她嘴角都快咧到耳根了。

新店的名字没什么新意，叫恒温。不得不说，这对沈寻既是一次挑战也是一个机遇，更是检验成果的时候。以前，她总爱依赖郑青秋，这次，全靠她自己。

新店刚开张，没什么客人上门，沈寻做的第一件衣服是套西服。不用说，肯定是送给徐瑞天的。

因为停工几个月，沈寻的手有点儿生，不过很快就找回了感觉。给徐瑞天做衣服一定要做到最好。她画了好久的草图，又参考各大时尚杂志，不厌其烦地修改。她终于明白为什么郑青秋力求每件衣服都完美无缺。

这套西服做了整整有一个多月，不断返工，连用的纽扣都挑选了很多次，废了许多的心血，最后终于成型。后来想了想，她也给徐婉做了一条裙子。这条裙子她没费什么心思，以简单为主。

周末的时候，沈寻带着两套衣服去了徐瑞天家。

徐婉在做作业，徐瑞天在书房看书，难得清闲，徐瑞天的说法是"既然你要来这里，我肯定不会去公司"。

沈寻把衣服送到徐瑞天的面前，笑着说道："老板，来检验成果。"

徐瑞天换上西服，一个字，帅，而且是越看越帅的那种。或许本来就因为他的身材比例很好，再加上一张俊脸，无论穿什么衣服都有韵味。

徐婉早就听到沈寻的声音，故意在房间里待了一会儿，然后才缓缓出来。

沈寻把那条裙子递到徐婉的手中，柔声说道："我给你爸爸做了一套西服，给你做了一条裙子。"

徐婉接过裙子，冷哼一声，转身进了房间，再出来的时候，手里已经多了一把剪刀，当着沈寻和徐瑞天的面，把裙子剪得粉碎。"你别假好心，我不稀罕。"

"徐婉！回你的房间！"徐瑞天的脸色很不好。

沈寻反倒觉得没什么，劝慰道："你别跟小女孩一般见识。"其实这种结果她早就预料到了，也做好了心理准备。

徐婉高声吼道："在我眼中，这个人跟那些贪慕虚荣的人没什么两样！她用尽手段接近你，装可怜，博同情，难道你都没发现吗！"

徐瑞天实在是气极了，道："这些都是你那个妈教你的吧！"

"你别管谁教我，这就是事实！"

沈寻忽然觉得徐婉是可怜的，被亲妈用来当枪使还不自知。再尖酸刻薄的话，在这一刻，她都能原谅。

徐瑞天不想多言，转过身，冷声说道："既然你那么听你妈妈的话，可以去你妈那儿。以后，我也不再管你，也管不了你了。"

听到这句话，徐婉的小脸顿时惨白，眼睛里有了眼泪。她赌气转身进了房间，重重关上房门。

徐瑞天坐在沙发上，低声叹气。

沈寻坐在旁边，安慰道："你别担心，总有一天她会明白的。"

每个人终究会脱离父母的保护，独自去面对世界的丑与恶，了解生命，探索真理，曲折成长。

"小婉自小被她奶奶宠坏了，所以当初我和顾卿离婚没有忍心告诉她，才造成今天这个局面。我一直想告诉她这件事情，可是不知道要怎么去解释。"

"如今只有慢慢来吧，这种事情急不得。当初你妈妈去世后，她伤心成那个模样。若是知道你和你前妻离婚，悲伤肯定不会少，说不定还会造成更深的伤害。"

小孩子的心太过脆弱。沈寻没有孩子，却当过孩子。小时候只要爸爸妈妈吵架，她也会躲在被窝里偷偷地哭，若是听到两个人吵到要离婚，会害怕这个家是不是真的要散。小孩子的依靠就是家，如果家没了，那该有多伤心。

所有人都应该自然而然地成长，而不是被催促着长大。那些伤痛的意义大概就在于此。

3

徐婉正处于青春叛逆期，浑身带着刺，也因此惹下不少事情。

学校让开家长会，徐瑞天直接让沈寻去，这个举动让她很尴尬。毕竟，她的位置也比较尴尬。

徐婉的班主任是个中年妇女，姓张，戴着一副老式的黑框眼镜，看上去严肃古板。她说话之前，喜欢扶一扶眼镜。开完家长会后，沈寻被留到办公室。班主任拿着花名册说道："你应该不是徐婉的妈妈吧。"

沈寻讪笑着回答："我是她姐姐。"

张主任语重心长地说道："徐婉这个孩子比较聪明，但是心思从来不用在学习上。她在学校里整天惹是生非，早晚要出事情。"

沈寻说："您放心，我回去一定好好教育她。"当然，她只是说说而已，毕竟徐婉也轮不到她来教育。她顶多把班主任的话复述给徐瑞天听。这在徐婉的眼中，叫打小报告。

徐瑞天给徐婉立下了许多规矩，没收所有的漫画书和零食，没收游戏机和电脑，一切与学习无关的东西统统不能出现在房间里。所有强烈反对的意见都被镇压了回去。因为这个，徐婉恨死了沈寻。她觉得爸爸总是对着其他的女人笑，却连一丁点儿的慈爱都不给自家女儿。因此她也千方百计想要让沈寻栽大跟头。

徐婉属于一天不惹事就不自在的人。沈寻半个月里被徐婉的班主任叫去了两次，每次内容都一样。每次徐婉在旁边都是仰着下巴，一副满不在乎的模样。可怜了沈寻，在这个年纪还被老师念叨。

没过多久，沈寻又被班主任召唤。这次沈寻被请到校长室，房间里有徐婉的班主任、校长，还有一位额头被简单包扎的男子，而徐婉就站在一旁。

沈寻进去的时候，张主任劈头盖脸就是一顿骂："你说你们这些人是怎么当家长的？跟你们说过多少次，回去要好好教育。现在可好，徐婉把数学老师的头敲破了。现在数学老师要告徐婉故意伤害罪！"

看来那位包扎着额头的人就是数学老师，他叫嚣着喊道："对，我要告你们家的小孩故意伤害罪。"

一旁的校长也说道："这孩子成天惹是生非，教也教不好，已经没救了，我看你们还是领回去算了。"潜台词约莫就是让徐婉退学。

沈寻的脸色变了又变，下意识地回头去看一旁的徐婉。徐婉那张脸上满是倔强，泪水就在眼眶里打转，迟迟不肯掉下来。

校长的话让沈寻心里憋着一股火，道："小婉打人是不对，可是她肯定不会无缘无故打人，肯定有原因。"

听到这句话，徐婉惊讶着抬头，愣愣地看着面前的人。

沈寻转过头，低声问徐婉道："我想听你说事情的经过。"

"数学老师说我有妈生，没妈教。"

听到这里，沈寻板着一张脸，沉声道："小婉的确做得不对。但是校长，这你是不是必须给一个交代？贵校的老师就是这样的素质吗？贵校的老师可以随意辱骂学生吗？"接着她站到数学老师的面前，深深一鞠躬说道："我代徐婉向你道歉。你所有的医药费，还有什么精神损失费、误工费徐家通通负责！"接下来，她话锋一转，继续说道，"不过我也要麻烦你跟徐婉道个歉，作为一名教育工作者，居然能说出这样的话。说得严重一点儿，这是对学生进行人格侮辱。要是这件事情被大肆报道的话，贵校声誉不保。"最后，她掉转个头，对着校长，说道："校长，您说呢？"

这话像机关枪一样"嗒嗒嗒"地扫射，在场的三个人同时变了脸色。校长办公室一片死寂。

徐婉原本暗沉的眼睛开始变得亮晶晶的。

数学老师的脸色成了猪肝色，犹豫好半晌，在校长严厉的眼神下才极其不情愿地说了一声"对不起"。

沈寻拉着徐婉的手腕，提议道："要不然我们转个学吧？"

徐婉愣了愣，然后点头。

沈寻抬脚准备走，被校长笑眯眯地拦下来。

"沈小姐，有什么事情好商量。既然主要不是徐婉的责任，退学就没有必要。你们家的徐婉很聪明，要是再努力一点儿，可以考出很好的成绩。"

沈寻叹口气，耸耸肩回答："我们回去再考虑考虑。对了，这三天徐婉暂时不来上课。这里应该没什么事情，我们就先走了。那位数学老师，记得发个银行卡账号给我。"

说完这句话，沈寻拉着徐婉，头也不回地离开，动作那叫一个潇洒。

两个人一路沉默。

徐婉的心思比较复杂。她在想这个女人该不会又是使手段、套近乎，诸如此类。胡思乱想了一阵，徐婉觉得饿了，拉着沈寻的衣袖，道："我饿了。"

一听见说饿，沈寻也觉得饿，豪气道："走，我请你吃饭。"

"我要你做给我吃。"

沈寻瞪着徐婉，奇怪地问道："你不是嫌难吃吗？"

"在外面吃浪费钱。你懂不懂什么叫节俭。"

活了二十多年的沈寻被一个十几岁的小女生给教训了，简直无地自容。她反驳道："小女生，麻烦你对我客气一点儿。今天要不是我，你肯定会被徐瑞天打死。"

徐婉高傲地昂着下巴，道："别以为你这样我就会对你感恩戴德。"

"白眼儿狼。"

"败家子儿。"

"白眼儿狼。"

"败家子儿。"

……

他们不断重复以上对话。沈寻琢磨着，活了二十几年，居然跟一个小屁孩儿在大街上有如此对话，简直幼稚。

回家后，沈寻下了两碗素面。

徐婉一边摇头说难吃，一边把面往嘴里塞，简直跟徐瑞天一个德行。"你说你吧，勾引我爸的手段能不能提高一点儿？你做的菜这么难吃他能不嫌弃你吗？我能接受你吗？"

沈寻重重把碗往桌子上一放，抬头道："那你们两个以后都不许在这里吃饭。"

徐婉立即闭嘴，整个饭厅里只听得见吸面的呼呼声。安静了一会儿，徐婉又开始说话。"我妈从来没给我煮过饭。以前在家里都是奶奶做饭，我爸不喜欢请保姆。后来，奶奶去世后，我爸做饭。但是他通常比较忙，做饭的次数少得可怜，我要不在学校吃，要不就在外面吃。"

难怪两个人的口味那么刁，也难怪两个人要一起过来蹭饭。

傍晚的时候，徐瑞天过来，看见徐婉正在沙发上坐着看电视，非常疑惑。毕竟徐婉跟沈寻一直合不来，她竟然单独在这里，而且看电视还看得如此津津有味，着实让人惊讶了一把。

沈寻在房间里看书。那里有扇落地窗。她就坐在阳台上，背靠着墙一不小心就睡着了，书散落在一旁。待她醒来的时候，闻到一股饭香，厨房里窸窸窣窣地响。原来是徐瑞天在厨房弄菜。

他只穿着衬衣，再系上一天蓝色的围裙，看上去特别梦幻，也特别滑稽。本来听到徐婉说他会弄饭已经够惊讶了，想不到晚上就亲眼见到。沈寻还疑心是不是在做梦。

徐瑞天看见门外的沈寻，一边忙碌，一边说道："你们两个赶快来洗手吃饭。"

沈寻捏捏脸，反应有些迟钝，直到闻到饭桌上的三菜一汤散发着诱人的香才清醒过来，道："原来你真的会做饭啊！"

她尝了一口菜，发现还真不赖，比她做得要好吃。平时只吃一碗饭的她，今天晚上破天荒地吃了两碗。旁边的徐婉也吃得很开心，眉间都是笑，肚子吃得鼓鼓的。

大约是徐瑞天做饭这件事让沈寻觉得眼前的人跟普通人没什么区别，于是"得寸进尺"地说道："要不然你把碗洗了吧。"

徐婉噘着嘴巴，抱不平道："我爸煮饭，你洗碗，这才公平。"

沈寻反问道："那你做了什么？"

"我给我爸加油就好。"

对于如此脸皮厚的言论沈寻只能沉默。徐瑞天一个眼神，她只好默默地去洗碗。她一边洗碗，一边想着好像这样的生活还挺不错的，她甚至都快忘记到底欠了徐瑞天多少人情。黎昕的身影时不时会在脑海里冒出来，张牙舞爪示威后，又沉寂下去，反反复复。

遗忘是一件很漫长的过程。

第十章 喑 哑

日子过得很平淡。沈寻变得忙碌起来。因为工作室刚开业，没什么说服力。她就熬夜做了许多样品摆在橱窗，让路人观看。如果有一个人侧目，沈寻也会很开心，甚至赠送一批客户衣服，让人试穿。经过不懈努力，工作室渐渐有了生意，沈寻单独做成品也越来越娴熟。盈利的第一件事情自然就是将钱通通上交，然后徐瑞天发工资。

沈寻是个打工者，但却是最快乐的打工者。她现在过得很充实，偶尔也会想起过去，想起黎昕。

沈寻不是一个矫情的人，但是想到黎昕，总会有些矫情。其实想想，为什么非要去刻意遗忘呢？那些时光真真实实地存在过，无论最后是什么模样，每个人终究会死去。这些时光也会跟着被埋葬。

她也明白，终究有一天，黎昕会成为别人家的谁，但是没想到这天会来得这么快。

陆挽霜拿着白色的请帖到店里，满脸都是胜利的微笑。"下下周的周末如果你有空的话来参加我的订婚典礼，如果你没空，我也不勉强。"

沈寻还在奇怪，陆挽霜明明讨厌她，为什么还要邀请她。当她打开请帖看见名字那排的时候，她明白了。

陆挽霜是来挑衅的。因为她订婚的对象的名字叫"黎昕"。陆挽霜脸上挂着张扬的笑，以一种胜利者的姿态道："沈寻，你输了。"

这件事情哪有什么输赢，黎昕不是赌注，也不是被争夺的货物。不过这张请帖太刺眼睛，让人很不适应。毕竟前段时间黎昕才深情告白过一次，转眼就与别人订了婚。这让沈寻有一种说不上来的挫败感。

"暗恋的人结婚了，新娘不是我"这种桥段经常遇到。许久以前，她也曾经想过，要是某一天黎昕结婚，她一定会不顾一切地赶去，看看他幸福的模样。如今，遇到这种情况，她却胆怯了，干脆当作没收到请帖，打算不去参加。

不过到了那天，徐瑞天打电话，让沈寻穿漂亮一点儿，让她一起去参加一个宴会。她怎么也没料到，这个宴会竟然是黎昕的订婚典礼。等到了现场之后，沈寻瞪着徐瑞天，道："你是故意的。"

徐瑞天勾着嘴角，问道："你见着老情人什么感觉？"

"有。我想去下洗手间。"沈寻胡扯。

徐瑞天拉着沈寻的手腕，沉闷地吐出两个字："憋着。"

沈寻有十二万分不愿意，但是这不愿还是没抵得过徐瑞天的强力拉扯。他说道："我只是在教你看清人。"

两个人并肩走进去，吸引了无数人的目光。徐瑞天赫赫有名，加之长相不凡，肯定受欢迎。而沈寻今天打扮得也很美，站在徐瑞天旁边，有些小鸟依人的意味。有个老总拍着徐瑞天的肩膀，大大咧咧地笑着说道："徐总，你女儿已经长这么大了。"

徐瑞天的脸色顿时难看起来。沈寻努力憋住快要喷发的笑意。

"这是我女伴。"

"误会，这都是误会。"

等到那个人走后，沈寻在徐瑞天的耳边小声说道："人生真是处处充满惊喜。"

"你关注错了重点。"

沈寻的确在努力转移注意力，四处张望时，她发现何佳和周鹤轩也来了，她用力向两个人招手。

周鹤轩今天穿着黑色的西服，头发特意弄过造型，看上去比较精神。何佳穿着公主裙，站在旁边，两个人看上去十分般配。

订婚典礼的两位主角都还没出来。不过沈寻却看到一位以前"初恋"工作室的顾客，就是扬言着十天之内不把衣服做好就让人好看的中年妇女。当然，她也看到了沈寻，而且认出她来，眼神有些凶狠。不过沈寻现在有了徐瑞天，她也不敢把沈寻怎么样。所以沈寻仰着下巴，胆子顿时肥了不少。当然，她也看到了黎昕的爸爸，比记忆中老了许多。

何佳挽着周鹤轩，端着酒杯七拐八拐地来到沈寻面前，道："阿寻，想不到你竟然会来。"

沈寻嘴角浮现一丝苦笑。她是真的不想来，退一万步说，黎昕要是和别人订婚的话，她的心情会比现在好点儿。只是对方是尖酸刻薄的陆挽霜。黎家也是有家底的，陆挽霜的家室只能算将就，虽然两个人在外形上的确是天造地设的一对，无可挑剔。

伴随着音乐，一对璧人缓缓走出来。今天黎昕穿着一套白色的西装，胸口插着一朵娇艳的玫瑰，看上去格外帅气。陆挽霜穿着白色的长裙，戴着白色玫瑰做的花环，看上去仙气十足，两个人一出场，全场爆发出热烈的掌声。

黎昕在笑，嘴角微微上扬，笑得如同温暖的太阳。那样的笑，应该是幸福的。虽然陆挽霜人比较讨厌，但是对黎昕的感情绝不会少。沈寻有多么痛苦，她就有多么爱黎昕。不过一切都无所谓，反正赢家不是沈寻。

订婚仪式的时候，沈寻下意识地喘不过气，偷偷摸摸穿过人群，去阳台透透气。徐瑞天瞥了一眼，也没阻止。她站在阳台上，想起了许许多多关于黎昕的画面。比如两个人一起去图书馆，一起解题，一起跑早操，一起照顾茉莉花。那些岁月呼啦啦地不断往后退，逐渐淡去。她一时间想不起来，那是什么感觉。她还没有全然忘记，所以胸口的酸不断发酵膨胀，最后填满全身，如此无力。

不一会儿，何佳也来到阳台，道："里面已经结束。阿寻，你还好吧？"

"人生就像高速行驶的列车，初恋正如路边美丽的风景。我们可以坐在车上静静地欣赏它，却不能跳下车去流连忘返。毕竟，终点才是我们最终目的地。"

"所以呢？"

"我不应该难过的。至少那些风景，我都看过。"沈寻幽幽地回答，有一种怅然若失的感觉。

"我们进去吧，等会儿还要去敬酒，你别这么舍不得的样子。"

"我尽力。"

沈寻一直尽力笑着，尽力装作她很开心，尽力装作这一切其实对她没有影响。当徐瑞天拉着她过去敬酒的时候，她笑着说道："恭喜两位，先干为敬。"她一口将酒灌下喉头，火辣辣地疼。

黎昕微笑着说："谢谢你的祝福。"

陆挽霜挽着黎昕的胳膊，笑得很甜美。"徐总，很荣幸您能来。"

徐瑞天没搭理陆挽霜，而是搂着沈寻的腰，晃着酒杯，对黎昕说："你和我们公司的陆助理很配。"他的语气重音在"陆助理"三个字上。贬低人的口气相当明显。

陆挽霜变了脸色，黎昕微微皱起眉头。

沈寻拉着徐瑞天，笑着说道："反正，恭喜你们。"说完，拉着他离开男、女主角。

走到别处，沈寻抬头，有些不悦地问道："你刚才为什么那样说？"

"我在帮你。"

"我不喜欢用这种方式。"沈寻转过脸，不理徐瑞天。

这个时候，台上传出了两声咳嗽。周鹤轩左手拿着话筒，右手拿着一个四四方方的锦盒，道："第一，今天是我姐姐陆挽霜大喜的日子。在这里，我要祝贺她，希望她幸福。"

周鹤轩居然是陆挽霜的弟弟。

沈寻第一反应是去看何佳，发现她满脸惊讶，看来她也才知道这件事情。

"第二，我想做一件事情，想请在场的各位见证。"周鹤轩的目光看着何佳，嘴角勾起了一丝笑。

沈寻看到何佳满脸绯红，有些兴奋，眼神中满是期待。如果没有猜错，这个样子应该是要求婚吧。这应该也是何佳所期待的。连周围的人都开始起哄。

周鹤轩拿着话筒，一边缓缓走向何佳一边说道："今天是个很特别的一天。几年前的今天，我遇到了一个很特别的女孩。她乖巧、聪明、贤惠，也很体贴，以后肯定会是一位好妻子、好母亲。今天，借着这个场合，我想对这个女孩说……"他走到何佳面前，单膝跪下，打开锦盒，嘴角带着微笑，略带怨毒地说道，"何佳，我们分手吧。"

那锦盒里，不是钻戒，而是一枚做工精致的哨子。

原本起哄的人群瞬间安静下来。

何佳愣愣地看着哨子，看着微笑着的周鹤轩，满心的期待被面前的人亲手撕得粉碎。她睁大了眼睛，泪水滚滚而下。

周鹤轩还在笑，何佳掉头，挤过拥挤的人群，拔腿就跑。其他人面面相觑，不知道究竟发生什么事情。

沈寻看着周鹤轩无所谓地笑，越看越气，气冲冲地上去，当着众人的面，狠狠打了周鹤轩一巴掌。她觉得一巴掌还不够，又一脚踢到他的膝盖上，高声指责道："周鹤轩！你真不是个男人！何佳没有做错任何事情，她不过就是因为爱上你。所以她就比你卑微、比你渺小，被你轻蔑、被你看不起、被你不珍惜，被你这样当众践踏、羞辱！你会遭报应的！"

说完这句话，她掉头去追何佳，高跟鞋跑着太碍事，她直接脱掉，光着脚去找人。

周鹤轩无所谓地耸耸肩，在众人异样的眼光中，也走了出去。

何佳跑得太快，一会儿工夫就没了人影。沈寻一手提着裙子，一手提着鞋子，焦急地在周围寻找，大声喊着"何佳"的名字，回头率百分之三百。

也不知道找了多久，沈寻才看见何佳坐在大马路边哭泣，肩膀不停地抖动，她的鞋子被踢了老远，头发也全都披散着，模样狼狈至极。

沈寻走过去，一屁股坐在何佳的旁边，丝毫不顾裙子会弄脏。这个时候她才察觉，脚心不知道被什么划了一下，正在缓慢流出鲜红的血。她用手捅了捅何佳，道："姑娘，我们去喝酒吧。"

何佳捂着脸，哭着说道："不去！"

"你在大街上哭很丢脸。"

"我都被甩了，还管什么形象。"

沈寻拍着何佳的肩膀，说道："你还需要形象去勾搭更帅的帅哥。"

何佳撑着额头，低声抽泣道："其实我早就知道他不喜欢我，只是我在他身上浪费了那么长的时间，不甘心。我真的不甘心！"最后一句带着浓浓的哀怨。

明明是爱情，最后却化成了一句"不甘心"。何佳比沈寻想象中更坚强一些，原本以为要劝好一会儿。结果两个人后面全是在骂周鹤轩。

何佳骂爽了，解气了，又恢复了原状，只是那双眼睛里，仿佛有什么东西变了，整个人看上去更加成熟。她抱了抱沈寻，红着眼睛低声道："阿寻，幸好我还有你。"

"小佳，我真的没想到你已经从那个五谷不分、生活技能负分的小姑娘变成现在这个模样，坚强，独立，直白，爱憎分明。"

"这里面也有你的功劳。"

沈寻忍不住再次用力抱紧何佳，两个人的友谊比爱情还要来得牢靠。

有人说，爱情经得起风雨，经不起平淡。友情经得起平淡，却经不起风雨。但是沈寻想大声反驳：不管是平淡还是风雨，她和何佳的友情能战胜一切。

因为周鹤轩的事情，何佳的状态不是很好，虽然那天晚上她看上去恢复正常了，沈寻依旧不放心。所以每天关店以后就直接去何佳那儿。何佳上班后，买了一套两室一厅的房子，布置得很温馨。那些周鹤轩留下来的东西通通被打包扔进了垃圾桶。

何佳一边收拾，一边给沈寻讲着那些东西的来历，也算是回忆。

比如说那一沓厚厚的信纸，那些都是初稿。

何佳转学的第一件事情就是给周鹤轩写信道别。第一句是"你好"，最后一句是"再见"。那个时候写信跟写作文一样，非常正式。何佳写信之前通常会先打草稿，改了一遍又一遍，直到满意为止，然后誊写到好看的信纸上。所以挑选信纸和信封都成了一件很神圣的事情。何佳写的字歪歪扭扭的，经常被点名批评。为了能写出好看的字，何佳还专门去买了很多本字帖来练。

周鹤轩从来没回过信，但是何佳从来没放弃过，不管是读高中还是大学，坚持每周一封信。每天哪怕事情再多，都不会把写信这件事情忘记。

真正爱上周鹤轩是高三毕业的暑假。何佳偷偷跑去找他。那个时候，周鹤轩在KTV里和一群人喝酒，摇骰子。她也不知道哪里来的勇气，打听到他的行踪后，就直接闯进包厢。这是两个人真正意义上的初遇。

何佳从来没有这么勇敢过。

记得那天的KTV嘈杂昏暗，有人在唱陈小春的《独家记忆》。周鹤轩穿着黑色的衬衣，在喧闹的人群中格外出众。那慵懒的表情，嘴角的痞笑，都带着一种诱惑力。

何佳站在门口，大声说道："周鹤轩，你出来一下。"

旁边那些人就起哄。"周鹤轩，又有小妹妹找你喽。"说完，其他人跟着哈哈大笑。

周鹤轩看着何佳，脸上在笑着，人却没动。"我凭什么跟你走？"

"对啊，他凭什么跟你走啊？你是他什么人啊？"旁边的人多事地问道。

"我有话跟你说。"

旁边的人继续笑眯眯地说道："小妹妹，你想让我们的轩哥跟你出去，来，先把这瓶酒干了。"

周鹤轩自然也是一副看好戏的样子，并不打算插手。

何佳看着那瓶酒，有些犹豫。毕竟，她从来没有喝过酒。

周鹤轩勾起嘴角，问道："你不敢喝吗？"

听到这句话，何佳二话不说，直接冲上去，拿着瓶子，仰头往喉咙里咕噜咕噜灌酒。周围的人被何佳的气场怔住，随后爆发出一阵掌声。

何佳真的把酒喝完了,而周鹤轩也很守信用地跟着出来。此时此刻,何佳的脑袋无比清醒,尽管胃里难受得要命。她站在周鹤轩面前,仰起下巴,道:"我叫何佳,每周都会寄信给你,你收到了吗?"

"我收到了。"

"那你看了吗?"

"那些信全部被我扔进了垃圾桶。"

何佳愣了愣,随即说道:"没关系,现在我可以说给你听。那些其实都是废话,总结起来只有七个字。周鹤轩,我喜欢你。"

周鹤轩双手插在口袋里,耸耸肩膀,道:"我不喜欢你。"

何佳满不在乎。"总有一天,我会让你爱上我。"宣布这句话以后,她开始真正倒追周鹤轩,用尽各种方法。

除了写信,何佳还会给周鹤轩寄各种零食和衣服。放假的时候,省吃俭用攒下钱买飞机票去找他。每天准时给周鹤轩问早安、午安、晚安,诸如此类。何佳几乎把所有的精力都放在追周鹤轩这件事情上,不管被打击了多少次,从来没说过要放弃。

工作以后的何佳都会佩服当年的自己,为什么当初如此有勇气。或许是因为年轻,不怕犯错,又或许是因为年轻,害怕错过。

不管未来有多长,那个人总会在记忆里。就像陈小春唱的:我喜欢你,是我独家的记忆。

而周鹤轩则是属于何佳的独家记忆。

现在何佳说起这些的时候,都忍不住向沈寻感慨当年真的好年轻。

沈寻回答道:"谁没年轻过呢?"

是啊,每个人都有年轻的时候。或许,每个人在那个年纪,都有一场轰轰烈烈的爱情,不管是暗恋还是明恋,它们是如此刻骨铭心。

在那些乱七八糟的东西里,还有一朵干枯的玫瑰,被何佳裱了起来。她拿着花说道:"这朵玫瑰是我人生中收到的第一朵花。它是周鹤轩送的。"

其实也不能说是送。实际上是何佳和周鹤轩去吃饭，那个老板送到周鹤轩的手里，然后由周鹤轩转送，没有任何寓意。何佳却把这朵花当成宝贝。

沈寻忽然想起以前郑青秋说玫瑰花不一定代表爱情。

何佳收拾着那些关于周鹤轩的东西，表情沉默，像是在默哀。当把那些东西扔进垃圾桶的时候，她的眼神最终还是带着一丝忧伤。

花季、雨季不再来，那样美好的年纪到头来却栽在连人渣都不如的禽兽手里。

其实失恋并不可怕，最可怕的是，失恋后大姨妈迟迟未到。

没错，何佳中标了，她拿着两根红线的验孕棒可怜兮兮地问沈寻怎么办。沈寻将何佳狠狠数落了一顿。喜欢做成年人做的事情，却不喜欢按照成年人的方式来承担后果。当初何佳还笑嘻嘻地说她已经成年了，如今连哭都哭不出来。

沈寻非常严肃地问道："你想不想要这个孩子？"

何佳踌躇了许久，才点头说道："我想要这个孩子，毕竟小生命是无辜的。而且，这也是我的孩子。"

"那你应该知道单亲妈妈会面对哪些问题。"

何佳点头。

且不说家里同不同意，单亲妈妈本身非常辛苦，又要带孩子又要挣钱养家，还得回答孩子为什么没有爸爸。而且，带着一个拖油瓶，何佳也很难再成个家。不仅如此，更关键的是这个社会并不是对所有的单亲妈妈都是宽容的。所以，摆在何佳面前的是重重困难。

"小佳，难道你不去找周鹤轩吗？他应该知道这件事。"当然，周鹤轩能负责自然最好。

"那好，你帮我约他。"

约周鹤轩出来不是一件困难的事情，何佳穿得很漂亮，还化了淡妆。三个人坐在咖啡厅里，气氛沉闷。

周鹤轩勾着嘴角，夸赞道："小佳，你今天真漂亮。"

沈寻真的很不明白，为什么周鹤轩一面当着恶魔，另外一面还可以当个天使，两者可以同时出现在一个人身上。

何佳没有看周鹤轩，低声说道："我怀孕了……"

"孩子是我的？"周鹤轩的眼眸中有一丝的惊讶，不过很快就翻了过去，"小佳，每次我们都有做安全措施。"

何佳抬起头，盯着周鹤轩，说道："那些安全套都被我扎了洞。原本，我想用孩子来逼你跟我结婚，但是想不到你先跟我说了分手。"

周鹤轩摊开手，模样很欠打："所以，这不关我的事。"

沈寻忍不住拍桌子吼道："周鹤轩，你得承认，这个孩子有你的一半！"

"好吧，我承认孩子是我的，可是那又怎样？第一，我不会因为孩子跟何佳结婚。第二，我更加不会对这个孩子负责任。"

"周鹤轩，你这个禽兽！"沈寻忍不住高声怒骂。

周鹤轩厚着脸皮笑着回答："多谢夸奖。"

一旁沉默很久的何佳忽然站起来，拉着沈寻说道："我们走吧。我当初真是瞎了眼才看上这只禽兽，跟他呼吸着相同的空气我都觉得恶心！"

周鹤轩已经完全没救了。

沈寻站起来看见他那张欠揍的脸，直接把咖啡端起来毫不犹豫地泼上去，放下杯子，走人，一气呵成。

人走远了，周鹤轩还非得补一刀。"何佳，当初我跟你在一起是因为我姐姐想拿下你爸公司的一个项目。所以，我和你发生的一切只是一场交易。现在我姐换了公司，我也没必要继续跟你在一起了。"

原来，曾经的好也只是交易。何佳真觉得没有什么可怀念的了，她的心被周鹤轩亲手摔得粉碎，再也无法拼凑完整。

沈寻想杀了周鹤轩的心都有。

知道事情真相的何佳，反而有一种释然。她背对着沈寻说道："我一直都知道，他是不爱我的。如今亲自验证后，我觉得好像分手是很平常的事情。我唯一的错就在于天真地以为孩子能捆住他。"

最终怀孕的事情还是被何佳的父母发现了。她父母强烈要求她去医院打掉孩子，可是何佳死活也不愿意。

于是她妈妈叫了几个私人医生去家里，让人把何佳捆在床上，强制性流掉孩子。何佳像是一个犯人一样，被屈辱地绑在床上，不断掉眼泪，任凭她怎么哀求都无济于事。她妈妈红着眼睛，站在一旁，用非常强硬的态度说道："佳佳，我这是为你好。"

何佳疯狂地摇头，不惜用生命威胁道："如果孩子死了，我也不活了。"

她妈妈狠心地说道："那到时候我会帮你立个墓碑。我们何家有头有脸，不能让你坏了名声。至于陆家的那个私生子，总有一天我和你爸爸会收拾他。"

何佳心一下就凉了，知道这件事情毫无转圜的余地，眼里空洞洞的，感觉孩子一点儿一点儿在体内流失。那是一种很煎熬的过程。

当何佳向沈寻复述这些的时候，眼里已经没有了往日的神采。原来青春有活力的何佳一下就老了好几岁，不再穿鲜亮的衣服，不再哈哈大笑，脸上只有一种表情，那就是死寂。她说，她和周鹤轩最后一丝关系也断掉了。她眼中的那点儿星火，最终也熄灭。

沈寻忍不住用力抱紧她。

何佳瘦了很多，沈寻被她的骨头硌得疼。"小佳，未来的路很长。"

"对啊，未来很长，却已经没有任何盼头。"

"你恨你父母吗？"

"我不恨，我知道他们是为我好。"虽然不恨，但是也没办法原谅。接着何佳没头没脑地说道："我真想杀了周鹤轩。"

沈寻知道，何佳大概恨透了周鹤轩。

3

何佳辞去了工作，一直在家里待着，郁郁寡欢。沈寻几乎把所有安慰的话都说了一遍，那些剩下的伤口还是得慢慢愈合。

发生了那么多事情至少有一件是很开心的，店里的生意逐渐好起来。没想到的是，顾卿竟然会光临。

沈寻打心里不喜欢顾卿，但是顾客就是上帝，她只有客气地将咖啡端在顾客面前，而不是将咖啡泼在顾客脸上。

顾卿脱下工作服，穿着一条白色典雅的短裙，踩着一双白色高跟鞋，将完美的身材勾勒出来。她画着淡妆，将脸上的细纹通通遮盖，看上去年轻了几分。她坐在桌子旁边，看着刚端上去的咖啡，皱着眉头说道："我不喝这么廉价的咖啡。"

沈寻笑着回答："对不起，本店只有这么廉价的咖啡。"

顾卿从包包里掏出一张空白支票，"唰唰"地签上大名，递到沈寻的面前，道："我也不想跟你拐弯抹角。我今天来只有一个目的，让你离开徐瑞天，不管多少钱都可以。"

沈寻看着那张支票，忽然乐不可支。"我跟着徐瑞天的话，得到的钱应该比你出的更多吧。我为什么要傻到去放弃呢？"

"你果然是为了徐瑞天的钱。"

"我说我不为了他的钱，你也不会信。我又何必多给你做解释。如果你今天来只是为了这个，那你可以离开了。不过，我得冒昧地问一句，你以什么身份要挟我离开徐瑞天？就凭你是他的前妻吗？”语气重音放在“前妻”两个字上。

顾卿的脸色顿时变得难看起来：“凭我是他孩子的母亲！凭我和他一起风风雨雨走了这么多年！他眼下是喜欢你，可是你以为他以后还会喜欢吗？总有一天，他会看在孩子的面上，跟我复婚。”

“顾女士，你既然说过他从未爱上你，又凭什么如此有自信地认为他会跟你复婚呢？”

“婚姻是婚姻，爱情是爱情，爱情不可以没有婚姻，但是婚姻可以没有爱情。”

沈寻笑了。她笑着问道：“既然你说你爱徐瑞天，那你知道他喜欢什么颜色，喜欢吃什么菜，最喜欢做什么事情吗？”

顾卿愣住，好一会儿才回答：“他……喜欢黑色，喜欢吃……鱼香肉丝，最喜欢做的事情是打高尔夫。”

沈寻再次笑了，冷声回答：“他根本没有最喜欢的颜色，也没有喜欢吃的菜，而且他最喜欢做的事情也不是打高尔夫，而是看书。”

顾卿脸色难看地站起来，不悦地问道：“你知道这些又有什么用？”

沈寻继续说道：“徐婉喜欢红色，喜欢吃甜食，最喜欢玩游戏，最不喜欢吃青椒和生姜，也不喜欢吃醋。这些，估计你也不知道。顾女士，对于这个家，你从未用过心，又何谈拥有？”

这些全是沈寻自己一点儿一点儿摸索出来的。

这一次，顾卿被气得抓起支票，直接掉头走人。

从某种程度上来讲，徐瑞天和徐婉都是可怜人。他们最亲近的人不知道他们的喜好，反而不如一个外人知道得清楚。

这件事情沈寻没有跟徐瑞天说。最近沈寻几乎没有看到过徐瑞天的身影，徐婉也没有来。徐瑞天人不出现，也没有短信和电话，这种境况持续了半个月。

沈寻拿着电话唉声叹气，也不知道在期盼什么。为了杜绝这种情况，她开始忙碌于工作。她每天加班到很晚，关店门的时候都快十二点了。

深夜的蓝山市像是一位安静的美人，所有的喧闹都静止，只剩下路灯散发着温暖的光。深夜的大街上，几乎看不到人影。偶尔有一辆车飞驰而过，更显得城市空旷。沈寻站在路边等车，等了许久不见车，仿佛老天专门作对一般。可能是深夜与孤单给了她脆弱的理由，所以她忍不住拨通了徐瑞天的电话。

电话响了一声就被接起来，那边的徐瑞天语气不善地质问道："你怎么还不睡？"

"我打扰到你了吗？"

"我还在公司里加班。"

沈寻看了看空旷的周围，可怜兮兮地低声说道："我还在店铺这边，你能不能开车来接我，我打不到车。"反正徐瑞天的公司离这里也不远。

"那你等着。"徐瑞天答应得也很干脆。

沈寻安心下来。不过，她刚打完电话就发现一辆空车飞驰而过。这就是传说中的不凑巧。

原本她站在路边等了好一会儿，但是没想到突然有四个人跳出来，捂着她的嘴巴，往昏暗的地方拖。

沈寻心里慌了起来，忍不住用力挣扎。双手被紧紧钳制住，她忍不住"呜呜"地叫着，双脚用力蹬地，企图发出声音。但是根本没有用，她只能眼睁睁地看着路灯越来越远，心里逐渐升腾起一种绝望。

到了僻静之处，沈寻被人狠狠摔在地上，东西通通被没收。眼前的四个男人虎视眈眈地盯着她。她爬起来，身子紧贴着墙微微颤抖。她努力镇定，脑子转得飞快，想着各种办法。"各位大哥，如果你们要劫财，我包里的钱都可以给你们。如果你们想要劫色，我也乐意配合。不过若是各位大哥得了艾滋病，可别怪我没提醒你们。"

原本邪笑的四个人愣住，相互看了一眼。其中一个人上来就给了沈寻一巴掌，吐了口口水，道："小婊子，你觉得你能唬住老子吗？徐瑞天能找个有艾滋病的女人做情人吗？"

沈寻的脸火辣辣地疼，她压根儿没想到这个人会这么说，心里也隐隐约约知道今天的事情是谁搞出来的。"雇你们来的是一个漂亮的中年妇女吧。"

"你别管。"

"各位大哥，你们既然知道我是徐瑞天的情人，那不如放过我。我在徐瑞天那里说你们几句好话，说不定各位从此荣华富贵。那个女人能给你们多少钱，徐瑞天能给你们双倍的。但是如果今天你们不放过我，那么徐瑞天不会放过你们的！我敢保证！"

最后一句话让四个人齐齐变了脸色。

其中有个人动摇了："大哥，她说得很有道理。"

"说得有道理什么！徐家不放过我们，难道顾家就能放过了吗？"

沈寻继续循循善诱："以徐瑞天的实力将你们送去国外，给你们一个新身份根本没有问题。难道顾家的实力能比得过徐家吗？"

另外一个人也开始动摇，道："对啊，大哥，这小妞说得没错。"

那个被称作"大哥"的人还在犹豫不决。

沈寻继续说道："我刚刚给徐瑞天打了电话，让他来接我。如果他找不到我，说不定报警。如果你们不信，可以翻看我手机的通话记录。"

那个拿沈寻包的人开始去翻手机，不一会儿就翻开通讯记录大声喊道："手机上真的有她和徐瑞天的通话记录。"

沈寻看着面前的人，一脸镇定，而实际上，掌心已经被她掐得生疼，背后全是冷汗。但愿，在这个时候徐瑞天的名字能更好用一点儿。时间僵持越久，对她越有利。

正当僵持的时候，不远处响起了脚步声。沈寻转过身，看见徐瑞天的身影在夜色中出现。他手里拿着手机，蓝色的光打在他的脸上，原本很诡异的画面在沈寻心中却无比温暖，好像快要溺毙的时候，水面突然出现一根浮木。

沈寻惊喜地喊道："徐瑞天！"

这一喊，瞬间让面前的四个人失去了力气。

徐瑞天快步走过来，又仔仔细细看了沈寻一眼，松了一口气，慢条斯理地反问道："你们觉得现在应该怎么办？我徐瑞天向来有恩报恩，有仇报仇。"

"这不关我们的事，都是顾家那个女人指使的。"

"对，我们只是听命行事。如果不听命，顾家不会放过我们的。"旁边的人附和。

徐瑞天站到沈寻的面前，缓声道："今天的事情我可以不追究。你们放心回去复命，告诉那个人想听的结果，下一步会有人跟你们联系的。"

那四个人彼此看了一眼，点头哈腰地齐声说道："谢谢徐总。"

等那四个人走后，沈寻绷紧的神经一松，腿一软，一屁股坐在地上，久久不愿意起来。她的背后被冷风一吹，起了厚厚一层鸡皮疙瘩。

徐瑞天半扶半搂地将沈寻扶起来，忍不住道："我还以为你真的什么都不怕。"

沈寻有些后怕，要不是那个人说漏了顾家，她根本不知道要怎么去告诉徐瑞天。"你怎么找到我的？"

徐瑞天摇了摇手机，道："我给你的手机装了定位系统。不管你去哪里，我都知道。"

沈寻瞪大眼睛，完全不知道这件事。"你什么时候弄的？"

"忘记了。"

"你在监视我？"

"我在保护你。"

沈寻没办法理直气壮地反驳，尤其发生了这样的事情。如果徐瑞天没有装这个定位系统，说不定结果会是一场悲剧。她心里暗想着，回去一定要把这个鬼玩意儿给弄掉。

回车上的时候，沈寻被吓得走不动路。徐瑞天二话不说，直接把她背在背上，吓得她惊呼一声，急忙抱紧徐瑞天的脖子。

徐瑞天哈哈大笑，一副很愉快的样子。

沈寻趴在徐瑞天的背上。他的背很宽阔、很有力，也很温暖，她感受到了前所未有的安宁。大概，这就是安全感吧。

"徐瑞天，要是没有你，我该怎么办？"

"你怎么不叫我徐先生？"

"徐先生，你好。徐先生，再见。"

"沈寻。"

"嗯。"

"我想明天开新闻发布会。"

"那公司会不会受影响？"

"这个你不用担心。"

"你决定就好。"

"沈寻。"

"嗯？"

"我们在一起吧。"

徐瑞天的最后一句话在安静的夜里如同璀璨的烟花，徐徐开放。

沈寻的脑海里闪过了黎昕，也闪过了徐婉，最终犹豫着道："等到徐婉能够接受我的时候，我一定答应你。"

徐瑞天也不勉强，反而笑着说道："那你一定要努力。"

沈寻点点头，坚定地说道："我一定会努力。"

纵使这个夜晚太惊心动魄，最终还是圆满收场。沈寻想着，大概是上帝欠她太多太多的东西，才把徐瑞天派来。

她坚定不移地相信每个姑娘都会有属于她的骑士。

第十一章 一 念

这一生，沈寻并没有想过要去害别人，但若是别人要害她，她也不会软弱地逃避。这个世界上，得寸进尺的人并不少，顾卿就是典型中的典型。

开新闻发布会那天恰好是七夕节。

沈寻没去现场，从电视上看直播。徐瑞天穿着西服，端端正正地站在台上，面对着众多的媒体记者，拿出离婚证，说道："今天，鄙人召开新闻发布会，主要有两件事情要宣布。第一，我与前妻顾卿在三年前已经离婚，但是因为种种原因，一直推迟到今天才公布。第二，本公司与顾家的富盛公司正式终止合作。"

沈寻没想到，他竟然会停止跟顾家合作。生意场上的事情她虽然不懂，但是也明白，一旦终止合作，肯定会有不小的损失。而这一切，都是因为她。

想到这里，她有几分愧疚。

徐瑞天似乎不管这样会掀起多少风浪，开完新闻发布会，直奔沈寻这里。沈寻坐在沙发上，眉头紧锁，脑子里很混乱。

徐瑞天坐在她旁边，问道："你在担心什么？"

"你跟顾家合作肯定损失得不少。我很愧疚。"

徐瑞天笑着解释道："顾家跟徐家表面上在合作，其实暗地里竞争的时候更多。生意场上，没有绝对的朋友，也没有绝对的敌人。"

虽然面前的人这么说，沈寻心里的愧疚感却丝毫没有减少。毕竟，所有的事情皆是因她而起。

"我先回公司里处理事情，你先去我家吧。今天晚上徐婉会回来，我们跟她好好谈谈。"

沈寻点头。现在最让人担心的就是徐婉。她性子直，脾气火爆，也不知道能不能接受现在的结果。

这种担心一直持续着。

傍晚，徐瑞天先回了家，沈寻在厨房里准备晚饭，徐婉姗姗来迟。她紧紧皱着眉头，身子紧绷，一言不发。

沈寻笑着迎上去，道："小婉，快来洗手吃饭。"

徐婉用一种怨毒的眼神盯了沈寻一眼，冷声喊道："滚！"

沈寻愣住，张口想解释。一旁的徐瑞天沉着脸，不悦地说道："徐婉！有话好好说！"

徐婉冷笑一声，道："你们这对奸夫淫妇！"

沈寻立即变了脸色。

徐瑞天的脸色也好不到哪儿去。他快速冲上前去，一巴掌打到徐婉的脸上，训斥道："这些话都是谁教你的！你的涵养呢！你的家教呢！"

徐婉情绪激动地回击道："我没有家，哪来的家教！我也没有你这样的爸爸！妈妈那么爱你，你居然和她离婚，跟这个女人在一起！你把外公气得住院！现在，你把妈妈置于何地！你又把我置于何地！"

"大人的事情你不懂！"

"这就是你的解释吗？在我心目中，你曾经是那样的伟岸。如今，你却是这样的无情！这样的龌龊！我恨你！"徐婉已经口不择言。

徐瑞天被气得不轻。他捂着胃，眉头纠成一团。沈寻急忙上去扶着他。他说道："我已经守护顾家这么久，有权利去追求自己的幸福。我从来都没有爱过你的妈妈，当年也是被你外公逼迫才娶的她。"

"既然你不爱她，为什么要生下我！那我究竟算什么！你和这个女人如果生下野种，是不是就要抛弃我了！"徐婉那怨恨的眼眸中，眼泪泛滥。

"你才是你妈生的野种！我徐瑞天和你没有任何血缘关系却养了你这么多年！"徐瑞天的话掷地有声。

整个房间似乎都安静下来。

沈寻惊讶了，徐婉崩溃了。她的眼神涣散了几秒钟，瞬间就崩塌了，脸上是一种深深的绝望。她惨叫一声，发疯似的跑了出去。

沈寻皱着眉头，担心地道："你不应该在这个时候说出来。"

"她终究要学着长大。"

沈寻换了鞋，出去追徐婉。徐瑞天也跟了出去。徐婉跑得很快，一溜烟儿已经没有了人影。两个人只好分头找。天色渐晚，沈寻与徐瑞天通了电话，两个人都没有找到人。沈寻努力思考着徐婉会去那儿，最终脑海里隐隐约约有了一个念头。

沈寻来到公墓的时候，天上开始下起了小雨。夜晚的公墓阴森森的，非常安静，能听见风的怪嚎。她有些怕，但是为了找到徐婉，只有硬着头皮，打开手机的手电筒，一步一个台阶跨上去。雨水淋在脸上，凉飕飕的。要是有一丁点儿声响，沈寻的鸡皮疙瘩能从头顶串到脚底。

凭着记忆，沈寻花了好长时间，终于找到徐婉奶奶的墓碑。远远看去，一个黑色的身影可怜兮兮地蜷缩成一团，伴随着一阵一阵呜咽。沈寻悬着的心这才落了下去，她拿着手机小心翼翼地靠近，低声唤道："徐婉……"

徐婉惊愕地抬头，满脸泪痕，眼睛已经哭肿了。她看见是沈寻，原本可怜分分的表情立即变得凶恶。"你滚！"

沈寻脸皮也变得比较厚，凑过去，蹲在徐婉旁边。徐婉厌恶地往旁边挪了一小步。

"徐婉，我挺害怕的，我们来聊聊天儿吧。"

"我不想跟你聊天儿！我最讨厌你假惺惺的样子！"

沈寻也不管，自言自语道："我觉得你爸挺可怜的。这十几年来，从来没有幸福过。你知道吗？你妈妈连你爸爸喜欢什么不喜欢什么都不知道。她更不知道你喜欢什么，也不知道你不喜欢什么。你说，世界上哪有这样的妻子跟妈妈？"

徐婉不甘心地辩解道："那是因为她忙。"

"我们先不评论她的对与错吧。但是徐婉，你的那些话真的是伤了你爸爸的心。他那么爱你，尽管你们没有任何血缘关系。如果我猜得不错的话，当年你爸爸被迫娶你妈妈，很大程度上是因为你。所以这十几年来，他过得不幸福也有你的原因。但是他什么都没说，而且对你那么好。"

徐婉沉默。

"你爸爸不是一个伟大的人，他管理一个公司已经很累了。抛开那些光环不说，他也只是一个普通的人，希望有个家而已。你知道他为什么喜欢在我那儿吃饭吗？尽管我做菜难吃，但是那个小窝里有人气，不是冰冷的。而你们家呢，尽管是洋房，宽敞漂亮，但是没有任何温度。"

徐婉依旧沉默，停止了抽泣。

"徐婉，我不会逼迫你叫我妈妈。如果你摒弃成见，相信你也感受到我究竟对你怎样。说句难听的话，我大可以让你爸爸把你送到你妈妈那儿去，什么都不管。但是，我并没有这样做。因为我知道，渴望母爱究竟是什么感觉。我爸爸死后，我妈妈一直都不喜欢我，对我非常不好。但是我一直都在争取着、渴望着，有一天她能重新再爱我。可惜，她已经去世。我没有了爸爸，也没有妈妈。但是你不一样，你还有妈妈，你还有爸爸。纵使他们两个人不相爱，但是都不能改变他们是你爸爸妈妈的现实。徐婉，我很羡慕你……"说到这里，沈寻也忍不住红了眼睛，心里难受得要命。她的脑海里全是林容推开她的那一幕。

徐婉抬起头，想说些什么，最终却什么都没说。

沈寻擦了擦满脸的雨水，微微颤抖地说道："我们回去吧，要不然你爸爸该担心了。"

徐婉倔强地回答："我不回去！"

"反正该说的话我都说了，回不回去随你。"沈寻站起来，觉得腿脚有些发麻，"你真的不回去吗？"

徐婉的表情有些动容。

"你不回去的话我就先走了。"沈寻抬脚装作要离开的模样，"我听别人说这里有狼，最喜欢吃小孩子的心脏。到时候你别怪我没提醒你哟！"

徐婉的身子抖了抖，昂着下巴，逞强道："你肯定又在骗我。"

"信不信随便你。"

沈寻抬脚才走了两步，徐婉"噌"地站起来，往前走了几步，高傲地说："我才不会让你独占我爸爸的爱！哼！"

沈寻在心中偷笑。徐婉还真是会给她自己找台阶下。

两个人走在一排排的墓碑间，沈寻虽然是无鬼论者，但还是觉得头皮发麻，双眼满是恐惧。

走了两步，手机没电关机了，原本微弱的光突然暗了下去，眼前一片黑。沈寻不由得去拉徐婉的手。那小小的手在颤抖，人却在逞强要挣脱牵着她的手。

沈寻丝毫不觉得羞愧地说道："手借我抓一下，我害怕。"

"你怎么那么胆小？"虽然徐婉故意装作一副不害怕的样子，但是说话间也在轻微地颤抖。

"我突然想唱歌。"

"如果你唱得难听就别唱。"

"你想听什么歌？"

"随便。"

沈寻想了想，张口就来："妹妹你大胆地往前走啊……往前走……莫回头……"

怪异的腔调让原本神经紧绷的徐婉忽然"扑哧"一声笑了出来，忍不住道："你神经病啊！"

沈寻不得不承认，刚才那句是故意的。徐婉终于笑了，她也放下心来，气氛没那么僵，也没那么可怕。两个人手拉着手，摸着黑，一步一步走得很缓慢。

很久很久以后，徐婉都会记得那个夜晚。

漆黑的夜、微凉的雨、呼啸的风，以及掌心里源源不断传来的温暖。那是徐婉许久不曾拥有过的。哪怕过了很多年，她都忘不掉，那样的温暖陪伴她度过了最糟糕的一夜。

两个人走在黑夜中，慢慢走下山。忽然道路上出现了一缕光，徐瑞天的身影立在光里，尤为显眼。

沈寻忍不住高声喊他的名字。"徐瑞天，我们在这里。"后面激起一阵阵回音。

徐瑞天整个人都放松下来，快步走到两个人面前。

徐婉低着头，弱弱地喊了一声"爸爸"。

徐瑞天摸着她湿漉漉的头发，低声叹了口气，道："小婉，是爸爸不好。爸爸不应该那样说你。"他的语气难得如此温柔。

徐婉一愣，低着头，红着眼睛，道："爸爸，对不起。"

"不管怎样，你永远都是我的女儿。"

徐婉闻言，动容地扑到徐瑞天的怀里，号啕大哭。

徐瑞天抬头，冲着沈寻微笑着说道："谢谢你。"

"不客气。"

两人在雨中，相视一笑。

这个夜晚，沈寻好像在劝徐婉，又好像在劝她自己。越是渴望，越得不到。越得不到，越渴望，这是一个怪圈。

回去之后，沈寻和徐婉都感冒了。两个人坐在沙发上，你望着我，我望着你，轮流打喷嚏，十分滑稽。徐瑞天在工作之余，还要照顾两个病人。沈寻不得不感叹，让大老板全心全意服务，肯定会折寿好多年。

虽然徐婉还是成天对沈寻翻白眼，但是语气已经没有那么尖酸刻薄了，缓和了许多，甚至在吃饭的时候不再评论菜有多么难吃。病好后，徐婉把家里的衣服全部搬到沈寻这边，打算整个暑假都在这里住，理直气壮地说那边冷清清的，还没人煮饭。得了，这下沈寻又成了徐婉的煮饭婆。

店铺那边暂时关门。那天徐瑞天跟徐婉吵架后，被气得犯了胃病。沈寻每天在家里做好饭菜，给他送过去，准时监督他吃药、吃饭。徐婉也比较乖，没闹出什么事情，甚至开始看书写作业。

这天，沈寻照常给徐瑞天送饭，刚走到他办公室门口，听见里面在讲话。她没进去，就站在一旁，里面的声音断断续续的。沈寻只听到了什么陆助理、市场扩展计划书、商业机密之类的，貌似非常重要。

沈寻急忙收起耳朵，也不敢多听。等到里面的人出来，她才走进去。

徐瑞天的脸色不太好看，眼眸里尽是忧虑，眉间的愁浓得散不开。

沈寻一边将菜摆在旁边的桌上，一边问道："公司发生什么事情了吗？"

徐瑞天的表情恢复了正常，淡淡地回答道："公司很好，你不用担心。"

沈寻不懂，也没有多问。"你快来吃饭吧。"

徐瑞天放下文件，起身走过来，坐在沙发上，突然一把抓住了沈寻摆筷子的手。她被面前的人吓了一跳，作势拿筷子去敲他的手。他看着沈寻，目光有些灼热。

沈寻面色桃红，挣脱了"钳制"，不自然地嗔怪道："大老板，你居然耍流氓。"

被称作"大老板"的人只是笑着，也不说话。他拿起筷子，看着饭菜，半晌忽然说道："这些日子辛苦你了。"

"对啊，我这么辛苦，你要怎么报答我呢？"

"沈寻，你能不能给我一个家？"徐瑞天的语气非常郑重而真诚。

沈寻的脸更红了。如果她抬起头的话，肯定也能看到徐瑞天的脸，同样微红。那从来不曾有过的悸动，在这漫长的岁月中，忽遇一人，随心而动。

最后，沈寻因为太过害羞，什么都没回答。她在回去的路上，反反复复想着徐瑞天的话，有些羞涩，突然有种坠入爱河的感觉，有些甜蜜。

这种粉红色的情绪一直持续到她回到家。徐婉忍不住嗤之以鼻地问道："我爸是不是对你说了什么甜言蜜语，你的脸红得跟猴屁股一样。"

沈寻忍不住翻白眼："你再乱说，小心我把你六岁尿床的事情告诉你暗恋的那个小帅哥。"

"你敢！"

"哎哟，原来你还真有暗恋的小帅哥。"徐婉六岁还尿床的事情是徐瑞天说的，什么暗恋的小帅哥纯属瞎猜。沈寻没想到一诈还真诈出来了点儿啥。

"你讹我。"

"你经常抱着游戏机和手机傻笑，仿佛这两个东西能开出什么花来。要不是有暗恋的人，那就奇怪了。"

徐婉非常别扭地说道："那你别告诉我爸。"

沈寻笑眯眯地说道："来，叫声沈姐姐听听。"

徐婉非常配合地喊道："沈大娘，你好。"

那双眼睛里满是狡黠。这样的徐婉多好，能说话，能开玩笑，那对漆黑的眼珠滴溜溜地转。

沈寻非常欣慰，至少她的努力没有白费。

吃过午饭，沈寻刚刚准备睡午觉，何佳便打来电话约她一起去逛街。她二话没说便答应了。毕竟，何佳能走出门是一件再好不过的事情。收拾好出门的时候，沈寻啰啰唆唆地交代了徐婉一大堆。徐婉皱着眉头，有些不耐烦地说道："沈大娘，你好啰唆。"

沈寻站在门口，笑着说道："你乖一点儿的话，回来的时候我给你买蛋糕。"

"那你别食言。"徐婉说出这句话，又有些懊悔，居然被一块小小的蛋糕收买了。

两个好姐妹约定在公园见。沈寻到的时候，何佳已经先到。她的脸色微白，看上去像是大病初愈，脸上的笑也像从前一样那么明亮。

沈寻小跑过去，挽着何佳的胳膊，问道："今天你怎么有空约我逛街？"

何佳略微皱着眉头道："我妈什么都不让我做，太无聊。她说反正家里的钱也够养我好几辈子了。她还絮絮叨叨地说帮我安排相亲，我受不了才出来的。"

"你这么优秀还用得着相亲吗？后面等着追你的人不知道排了多长的队伍。"

何佳"扑哧"一笑，道："你好会胡扯。"

两个人说是逛街，全程却只有沈寻在挑衣服，何佳也没什么心思。最后两个人找了个咖啡馆坐着，叫了两杯咖啡和一些甜品，悠闲地喝起下午茶。秋日的阳光照在身上，有一种浓浓的暖意。

何佳端起咖啡，语气随意地问道："最近你和徐瑞天发展到哪一步了？牵手？拥抱？亲吻？"

"小佳，你好坏。"

何佳笑着不说话。

沈寻老老实实地说道："他就抓了一下我的手。"

"没了？"

"没了。"

"该不会是徐瑞天老了吧？"

"你瞎说什么呢！"沈寻的脸微红。

何佳继续打趣道："天哪！你们两个发展得这么慢，非要等到七老八十才开始谈恋爱吗？"

"顺其自然吧。"

"我真是佩服你们两个人，啧啧。"

说实话，沈寻从来没想过要跟一个比她大一轮还多的人谈恋爱，想想就觉得不可思议。她还是比较喜欢徐瑞天和徐婉一起来吃饭的那种感觉，很温馨。

两个人正絮絮叨叨说着话，忽然不远处响起一声尖锐的声音，"何佳，你居然还有脸坐在这里！你知不知道，都是你害得我弟弟住院了！"陆挽霜一边不顾形象地大声骂着，一边踩着高跟鞋，快速走过来。

何佳是丈二和尚——摸不着头脑，不明白发生了什么事情，"你在说什么？"

"是不是你派人把我弟弟的腿打断的？是不是你？"陆挽霜情绪激动，差点儿朝何佳扑过去。

何佳一脸木然："我什么都没做，你别冤枉我。周鹤轩得罪的人不止我一个。"

大概是何佳麻木的表情刺激到了陆挽霜，她直接抡起手，想朝何佳打过去。沈寻急忙站起，阻止陆挽霜，冷言道："这一切都是你弟弟周鹤轩咎由自取。若不是他那么过分，能有那样的报应吗？"

陆挽霜大声吼道："医生说我弟弟的一条腿再也不能复原了！他变成了一个瘸子！"

何佳瞪大眼睛，非常惊讶，沈寻也不例外。

"如果不是你做的，还会有谁！"

"陆挽霜，这一切都是报应。"何佳硬起心肠，冷声说道。

陆挽霜面目狰狞地上去掐何佳的脖子。何佳也不示弱，去扯陆挽霜的头发。两个人在咖啡厅的地上撕扯着。沈寻也上去帮忙，这儿挨了一拳，那儿受了一脚。周围看热闹的人越来越多，最后有人报了警，三个人一起进了警察局。陆挽霜头发脸上全是抓痕，何佳也好不到哪儿去，沈寻胳膊上被抓出了好几道血痕，衣服也撕破了。

警察教育道："你们几个都多大的人了，居然还打架。"

何佳略微不满地指着陆挽霜，道："是她先动的手。"

陆挽霜把头转到一边，冷哼了一声。

沈寻则是点头哈腰道歉道："不好意思，警察叔叔，以后我们再也不打架了，保证当个好公民。"

警察冷哼一声，表示不吃这一套。

最后，警察让家属来领人，徐瑞天来到警察局，被警察教育一番后，便可以回家了。

沈寻跟着徐瑞天出来的时候，刚好遇见黎昕来接陆挽霜。

黎昕和徐瑞天微微点头，算是打过招呼。沈寻犹豫着要不要打招呼，黎昕却只是看了她一眼，就径直去了里面。她的问好堵在喉咙里，有些噎人。

徐瑞天一边语气酸酸地说道："别看了，年轻的帅哥已经走了，只剩下我这个老帅哥了。"

这语气瞬间把沈寻逗笑了。

何佳在一旁看不下去，道："我先走了，你们两个慢慢腻歪。"

"那周鹤轩那边……"

何佳头也不回地说道："我先回去问问我妈。"

在回去的路上，沈寻脑海里想着何佳说两个人发展缓慢的话，眼神不由自主地落在徐瑞天的手上。怎么办？她突然好想上去牵一牵那宽厚的手。一旦有了这样的念头后，整个人浑身不自在。

徐瑞天忽然转过身来，抬起手，笑着说道："你既然这么喜欢我的手，我借你牵一下。"

沈寻的脸突然红了，急忙往前走了两步，嗔怪道："谁想牵你的手了？"

"我想牵你的手。"徐瑞天说着话，主动将沈寻小小的手，包裹在掌心里。

徐瑞天的手掌宽大而暖和，让人觉得很安心。

沈寻小声说道："这是我第一次牵别人的手。"

徐瑞天咳嗽了两声，道："你是我牵过手的第二个女人。"

"第一个是顾卿吗？"

"是小婉。"

沈寻原本快要沉下去的心忽然浮了起来。

"沈寻，你跟了我会不会觉得很亏？"

"你那么帅，那么有钱，我怎么会亏？"沈寻笑嘻嘻地说道。

"以后我要是走在你前面，你会怎么办？"

沈寻继续笑呵呵地说道："我会拿着你的钱胡吃海喝、包养小白脸，把你硬生生气到活过来。"

听到这些胡说八道的话，徐瑞天连连笑着摇头："失算，失算。"

"货物已经接收，概不退货。"沈寻摇头晃脑地提醒道。

"那我就勉为其难收下你好了。"

两个人笑笑闹闹，一路走了很远却浑然不知。那嬉笑的声音隔了老远就能听见。

神啊，这大概就是幸福了吧。

3

何佳还是打算去医院看看周鹤轩。她自己没胆子，非要拉上沈寻。周鹤轩被打，是她妈妈找人做的。她回去问这件事情的时候，她妈妈眼睛也不眨地直接承认："这件事情是我做的。他害我女儿难道还不允许我打断他的一条腿吗？"

何佳顿时就急了，道："妈，你怎么能这样？"

她妈妈紧皱眉头，看着女儿，反问道："你是不是还喜欢那个臭小子？"

何佳解释道："妈，你不应该毁了他的一生。"

"他毁了你的一生。"

"我现在很好。"

不过，这句话也只能骗骗别人，怎么也说服不了她自己。每个思念蛰伏的夜晚，她总会偷偷躲在被子里哭，第二天清晨，又是一副放下的模样。这些装给别人看还可以，却怎么也骗不了那个最了解女儿的妈妈。

去医院的路上，何佳特别害怕。那双抓着沈寻的手忍不住轻微地颤抖。

沈寻摩挲着她的手背，示意她不要怕。其实何佳只是不知道要怎么去面对周鹤轩。所有的事情已经分不清楚绝对的对与错。

来到病房面前，何佳胆怯，在门口站许久后低声问道："阿寻，你说他会不会不乐意见到我？"

沈寻反问道："换作你的话，你的态度应该也不会好到哪里去。"

何佳沉默，鼓起很大的勇气，才抬手推开房门。

病房里，只有周鹤轩一个人。他躺在床上，面无生机，呆呆地看着窗外，就算有人进来，也懒得看一眼。他以前的嘴角总是微翘，形成一个好看的弧度。如今面前这个人，就像一个不会动的玩偶。

何佳念着以前，不禁红了眼眶，哪怕心里再恨，这一刻都烟消云散。她走到窗前，低声唤他："周鹤轩……"

周鹤轩将头撇在一边，似乎并不准备答话。

何佳关心地问道："你有没有好一点儿？"其实这话问也是白问，换作她，也不见得会比眼前人的冷漠态度好多少。

"周鹤轩，你能跟我说说话吗？"何佳的声音里带着些许祈求的意味，让人觉得心疼。

周鹤轩这才缓缓将头转过来，用无比低沉干涩的声音喊道："滚！"

顿时，何佳的眼泪滚滚而下，哽咽着道："对不起……"

"从此，互不相欠！"周鹤轩的眼中只剩下无尽的冷，那样的寒意似乎要将人永远冰冻在南极，承受冰雪寒风。

何佳整个人都在颤抖，沈寻忍不住上去抱着快要摇摇欲坠的人儿，朝着床上的人说道："这件事情不能全怪何佳。她从来没有指使过谁来伤害你，你又何必迁怒于她。如今，一切皆是你咎由自取。"

何佳拉着沈寻的手，轻轻摇头，眼神里祈求着她别再说下去。

"滚！"

既然周鹤轩的态度如此强硬，沈寻直接拉着何佳走人。何佳的脚步磕磕绊绊，有些踌躇，被沈寻强拉着走出医院。

何佳跟在身后，低声说道："曾经，有那么一瞬间，我真想杀了他。"

沈寻停住。

"可是，今天看到他的样子，我忽然觉得，我还是爱他的。"何佳痛苦地蹲在原地，捂着脸哭泣，泪水从指缝中流出。

沈寻站在一旁，看着伤心的何佳，有些手足无措。

天气阴沉沉的，天空是厚厚的灰色云层，压得人喘不过气。沈寻站在何佳的旁边，看着她痛哭，却无能为力。

这个时候，不远处传来一阵熟悉的声音。沈寻抬起头，看到陆挽霜和一个男的在说着什么，听不清楚。那个男的大概有一米八高，是个光头，头顶上有块疤，长相猥琐，神情动作也很猥琐。陆挽霜一脸不耐烦地摸出一沓钱，递过去，那个男子拿着钱得意扬扬地转身走掉。

陆挽霜在原地愣了很久。

沈寻心里疑惑着陆挽霜究竟和那个人是什么关系。她脑子里乱七八糟的，忍不住拉着何佳，催促道："我们先回去吧。"

何佳小声抽泣了一会儿，发泄了心中的情绪，这才趔趄着站起来。两个人刚刚准备走，就看见陆挽霜脸色不善地朝这边走来。

何佳的眼睛还是通红的。

陆挽霜忍不住嗤笑道："猫哭耗子——假慈悲。"

何佳没回嘴，沈寻也没回嘴，两个人直接忽略掉陆挽霜。回去的时候，何佳沉默，眼神抑郁。沈寻也好不到哪里，一直在思考刚才看到的那一幕，两个人各藏心事。过了良久，何佳低声说道："阿寻，我真不敢相信以前那些浓情蜜意都是假的。"

其实沈寻也不相信。那个时候，她亲眼所见，周鹤轩对何佳那么无微不至。那些好就像是毒药一样，一点儿一点儿侵入骨髓，让人无法自拔。曾经越是美好，如今越是痛苦。所有的爱恨纠缠在一起，花了眼，蒙了心，让人分辨不明。

何佳开始回忆她和周鹤轩之间发生的点点滴滴。她说，她的初吻带着薄荷的清香，以及淡淡的烟草味。

何佳记得，那是一个明媚的天气。两个人约在公园见面。那天的阳光很温暖，公园里，五颜六色的花竞相绽放。周鹤轩站在花坛面前等着她，穿着一身黑色的衣服，一只手插在口袋里，另一手夹着香烟，模样随性而帅气。那吐烟圈的姿势落寞又迷人。路过的频频回头。何佳相信这么好看优秀的男人就应该是她的男朋友。

那个时候，她嘴里嚼着一颗薄荷糖，看见周鹤轩迷人地吐着烟圈，忽然想吻他。而事实上，她也这么做了。也不知道哪来的勇气，她三两步走上前去，嬉笑着站在周鹤轩的面前，毫无预兆地吻了上去。周鹤轩的唇薄而好看，吻上却是冰凉的，带着淡淡的烟草味，又沾染着薄荷的味道。

吻完后，何佳退了一步，笑得很开心，就像是偷到糖果的孩子。而面前的人只是笑着，却什么都没说。现在想来，那只是一种无声的拒绝。她一直都不懂。

沈寻很难凭着何佳的语言，去想象周鹤轩究竟有着怎么样的魅力。大概是因为爱情让人盲目，变成瞎子，只能跟着对方的步伐一路向前，不管是穿过高山，还是蹚过河流，或是跳下悬崖，都义无反顾。

爱情就是有着这样的魔力，一念生，一念死，一念天堂，一念地狱。

第十二章　死　别

　　这个燥热的夏天就这样在忙碌中过去了，发生了许多始料未及的事情，最后也只能硬着头皮接受。暑假过去，徐婉背着书包去上学。徐婉在很短的时间内变得不再那么尖锐，脸上也会有淡淡的笑意。成长或许只是一瞬间的事情。

　　一晃就是九月中旬了，许久没有消息的郑青秋寄来一张请帖，请沈寻与徐瑞天去参加她在蓝山市举行的服装走秀。这次的走秀主题叫"极光"。

　　这次服装走秀许多蓝山市的大人物都来参加了。连黎昕和陆挽霜都在。这种场合当然何佳也没有错过。

　　秀场的舞台布置得华丽非凡，看样子斥资巨大。沈寻非常佩服郑青秋的能力和创意。想来，她已经去看过极光了吧，所以才有这场服装秀。

　　何佳在耳边感叹："要做一个成功的服装设计师真的太难了。"

　　沈寻也赞同。

　　"你肯定会比郑青秋更厉害。"

　　说到这里，沈寻忍不住脸红。她最近都快变成家庭妇女了，除了照顾徐瑞天两父女外，什么都没做。

何佳继续打趣道："等你成了著名的服装设计师，一定要先给我做一套衣服。"

沈寻重重点头。等到徐瑞天胃病稍微好一点儿，她一定能重操旧业、重拾旧梦。

不得不说，这次郑青秋的作品超越了以往的作品，让人非常惊艳。每件衣服都加上了极光的元素，看上去华丽绚烂，漂亮得让人挪不开眼睛。这是一场视觉的饕餮盛宴。看秀的整个过程，沈寻眼睛都没眨一下。

徐瑞天在一旁财大气粗地说道："如果你喜欢这些衣服，我通通买下来。"

沈寻讷讷地摇头，"如果拥有它们，可能它们就会变得很平常了。"

"你的逻辑真是奇怪。"

沈寻忽然抓着徐瑞天的手，心血来潮地提议道："如果有机会，我们去看极光吧。"说这句话的时候，她的眼睛亮晶晶的，带着别样的神采。

徐瑞天捏了捏她的手，笑着说"好"。

旁边的何佳不耐烦地提醒道："麻烦你们注意一下旁人的感受好吗？"

沈寻急忙去抓着何佳的手，笑着说道："到时候也把你带上。"

何佳丝毫不给面子地回答："算了，我就不去当电灯泡了。"

仅仅是衣服都如此美，如果是真正的极光，那一定就像梦一般美好。想到这里，沈寻忍不住神往。

走秀结束之后，便是庆功宴。郑青秋穿着一条极光主题的长裙，站在台上，举杯向大家表示感谢。她搂着一个外国人，笑靥如花地说道："很感谢大家的捧场。如果没有大家的支持，这场秀不可能这么成功。在此，我最想感谢一个人……"说这话的时候，她看了看旁边的人，继续道，"这位就是我的未婚夫，布莱克先生。我们在阿拉斯加的费尔班克斯一见钟情，并在绚烂的极光下，互许终身。下个月也是我和他的婚礼，诚邀各位参加。谢谢大家。"郑青秋鞠躬致谢。

听到这个消息，最开心的要数沈寻了。郑青秋终于想要结婚安定。原来她以为，郑青秋可能一辈子都不会结婚，因为这个世界上所有的男人都配不上这个出众的女子。而这个布莱克看上去大概也是四十多岁，长相普通，却有种别样的高贵气质，对郑青秋也很绅士，不算太差。

等到郑青秋敬完酒后，沈寻端着一杯红酒，笑着走过去："郑姐，恭喜你。"

郑青秋看看沈寻，又看看她身后的徐瑞天，笑着问道："你们两个什么时候也把好事办了？"

沈寻脸一红，道："还早着呢。"

郑青秋继续打趣："估计我们的徐总已经迫不及待想要把你娶回去了。"

"郑姐……"

"好啦，好啦。我不开你们玩笑便是了。你脸皮还是那么薄。"

沈寻的脸微红。

"有机会你一定要去费尔班克斯看看，那里一年中有两百天都有极光，是个看极光的好去处。"

沈寻用力点头，祝福道："郑姐，要幸福哟！"

郑青秋点头，举杯，道："你也是。"

两个人相视一笑，剩下的话都不言而喻。

幸福不是绝对的，而是相对的。因为徐瑞天，现在沈寻已经感受到了什么是真正的幸福。

因为在场有许多大人物，徐瑞天端着酒杯去敬酒，沈寻忍不住提醒他少喝一点。大厅里空气比较闷热，沈寻叮嘱完徐瑞天，放下酒杯，走到大厅外面小花园的长椅上坐着休息。长时间穿着高跟鞋，脚后跟磨得起了泡。她忍不住脱掉高跟鞋，呆呆地看着夜空。她也喝了不少酒，浑身燥热得慌，心情怎么也不能平静。

这个时候，昏暗的光中，渐渐走出一个黑色的人影。沈寻凝神一看，是黎昕。

黎昕缓步踱过来，似乎也喝了不少酒，远远地都能闻到一股淡淡的酒味。他走过来，毫无顾忌地坐在沈寻的旁边，道："你不介意我坐在这里吧？"

"我说介意的话你会起身吗？"

"不会。"

"那不就得了。"

黎昕忽然笑了，伸手去摸沈寻的头发，道："你的性子还是这样。"

沈寻偏头一躲，黎昕的手僵在空气中，又尴尬地收回去。

"你来这里做什么？"沈寻问得很随意。

黎昕回答得很认真："我看见你出来了，所以来找你。"

"你找我有什么事情？"

"沈寻，我想你。"

沈寻，我想你。

这五个字破空而来，直插进沈寻的心脏，她心中的防线节节败退，溃不成军。小花园很安静，与热闹的大厅形成强烈的对比。她能听到自己心脏急剧收缩跳动的声音，周围一切似乎在不停变幻着，让人看不清。

过了良久，沈寻晦涩地张开口，低声道："你已经有未婚妻了，不该这样。而我，也有了徐瑞天。"

最后一句话抛出去，黎昕的呼吸都变紧了。

沈寻穿着鞋子，起身道："黎昕，或许以前我是喜欢过你。但是现在，我对你也只有朋友之情。而且，你曾说你喜欢我，不过都只是一句空话。至少，徐瑞天为我做过许多事情。"

她刚走了两步，黎昕就在身后低声道："沈寻，你离开他吧。徐瑞天马上就不是那个能在蓝山市呼风唤雨的人物了。"

沈寻的脚步顿住，回头问道："你什么意思？"

"字面上的意思。"

"你要对徐瑞天做什么？"

黎昕站起来，走到沈寻面前，道："如果你想知道的话明天来我办公室。"说完这句话，他头也不回地走了。

沈寻站在原地，鼻尖还残留着黎昕身上的味道，她心慌得厉害，有些不知所措，仿佛有什么大事情即将发生。她在小花园里停了许久，努力平复好心情，然后朝大厅走去，恰好遇见徐瑞天出来。

"你怎么出去了这么久？"

"我在小花园里坐了会儿。你已经敬完酒了吗？"

"嗯。我这边已经结束了。你的手好凉。"徐瑞天无意中碰到沈寻的手。

其实沈寻不是冷，而是刚才黎昕说的话让她的掌心冒冷汗。还没来得及解释，徐瑞天已经把外套脱下来披到她的身上，道："你别着凉了。"

"我没那么娇贵。"话虽然这么说，但是徐瑞天总是那么心细，让她心里一暖。想着黎昕的话，她忍不住问道："最近公司还好吗？"

徐瑞天挑眉，反问道："你怎么关心起这些事情了？"

"我就随口问问。"

面前人的表情没什么不对。要不就是真没事，要不就是隐藏太深。沈寻分辨不清，思索了一会儿，还是决定明天去见黎昕一趟。

第二天，沈寻好好打扮了一番，才去找黎昕。那表情像个奔赴战场的女战士，要去为徐瑞天谋夺利益。其实，她是相信徐瑞天的，只是黎昕的话一直让她心神不宁。

黎昕的新公司很气派，沈寻走进去的时候，发现顾卿踩着高跟鞋从里面缓缓走出来。顾卿似乎憔悴了很多，脸色蜡黄，头发枯黄，暗淡无光，瞬间老了十岁。见她走过来，沈寻马上找了个障碍物把自己隐藏起来，待人走后再出来。

看到顾卿的身影，沈寻有种非常不好的预感。徐瑞天把顾卿得罪了，而黎昕的口气也像是要对付徐瑞天，如果这两个人联手的话，徐瑞天有多少胜算呢。商场上的战争不见硝烟不见血，却同样残酷无情，让多少人家破人亡。现在，她的脑子里乱七八糟的。

怀着忐忑不安的心情，沈寻敲了敲办公室的门。黎昕温润的声音响起："进来。"

沈寻走进去环视一周，黎昕坐在椅子上，温柔地笑着。他穿着白衬衣，黑色的外套，看上去成熟了几分。办公室很大，最显眼的是窗台摆了许多盆茉莉花。叶子苍翠，白色的花瓣徐徐绽放，空气里有着淡淡的芳香。那些花在沈寻的胸口狠狠撞出一个大洞。

黎昕牵扯着嘴角，道："我的那些茉莉花是不是长得很好？"

沈寻点头。

黎昕站起来，走到窗户边，笑着用手抚摸着那些花，缓缓说道："其实，有时候人和这些花一样脆弱。"他的拇指和食指轻轻捏着一掐，一朵花从枝头落在他的掌心。

沈寻的脸色不太好："你想说什么？"

"我还是很想知道你喜欢徐瑞天的原因。"

沈寻摇头。"需要原因的爱情就不是爱情，而是人类生存本能对对方的要求。这些并不能和爱情混为一谈。粗浅的爱情是出于彼此的生存需要，我有需求，你能给，两个人就能在一起。而深层次的爱情从来就不问原因、不问需求。"

黎昕把玩着摘下来的茉莉花，道："沈寻，你都快成一个哲学家了。"

"黎昕，你有什么话就直接说吧。"

"还是那句话。你离开徐瑞天，我可以做你的依靠。"黎昕一步一步走过来，眼睛里带着笑，却让人分不清是真是假。

"你不能放过他吗？"沈寻明知道希望渺茫，还是想试试。

"我放过他，那谁来放过黎家？"

"你在说什么？"

"你以为你的徐瑞天就是什么善良之辈吗？他能有今天的成就不知道逼死了多少人！"黎昕的笑渐渐收起，眼眸中带着一丝狠戾，夹杂着浓浓的哀伤。接下来他给沈寻讲了一个故事。

在徐瑞天的公司还没有做大的时候，黎家和顾家在蓝山市势均力敌。黎家的董事长是黎昕的爷爷。黎昕的爸爸只是公司的股东之一。当年的黎家在蓝山市，要风得风要雨得雨。原本顾家和黎家的感情很好，但是因为发生了一件事情，导致两家关系破裂。徐瑞天公司渐渐有了起色后，利用顾家，用卑鄙的手段对付黎家，逼得黎昕的爷爷跳楼。黎昕的爸爸接手了公司，却整天沉迷于美色，公司渐渐衰败。黎昕的妈妈掌管公司后，公司才勉强支撑到现在，举步维艰。所以，黎昕是恨徐瑞天的。

小时候，爷爷很爱他，恨不得把全天下最好的东西都捧到他面前。可是当这个已经年迈的老人从顶楼跳下来的时候，黎昕就在旁边。后来他的梦里经常出现那让人惊恐的一幕。他梦想着有一天能成立新公司，以其人之道还治其人之身，打败徐瑞天。

讲完故事，黎昕情绪激动地喊道："沈寻，你说，我能放过他吗！"

沈寻听完黎昕的故事，陷入无边的沉默，也不知道该帮哪边。这个世界上很多事情没有绝对的对与错。

以前的黎昕那么善良，连一朵花也要救。现在的黎昕满脑子都是复仇。沈寻看了他一眼，低声道："你变了。"

"这个社会本来就是弱肉强食的，我这样做并没有什么不对。沈寻，我有没有给你讲过，其实芝加哥是个肮脏的城市……"黎昕渐渐恢复了平静，看着窗外幽幽飘过的白云，眼神空无一物，思绪似乎飞了很远。

"为什么？"

黎昕没有回答。他孤孤单单地站在窗口，风吹起他的衣服，温暖的光洒了一身。可是沈寻有一种错觉，黎昕看上去是如此冷。

最终，他还是没有说原因。此次对话在黎昕陷入回忆后终结。他沉默不说话，沈寻也沉默着，只听见办公室时钟的秒针"嘀嗒嘀嗒"地响。

最了解黎昕的人大概也只有陆挽霜了吧。

2

沈寻从黎昕的办公室出来，直接去找陆挽霜。自从陆挽霜从徐瑞天的公司辞职后，来到了黎昕的公司，目前就职于财务部。陆挽霜本来就是学经济的，在徐瑞天身边当助理太过大材小用。

自从周鹤轩出事以后，陆挽霜也好不到哪儿去。沈寻看见她的时候，她的妆容已经没有原来那么鲜亮，整个人都带着一种深深的倦怠感。

沈寻找到陆挽霜的第一句话就是："我不是来打架的，我想知道黎昕在芝加哥发生了什么。"

陆挽霜的神情有种说不上来的奇怪。她看了一眼沈寻，道："我们换个地方说话。"

两个人到了楼梯间，这里很安静，很少有人路过。

陆挽霜皱着眉头问道："你怎么突然想起问这个？"

"他问我知不知道芝加哥其实是个肮脏的城市。"

"他没跟你说原因？"

"如果他说了原因我就不会来找你了。"

"就算你知道原因也没用。现在，我才是他的未婚妻。"

"我不想跟你抢他，只是单纯地想问你原因而已。"

陆挽霜转过身，固执地回答："他不说，我也不会说的。"

芝加哥是黎昕的噩梦，这点只有陆挽霜知道。而这个噩梦恰好是成就了她。高考毕业后，陆挽霜选了 A 大，同时也知道黎昕去了芝加哥大学。非常巧的是，在 A 大，陆挽霜读的专业每年会派两个交换生去芝加哥大学交流学习，为此，她足足准备了两年。为了练好口语，每天早上，她六点起床，去湖边大声朗读英语，风雨无阻，从未间断过。两年来，她没有逃过一堂课，也没有迟到过，每次考试都是全系第一。学校里追她的人从东门排到西门，其中也不缺帅气有钱的人，可是她从未看过他们一眼。

原本大学生活应该是美好的，可是陆挽霜依旧过着苦行僧般的生活。所有的努力都是值得的，大三那年，她如愿以偿地再次成为黎昕的校友。当她拖着行李箱，踏上芝加哥土地的时候，她发誓，一定要让黎昕爱上她。在她的印象里，芝加哥是个漂亮的城市，就像黎昕一样，带着诱惑力。又或许是因为黎昕在这里，所以芝加哥充满了魅力。

第一天，陆挽霜来学校的第一件事情就是去找黎昕。经过多方面的打听，她才知道黎昕住在哪儿。黎昕没有住在宿舍，而是住在外面的一间小公寓。当她找到黎昕的时候，根本就不相信自己看到的场景。

黎昕整个人非常邋遢，头发油腻，变成一团，胡子拉碴，衣服上沾满灰尘不说，还有油渍。公寓里到处都是脏衣服、泡面盒以及外卖盒。垃圾成堆，还发着霉，整个屋子散发着一股恶臭。这与印象中的干净人相去甚远。

　　黎昕看到陆挽霜的刹那，表示了一丝惊讶，随后又窝在那堆垃圾里玩电脑。

　　陆挽霜不明白，在黎昕身上发生了什么事情。她没有多问，而是成了勤劳的田螺姑娘，为他收拾房间，洗衣做饭。原来黎昕清亮的眼神饱经沧桑后却仍旧黑得发亮。转眼一个月过去了，两个人根本就没有说多少话。陆挽霜每次想问些什么，都被黎昕以拒绝的姿态挡回去。

　　一个月之后，黎昕突然问她，为什么他变成那个模样还要管他。

　　陆挽霜回答，因为黎昕永远都是她心中的那个黎昕，不管他经历过什么事情，都不会变。

　　那天，黎昕哭了。一个一米八的大男人在娇小的女生的面前哭得稀里哗啦，也把陆挽霜的心都要哭碎了。

　　黎昕给陆挽霜讲了一个故事。一个学生被一个同性恋的老师关在办公室……学生没办法反抗，因为他被下了药，还被威胁说如果反抗就不让他毕业。

　　陆挽霜没办法想象那么优秀、那么骄傲的学生在那半个小时里究竟经历了些什么，才变得那么堕落。

　　那天，黎昕说，芝加哥真是一个肮脏的城市。陆挽霜同感。

　　黎昕不甘心，陆挽霜同样也不甘心。于是她为了那个学生去报复老师。她找了一个人演戏，最后在办公室拍下了那个老师的所作所为，放到了网上。那个老师不仅被学校辞退，还被警察逮捕了。

　　那天晚上，黎昕很高兴地请陆挽霜吃饭。两人还喝了酒。

　　陆挽霜记得，那天晚上的星星很亮，黎昕的眼睛比星星还亮。她喜欢的那个男孩子在漫天星空下，对她说："陆挽霜，你真是个好姑娘。"

　　可是那个姑娘在心底说，她只愿意当那个男孩的姑娘，而不只是当个好姑娘。

　　在芝加哥的一年，是陆挽霜最快乐的一年。她离黎昕那么近，近到触手可及。黎昕给她讲了许多家里的事情，也讲了他的抱负。

　　陆挽霜在皎洁的月光下对着她心爱的男孩发誓："我一定帮你达成心愿。"

　　朝夕相处间，分别在眼前。一年的快乐时光转眼就过去了。陆挽霜记得，分别那天黎昕给了她一个大大的拥抱，那样温暖的拥抱，让她有了爱下去的勇气。

　　陆挽霜的生命里仿佛只有黎昕一个人，所有的事情通通都围着他转，工作也好，生活也罢。

　　深爱是一件可怕的事情，全心全意爱着对方，爱到穷途末路，爱到失去自我。深爱会让人变得神经质，所有的女生都成为情敌，一点点小事也开始怀疑。

　　黎昕回来之后，陆挽霜发现他相比于从前又变了许多，变得成熟、有智慧、有谋略，变得深沉，心事很难猜。明明他在笑，她却从来没有在那双眼睛里看到过真正的笑意。

　　成长是要付出代价的，要摒弃那些软弱却又美好的一面。

　　回想起这段故事，回想起在芝加哥的一年，陆挽霜总忍不住感叹。她多么想永远停留在那个肮脏的城市，以拯救者的姿态爱着黎昕。至少在那里，黎昕是依赖她的。而回国之后，她再也猜不到那个人在想些什么。

　　这些故事，她一直都收藏于心间，再也不会跟第三人分享。所以沈寻就算问了也是白问。

　　其实沈寻在找陆挽霜之前已经猜到了结果，她并没有强求，而是在回去后从网上搜索那几年里所有关于芝加哥的新闻。所有的新闻里，只有一件事情与黎昕最接近。那就是芝加哥大学里有同性恋的老师猥亵学生。

　　这条新闻沈寻看了很久很久，最终忍不住掩面哭泣。整个房间都是她的抽泣声。

沈寻哭得太忘我，连徐瑞天什么时候悄悄站在背后都不知道。

"你在为你的老情人哭吗？"徐瑞天的语气有着隐隐约约的怒气。

沈寻含着眼泪回头，错愕地看着徐瑞天，随即问道："这件事情你知道？"

"我还有完整的视频，你要看吗？"徐瑞天的脸色没好到哪儿去，嘴角带着嘲讽。

沈寻脸色都变了。她从凳子上"噌"地站起来，高声质问道："视频里有黎昕吗？"

"在芝加哥的他非常帅气。"

"所以，这件事情是你安排的？"

"我没有未卜先知的能力，只是去调查一下，凑巧发现了而已。"

沈寻用一种陌生的眼光看着徐瑞天，红着眼睛道："黎昕的爷爷真的是你逼死的吗？"

徐瑞天一字一句回答，"商场如战场，成王败寇乃是常事。"

讲到这里，徐瑞天在沈寻心目中美好的形象如同一堆乱石，纷纷崩塌掉落，不断从高空落下，击打着心脏。她非常难受，觉得有些喘不过气来。

徐瑞天丢开平时的风度，尖酸刻薄地讥诮道："怎么？你这就受不了吗？你要去跟你的老情人再相聚？沈寻，你别忘了，从开始到现在，你究竟欠我多少钱！"

最后一句话如同利箭一般，硬生生地插进沈寻的心脏，她顿时觉得自己的心鲜血淋漓。

她咬着嘴唇，脸色发白，浑身发抖。

徐瑞天被面前的人气疯了，失去理智，口不择言。话说出去后，他就后悔了。

沈寻眼神空洞，神情慌乱而迷茫。徐瑞天看得心疼，伸手想过去将人拥在怀里。可是面前的人却轻轻推开了他，一步一步走去卧室，动作迟缓而僵硬。

"沈寻，对不起……"徐瑞天恢复理智，放下姿态道歉。

沈寻僵硬地转过身，用喑哑干涩的声音说道："那你把视频给我。"

徐瑞天摇头，道："如果黎家的人不对公司动手，这段视频就毫无意义。"

沈寻忍不住轻笑，嘲讽道："如果我猜得没错，你应该会反击吧。这才是你的本色。徐瑞天，你首先是个商人，其次才是人。你计较的是利益，是我沈寻把你看得太高尚了，对不起。"

"沈寻！我在你心目中就这么不堪吗？"原本已恢复平静的徐瑞天又再度被激起了怒火。

沈寻低声回答："大概是我识人不清。"

徐瑞天没有回答，安静的房间里只听见他粗重的呼吸声。

沈寻呆呆地看着，那个身影突然像放慢电影一样，缓缓倒了下去，重重摔倒在地上，"轰隆"一声。

"徐瑞天！"沈寻惊恐地喊着他的名字，跌跌撞撞地跑过去，发现地上的人眉头皱成一团，脸色非常不好，一只手捂着胃。沈寻非常后悔说了那些伤人的话，害得面前的人又犯了胃病。她哆哆嗦嗦地急忙去拨打120，随后不断喊着徐瑞天的名字，涕泗横流。

最伤人的话往往留给最亲近的人。因为他们不会离开，所以才会被肆意地伤害。这是每个人的通病。

有些事情是有预兆的。比如说，保温盒里越剩越多的饭，厕所里隐隐约约的呕吐声，比如纸篓里带着淡淡血丝的纸。每次被问及，徐瑞天总是漫不经心地回答说"有胃病的人都这样"。

沈寻坐在病床旁边，紧紧拉着徐瑞天的手，静静等人醒来。等待是很痛苦的事情，尤其是在这个时候。

夜幕降临，徐瑞天终于醒来了。

沈寻看着那双黯淡无光的双眼，眼泪瞬间流了下来。她抽泣着道歉，"对不起，我不该那样说你。"

徐瑞天略带抱歉地说道："我是不是吓到你了？"声音低沉无力。

沈寻摇头。

"那你别哭了好不好？"

沈寻胡乱擦着眼泪点头，问道："你有没有哪里不舒服，想不想吃些什么，我去给你做。"

"我很好，也不想吃东西。你就坐在这里，我想看看你。"

"我有什么好看的？"

"你很好看。"徐瑞天淡淡地笑着。

沈寻红着眼睛说道："你别说话，躺着好好休息。"过了半晌，她忍不住问道，"你的胃病怎么总是没有起色？"

"哪有那么容易好得了？"

"你真的只是胃病吗？"

"你在诅咒我吗？你不信可以去问医生。"

"我没有诅咒你。"她也的确去问了医生，而医生也回答说是胃病，虽然有些严重，但是可以控制和调养。

沈寻终于将心放回肚子里，乖乖地道："我以后再也不气你了。"

徐瑞天开玩笑回答："我这把老骨头禁不住你气。"

沈寻的脸这才有了笑意。

徐瑞天在医院住了两天后便出院了，临走时医生啰啰唆唆又说了一大堆。回去的路上，沈寻转身看着徐瑞天，眼神闪躲着说道："要不这几天你住在我那儿吧，反正有多余的房间。"说这句话的时候，她耳根都红了。

徐瑞天戏谑道："你要这么主动吗？"

沈寻抬头瞪了面前的人一眼，道："我这是为了好好照顾你。"她发誓，脑袋里真的只想去照顾他而已，没有其他非分之想。

徐瑞天目光灼灼地看着眼前的人，忽然说道："沈寻，我突然想吻你。"

还没等沈寻想明白这句话是什么意思，徐瑞天一把将她拉进怀里，温热的唇吻上去。那个瞬间，沈寻的大脑一片空白。徐瑞天温热的鼻息萦绕在她的脸上，像是快要融化的巧克力。他用唇一点儿一点儿描摹着她唇的轮廓，带着数不清的轻柔缠绵，让人一瞬间就沦陷下去。

这个吻并没有持续多少时间，沈寻却觉得时间从现代一下子退回了远古时代。她能闻到清新的风，带着甘甜，吹遍全身每个角落，让每个毛孔都舒展开来。

当然，沈寻回去的时候是飘着回去的。

不得不承认，她与徐瑞天的进展是比较缓慢，却也有种说不出来的安心。

经过此次事件后，徐瑞天将他的东西大部分搬到了这个温馨的小窝里。

沈寻没事就上网研究治疗胃病的食谱，天天弄给徐瑞天吃。要是他不吃，沈寻就直接翻脸，不留任何情面。徐瑞天都快四十岁的人，被一个二十多岁的人管得紧巴巴的，不许这样，不许那样，只能这样，只能那样。不过，他非常享受这种状态。

可怜了徐婉同学，周末放假回来还要跟着吃养生菜，没有一点儿油腥。她无数次向沈寻提出要求，每顿桌上必须有肉。沈寻有理有据地说道："你爸管不住嘴，万一他动一筷子，前面的努力全都白费。"徐婉嚣张的气焰顿时便没了。两父女都被沈寻收拾得妥妥帖帖的。

当然，沈寻依然惦记着视频的事情。她不能直接跟黎昕说视频的事情，只能提醒他，如果一旦对徐瑞天的公司不利，他也占不到便宜，最后只会两败俱伤。而事实上，黎昕已经知道了这件事情，所以才迟迟没有动手。

3

转眼进入冬季，立秋之后，雨水多了起来，一层秋雨一层凉，温度不断下降。道路两旁的叶子也落得差不多了，落叶们躺在雨水里，任人踩，任风吹，任其腐烂成泥。

天气好不容易转晴，黎昕和陆挽霜的婚礼终于能够如期举行。在结婚前一天晚上，是单身之夜大狂欢，黎昕包下了一个酒吧，请了沈寻一起参加这个狂欢夜。原本沈寻不想去的，但是想着黎昕结婚她还是要去说声恭喜才对。这样的话，婚礼当天她就不用尴尬地再去了。黎昕怕沈寻觉得不自在，又邀请了何佳。

两姐妹刚到酒吧门口，就恰巧看见周鹤轩一瘸一拐地走进去，背影萧索得可怜。他一条腿正常，另一条腿弯成了一个奇怪的弧度。

沈寻看了一眼何佳，何佳又看了一眼沈寻，两个人眼中同是惊讶。而何佳的眼神中也带着一种深深的愧疚感。那次去医院的时候，她根本没想到会这么严重。两个人就站在不远处，不敢再上前一步，生怕挨得近了，周鹤轩会回头。他一进酒吧，就躲在角落，让黑暗笼罩了整个身影。

沈寻和何佳犹豫着走进酒吧，看了一眼四周，不知道周鹤轩坐在哪里，于是随便挑了两个位置坐下。酒吧里面已经被用心布置过，男、女主角还没到场。何佳在沈寻耳畔说道："我想去找周鹤轩。"

不一会儿，已经有人陆陆续续走进酒吧，好多都是沈寻不认识的。酒吧里的灯光五颜六色，一闪一闪的，晃得人眼睛发疼。舞台上，有乐队卖力敲打着乐器，发出动感的旋律。下面的一群人在中间跳着各种奇怪的舞蹈。汗味、香水味、酒味交织在一起，光怪陆离。沈寻发觉她与那些人格格不入。

黎昕端着酒杯，缓步走过来，坐在沈寻的旁边，还是问的同一句话："你不介意我坐在你旁边吧。"

沈寻转过身，看着他，道："我介意也没用。"

黎昕举着酒杯微笑示意："越是介意，越没忘记。"

沈寻被看穿心事，也不恼，反而大大方方承认："这是一个很艰难的过程。不过有徐瑞天，这个过程会被缩得很短。"

她是忘不掉黎昕，这辈子也忘不了。太美好的年纪遇见太美好的人总是让人难以忘怀。大概这就是初恋情结。

黎昕看着喧闹的人群，在交错的音乐声中说："沈寻，估计我也忘不掉你。我一直喜欢你。"

"你说这句话对不起陆挽霜。"沈寻一直都不明白，为什么黎昕会再三强调喜欢她这件事，而她并没有感受到来自黎昕的爱意。

"陆挽霜为我付出了那么多，我不得不娶她。"

人生有个很怪的定律。最爱的那个人最不可能陪自己到最后。得不到的，才是最爱的。

"或许你只是以为你喜欢我，实际上你并不喜欢我。黎昕，你大概不甘心，我曾经那么喜欢你，到最后却选择了一个比你老的人。黎昕，我对你的喜欢很肤浅，把你当成救赎，却什么都没有为你付出。那些自怨自艾的心酸心情、悲伤情绪根本就算不得什么。徐瑞天或许也有人性阴暗的一面，但是那面他从未用在我身上。他是一个值得依靠的人。陆挽霜为你付出那么多，你不应该辜负她。"沈寻一口气说完了这些。

现在想起来，那些卑微的暗恋真的不算什么。

黎昕愣在原地，好一会儿才缓过神来，嘴角带着无奈地笑，道："或许，我是不甘心的吧。"

一时间，沈寻也不知道该说些什么，仿佛所有的话都已说尽。

这个时候，陆挽霜的声音在他们背后响起："你们在聊什么，好像很开心的样子。"

沈寻的后背被盯得发麻。

黎昕搂过陆挽霜的肩膀，笑着说道："我和沈寻在说你很好。"

"你说的是真的吗？"陆挽霜勾起嘴角。

"我从来不骗你。"

"我们去跳舞吧。"

"好。"

黎昕和陆挽霜到舞池中间，面对面，扭动着身体，相视而笑。可能黎昕都没发现，现在他脸上的笑究竟是什么模样。有点儿像早上的晨曦，朦胧而温柔。

沈寻孤孤单单地坐在位置上，抽抽鼻子，忽然有点儿想徐瑞天。

坐了好一会儿，她四处张望，也没看见何佳的身影，有些担心，四处去找人，最终在酒吧后面的小巷子发现两个人。

而此时此刻，周鹤轩正冷冷地看着何佳，一向骄傲的何佳竟然毫无尊严地跪在周鹤轩面前，掩面哭泣。那一幕，非常刺眼。

周鹤轩冷冷地说："何佳，滚吧，我不会原谅你。"

何佳哽咽着问道："你要怎样才肯原谅我？"

周鹤轩笑了，笑中带着几分恶毒。"我要你去死。"他的话就像牙齿里塞满毒液的毒蛇一般，紧咬着何佳。

何佳整个人都在颤抖。她看上去就像一只在泥水里的蚂蚁一般，那么脆弱无助。沈寻压抑着怒气冲出去，使劲儿将她拉起来。

"小佳，你的尊严呢？"

何佳只是捂着脸哭，不说话。

周鹤轩冷笑："这是我和何佳之间的事情，你为什么总是要多事？"

沈寻讽刺道："一开始就是你在利用小佳，从头到尾就是你先对不起她。周鹤轩，我最瞧不起你这种自私、自以为是、只会推卸责任的人。明明是你自己造的恶果却还想着让别人去承担。说到底，你就是禽兽！何佳错就错在瞎了眼爱上你，瞎了眼心甘情愿让你利用！"

"阿寻，别说了……"

周鹤轩还是那副又臭又硬的样子。他反驳道："她爱我，我就一定要接受她吗？她怀了我的孩子我就一定要对她负责吗？如果这样说的话，那么全天下让我负责的女人数不胜数，我该娶多少个老婆！"

"狡辩！"

一旁沉默许久的何佳突然低三下四地问道："周鹤轩……你是不是从来都没爱过我？一点儿都没有。"

"从未爱过。"

"是不是我死了你就会真的原谅我？"

"是。"

"好。"

何佳抬头的时候，眼里带着一种视死如归的果决。她三两步便冲出巷子，跑得飞快，毫不犹豫地一头冲进车流当中。一辆辆的车从她的身侧鸣着尖锐的喇叭呼啸而过。何佳泪流满面地回头，深深看了一眼周鹤轩，高声道："周鹤轩！你一定会后悔的！"

沈寻惊恐地追上去，大声喊道："何佳！你别犯傻！快回来！"看着那些车从何佳身边急速驶过，她的心都提到了嗓子眼儿。

何佳站在马路中间，眼神死死盯着周鹤轩，仿佛要从他淡漠的表情里找出些什么。其实她并不想赴死，她只是站在马路的黄色中线上，想用这种方式去试探周鹤轩。她就站在穿梭的车流当中，看着站在阴影里的周鹤轩，心里燃烧的希望一点儿一点儿黯淡下去，最后归为死寂。

这一刻，在这嘈杂的汽车鸣笛声中，何佳终于认清，不管用什么方式，此生已经和这个人不可能。她有些魂不守舍。

令人没想到的是，意外发生。

事情发生得很快。只听见汽车轮胎磨地的刺耳声，然后"砰"的一声巨响，何佳的身体像梁上的飞燕一般，被撞飞数米。后面疾驰而过的货车也刹不住车，从那个小小的身体上碾压过去。沈寻仿佛听得到何佳全身骨头碎掉的"咔嚓"声。每一声都让她绝望一分。无数的血蜂拥而出，顺着马路，蜿蜒流淌。那满目的红让人胆战心惊。

周围的车交通陷入一片混乱。

沈寻惊恐地睁着眼睛，一步一步朝着何佳走过去。明明距离那么短，她却觉得在翻山越岭，要穿过人间地狱，才能到达何佳的身边。

此时的何佳已经不能称作完整的人。越是接近，沈寻越能闻到一股浓重的血腥味，胃里不断翻腾。当离那血肉模糊的一团只有几步距离的时候，沈寻看清楚一切，终于忍不住吐出来。她浑身冰冷，眼泪全部缩回去，绝望从四面八方涌来，疯狂地拖着人往下坠……

而站在不远处的周鹤轩目睹了一切的发生，只是面无表情地站着，站成了一桩雕塑，久久没有动弹。

这个世界上，每天都有那么多车祸发生，不足为奇。

我也真的不爱何佳。

周鹤轩在心里这样提醒着他自己，一遍又一遍，不知道是要骗过谁……

第十三章　归　宿

　　沈寻看到何佳魂不守舍的模样，已经知道她是明了，不会去寻死。可以意外永远比明天先来。周鹤轩根本就不像会后悔的人。

　　在何佳的葬礼上，所有人都来了。沈寻沉默地站在一旁，眼睛哭到感觉刺痛，已经流不出一滴眼泪了。一张嘴说话，喉咙也只剩下呼呼的声音。她旁边的徐瑞天紧紧拉着她冰凉的手，试图给她些温暖。

　　何佳的妈妈跪在灵堂前凄厉地号啕大哭。那声音不断刺激着耳朵，让人耳膜都开始发疼。周鹤轩就站在旁边，面无表情，一言不发。沈寻看不到他有任何的愧疚，仿佛这场葬礼他只是个看客，和他丝毫没有关系。

　　这样冷漠的周鹤轩让沈寻怒气陡生。她冲上去不顾形象地对周鹤轩拳打脚踢，一边下死手，一边控诉道："周鹤轩！你根本就不是人！何佳现在死了，你是不是特别开心。世界上再也没有人缠着你了！你是不是特得意自己终于报了仇！我恨你！你根本就不配活在这个世界上！"

　　陆挽霜皱着眉头，拉开沈寻，道："这和我弟弟有什么关系？"

　　"你问他！你问他啊！你问他这件事情到底和他有没有关系！"

沈寻指着周鹤轩，情绪激动地大声喊道。

徐瑞天一把将沈寻拉进怀里，紧紧困住，轻声在耳边安慰："阿寻，别哭。"这句话像是催泪符一般，干枯的泪腺又涌出无数的眼泪，濡湿了徐瑞天胸前的衣服。

为什么不哭呢？为什么不伤心呢？

何佳是她唯一的朋友，也是她最后的亲人。得到，失去，失而复得，最终还是失去。这一次的失去比以前来得更痛更猛，在她心中砸开一个大洞，风雪呼啸着从洞中穿过，满心怆然。

真的，如果她一开始就知道结局，宁愿在遇见周鹤轩的那一刻，亲手把他杀了。说不定这样，何佳也不会死得这么冤屈。

何佳前半生无忧无虑，自由快乐。可是遇见周鹤轩以后，真的有快乐可言吗？

爱情是魔鬼，让人焚火自尽，最后化为尘土，什么都没剩下。人在世上走一遭，并不单单只有爱情。何佳偏偏就那么傻！

这个傻子！让人心痛的傻子！

何佳的妈妈听到沈寻的哭喊，回过头，用一种特别怨毒的眼神盯着周鹤轩道："当初就应该把你打死。"

陆挽霜站到周鹤轩的面前，道："夫人，你给我弟弟的教训已经够深了。恩怨到此为止吧，让何佳安息。"

何佳的妈妈突然笑了起来，笑得有几分狰狞。"这笔账何家会永远记到你们陆家的头上。只要何家一天在，你们陆家的日子就别想好过。"

何家的势力也不弱，陆家自然比不上。如果何家真的要让陆家垮下去，轻而易举。

听到这里，周鹤轩推开陆挽霜站出来，拖着废腿一步一步走到何佳妈妈的面前，低头跪下去，低声道："夫人，请你放过陆家，我任凭你处置。"

"处置你没有什么用。我要拖着陆家一起陪我女儿！哈哈哈哈！"何佳的妈妈失去女儿后，已经近乎疯狂。她脸上同样带着一种狰狞的绝望。

陆挽霜面如死灰。

黎昕走过去，抱着她，不断轻声安慰着。

现在，也只有黎昕才是陆家的救星。陆挽霜紧紧抱着他，像要抓住最后的救命稻草。婚礼被推迟，似乎永远都没有到来的时候。

自从何佳去世后，沈寻的眼眸中一直都是散不去的阴霾，连敷衍徐瑞天的笑也没有。徐婉周末回家的时候，看见沈寻失魂落魄的模样有些惊讶。徐瑞天把事情的经过跟徐婉讲。她不屑地说道："不就是朋友吗？没有了就再去结交就好了呀。"

沈寻在旁边低声回答："等你有了真正的朋友你就不会这样说了。"

徐婉哑然。她身边也都是些娇气的贵小姐，还从不知道哪些是真心的，哪些不是真心的。她看着沈寻那么伤心的样子忍不住傻傻地问道："如果我死了你是不是也会像现在一样伤心？"

沈寻拍了拍徐婉的后脑勺，道："你比我年轻，要死也是我先死。你这么没心没肺的，我死了你肯定也不会为我伤心。"

"谁说的？"徐婉这样急着否决又觉得掉面子，板着一张脸纠正道，"我只是为以后没有人帮我煮饭、洗衣服伤心。"

"小没良心的。"沈寻突然想起什么，继续问道，"你想回家去睡还是在这里睡？如果你回家的话，那边只有你一个人。"

徐婉朝卧室里张望一会儿，说："这里只有两间房，你和我爸要是一人占一间，我睡哪里？"

"你要么跟我睡，要么睡沙发。你选一样。"

徐婉噘着嘴道："为什么不是你睡沙发？"

沈寻眨着眼睛，道："因为我比你老。"

"你会踢人、抢被子、磨牙吗？"

"你试试不就知道了？难道你不敢？"

徐婉最听不得别人激她，仰着下巴道："谁说我不敢的？"

沈寻的脸上这才露出些许笑意。

徐婉跟何佳有点儿像，都属于脾气很直的人。何佳属于那种什么都能坦白承认的人，徐婉属于死要面子的人，所有的事情闷在心里，不会告诉任何人。

一开始沈寻喜欢徐婉大概也是因为她身上有着何佳的影子吧。

晚上洗漱完毕，沈寻先躺在床上，徐婉磨蹭了许久，才换上睡衣到床上去，而且故意跟沈寻保持很远的距离，把她当成洪水猛兽一般。床很大，中间很空，沈寻忍不住往中间挪了挪，道："唉，我们靠近一点儿吧，这样暖和。"

徐婉没动，睁着眼睛，紧张得有些睡不着。她是真的紧张，很多年没有挨着别人睡过了，浑身都紧绷绷的。

沈寻继续说道："我们来聊天儿吧，我睡不着。"

"你想讲什么？"

"我给你讲讲何佳吧。"

沈寻也不管徐婉同不同意，开始絮絮叨叨讲起关于何佳的一切。那些久远的过去在黑漆漆的夜里发着刺眼的光亮。她想起了很多事情。比如，她每天早上都要叫何佳起床。何佳非常喜欢赖床。往往沈寻催人起床的时候，何佳总会在床上打滚撒泼，孩子气得哭天喊地不去上学。再比如，何佳性子拖沓。周末的时候最喜欢在星期天的晚上写作业，不对，是抄作业。何佳等着沈寻写完作业直接复制一份，美其名曰是在帮沈寻检查作业。

沈寻收到的第一份礼物也是来自何佳。当时的她根本就不知道施华洛世奇这个牌子。她问何佳项链花了多少钱，何佳跟她比了几根手指头。当时她以为就是几十块钱的事情，当然，她也这么说了。何佳也没纠正。后来何佳转学后，她无意中搜索到这个牌子，发现价格在她说的基础上要放大十倍，那相当于她一个月的生活费。现在那条项链还被保存完好，她一次都没有戴过。

那个时候，沈寻还是班长，自习课的时候要维持纪律，有人难免会对她有意见，有时候会针锋相对。沈寻不回嘴，何佳会把那个人骂得狗血淋头。别人都说何佳是沈寻的狗腿子。何佳居然也没有介意。

想起这些事情，沈寻忍不住泪流满面。正是因为尝到过友谊的甜，所以失去时如此痛心。

徐婉呆呆地说道："从来没有一个女生跟我这样要好过。"

沈寻悄悄擦着眼泪，安慰道："你肯定会遇见那样一个女生。她像你，又或许性格跟你完全相反，但是她肯定会把你当成她自己来爱。徐婉，你并不是一个坏姑娘。你善良、耿直、简单，一定会有很多人愿意跟你当朋友的。前提是，你要以心换心，别带着有色眼光去看人。"

徐婉低声道："我知道啦。你还是那么啰唆。"随后她用更加低沉的声音道，"以前妈妈说，只要我有钱，肯定会有大堆的朋友。当然，现在我也有大堆的朋友。可是，我还是觉得孤单。"她的声音有些惊惶，像是在森林迷路的小鹿。

用钱买不来朋友的。

沈寻放柔了声音，谆谆教导道："交朋友各有各的方式。当然，你妈妈说得没错。但是用钱交的朋友只会图你的钱，而用心交的朋友什么都不会图你的。"

这个夜晚，两个人在床上的距离越来越近，说了好多好多的私房话。晚上睡到一半，徐婉突然翻个身，轻轻抱住沈寻，嘬着嘴，低声呢喃了一声"妈妈"。那个小小的人儿或许在做着梦，沈寻的内心一瞬间变得软软的、湿湿的。

而房间的另一头，有人辗转反侧，彻夜难眠。

故事到这里原本就应该结束。黎昕和陆挽霜择日成婚，沈寻守着徐瑞天两父女平淡度日。周鹤轩继续冷漠下去，孤单到死。真的，这个故事应该在这里结束才对。可是命运明明沉入梦境，却还要挥舞双手，将生活搅得天翻地覆。

黎昕和陆挽霜的婚礼并没有推迟太久，元旦的那几天刚好放晴，冬日的太阳徐徐散发着温暖。那样好的天气很适合结婚。

原本沈寻不想去的，可徐瑞天跟她说，这一次一定要去，越不想去就说明还没死心。她把手放在徐瑞天的手背上，老实说道："我可能一辈子都忘不掉他。但是心中对他最后的留恋绝对不是爱情。"

而是青春。

对沈寻来说，黎昕就是她的整个青春。她怀念着青葱岁月里朦胧的爱情，也怀念着那最初的温暖，与人无关。

婚礼在蓝山市最豪华的酒店进行。酒店的正门用白玫瑰做了一个精美的花门，大厅里都被白色的玫瑰包围。红地毯是用红玫瑰的花瓣铺成的，优雅浪漫。听说那些玫瑰是从国外空运来的，花费了不少钱。酒店的门口放了一幅高三米、宽五米的巨型婚纱照。照片上，两人笑着相拥，看上去十分幸福美满。

当所有的宾客入座之后，婚礼正式开始。司仪让大家用热烈的掌声将今天的男女主角请出来。随着《婚礼进行曲》的响起，新人出现在红地毯上。今天的黎昕穿着一套白色的西服，依旧帅气。陆挽霜穿着洁白的婚纱，裙尾旖旎拖了一地。新人前面是两个可爱的小花童，提着花篮，嬉笑着撒着花瓣。

那一对璧人缓缓走在红地毯上，接受着众人的祝福。当两个人站在讲台上，投影仪打开，用一幅幅照片讲述了新郎和新娘的故事。两个人相识于校园，一见倾心，新娘为了新郎留级。新郎为了新娘有更好的生活，出国深造。新郎回来，两个人修成正果。司仪很敬业，以动人的音乐为背景，将这场持续很久的恋爱娓娓道来，让人潸然泪下。

到此时此刻为止，这场婚礼还是很完美的。

只是没想到，下一秒钟投影仪里面播放的便是一段粗俗不堪的视频。画面里，一男一女。那个女子的脸赫然露出来，带着几分稚嫩。

那是少女时候的新娘。

全场哗然。

陆挽霜脸一下子血色全无。所有肮脏的秘密被无情撕开，在阳光下暴晒，接受众人的审判。

黎昕转身去看陆挽霜，眼睛里满是不可置信。那种眼神一遍又一遍地凌迟着她的心。每个人的眼神都带着不可思议，开始议论纷纷。

"新娘年纪小小的时候怎么这么放荡？"

"是啊，太不知检点。"

"新郎头上的绿帽子有点儿大。"

"真是太不可思议了。"

"陆家怎么教出这样的女儿。"

所有的议论一遍又一遍地刺激着台上的人。陆挽霜哀伤地看了黎昕一眼，提着裙子，冲下台，疯狂地朝酒店外面跑出去。

何佳的妈妈起身，一步一步地走到周鹤轩的身边，狰狞地笑道："这是我送给你姐姐的新婚贺礼。"

周鹤轩终于有了表情，他四周看了看，拿了一把餐刀，拖着腿，推开了何佳的妈妈，一步一步走出酒店……

沈寻看着这场闹剧，觉得很不可思议。视频上的那个光头男她前不久才见过。而且，视频上的陆挽霜看上去是读高中的时候。这么多年过去，到了现在，那个男人还在威胁她、纠缠她。沈寻这样想下去，背后只觉得冷汗涔涔。在这一刻，沈寻突然觉得，陆挽霜的恨是情有可原的。

婚礼出了这样的丑事，自然进行不下去。陆挽霜的父母在宾客面前抬不起头。黎昕的妈妈朝着两个人破口大骂，说让她家的儿子要娶个破鞋之类的。那些话非常难听。

黎昕孤孤单单地站在台上，面无表情，没有去追陆挽霜，不知道在想些什么。

沈寻不愿意看到结局是这个模样。她忍不住走到黎昕的面前，柔声劝慰道："或许陆挽霜是有苦衷的，就好像你有你的苦衷。"

没有人愿意被其他人糟蹋。那么骄傲的陆挽霜更不可能。

黎昕眼睛动了动，终于迈开腿，朝着酒店外跑去。看着那道白色的身影消失在门口，沈寻回头拉着徐瑞天的胳膊，轻声道："我们回去吧。"

"好。"

后面的事情她已经无能为力。

在这场婚礼后，事情向难以预料的方向发展去。比如说，周鹤轩砍伤了那个光头，被判了刑。又比如说，陆挽霜消失了，没人知道她去了什么地方。再比如说，徐瑞天的公司遭受了前所未有的重创。

这个重创并不是来自其他人，而是来自他的前妻。徐瑞天将手里的武器还给了黎昕。但是黎昕把可以置徐瑞天公司于死地的东西交给了顾卿。但最终那段视频还是被曝光了。黎昕的公司的股票价格迅速走低，徐瑞天的公司投资者纷纷要求撤资，终止合作，市场前所未有的低迷，但是公司领导人始终不出现，公司陷入混乱和危机中。蓝山市的金融圈风雨飘摇。没有人关心这场风暴的制造者是谁，金融圈人人自危。

沈寻已经无暇去关注这些消息，她每天忙得晕头转向。因为徐瑞天病了。

胃癌。晚期。

现在的沈寻只能围着这两个字转，围着徐瑞天转。

徐瑞天的胃病早就转化成胃癌了，但是他跟医生商量好跟沈寻讲那只是胃病，只要好好休养就行。原本胃癌只是早期，仅仅半年后，便成了晚期。

可是沈寻亲眼看到徐瑞天吃饭的时候突然跑到厕所呕吐，而且呕出不少血。她执意带着徐瑞天去别的医院做检查，而不相信他一直御用的那个医院。

徐瑞天抓着她的手，低声道："不用换医院检查了，我得了胃癌。"他的语气很轻松，仿佛只是得了一个小感冒，吃药打针就会好。

而沈寻看着微笑的徐瑞天，觉得天都要塌下来了。这个世界上每天都有人得癌症死掉，可是这件事情居然发生在了沈寻的身边，发生在沈寻最爱的人身上。这让她没办法接受。

她哭着拉着徐瑞天的胳膊，泪眼蒙眬地喊道："我真的没办法再承受失去的痛。"她的那颗心脏的承受能力真的已经到了极限。一个人一生中能够承受几次失去呢？仅仅一次已经够刻骨铭心、痛不堪言。

徐瑞天安慰道："你放心。动了手术之后我可能还会活几年，不会马上死去的。医生说了，我要保持心情愉快。你也要多笑笑，我才能好得快。"

他越是表现得云淡风轻，沈寻就越是痛苦。她根本不敢把这个消息告诉徐婉。

沈寻让他立即去动手术，可是他一直不肯，说公司里的一大堆焦头烂额的事情等着他去处理。

这一次沈寻真的生气了。她很不喜欢徐瑞天不把命当命看。于是她指着大门，厉声对着徐瑞天毫不留情地说道："如果你要死，请你死在外面。我沈寻不帮你收尸！"

徐瑞天也没有生气，而是将沈寻温柔地揽进怀里，替她理顺耳边的发。"你放心，我答应你好好活着。我们还要去看北极光的。"那低柔的声音带着某种安抚人心的力量。

沈寻渐渐消气，心里也只剩下无尽的凉意。

晚上的时候，沈寻开始长时间的失眠，只要一闭上眼睛，她的脑海里不由自主地浮现徐瑞天呕血的画面。半夜她常偷偷去看徐瑞天，站在门口许久，看他躺在床上呻吟着翻来覆去。一声声痛苦的呻吟像是铁锤，闷声砸在沈寻的心上。

沈寻在无数个这样的夜里都喊不出痛。

磨蹭了许久，徐瑞天终于同意做手术。徐婉放寒假回来，这件事情已经瞒不住。

夜晚，徐婉躺在沈寻的怀抱里，捂着被子闷声地哭。她像是受伤的小兽一样呜咽，浑身瑟瑟发抖。沈寻一遍又一遍地轻拍着徐婉的背，哄着这个内心脆弱的小女生，却不知道该说什么话才好。没有什么话能够安慰沈寻，也没有话能让她安抚伤心的徐婉。

所有的道理在死面前都那么的苍白、那么的无力。

沈寻能够感受到生命究竟是如何渐渐流逝的。比如说徐瑞天日渐憔悴的脸、偶尔水肿的肚子，以及不断掉落的头发。那个身材伟岸的男人像是寒风中的花，失去阳光、失去水分，以想象不到的速度持续干枯下去。

　　沈寻每天都惶恐着，强颜欢笑着，生怕哪一天世界突然坍塌，将人砸得粉碎。

　　每个人都会有最终的归宿。沈寻希望这条通往终点的路能够长一点儿，她可以多牵牵那个人的手，多在他怀里待一会儿，多亲亲他的脸庞，从此，不再孤单。

番　外

周鹤轩篇

我最讨厌的星座是处女座和白羊座。我是摩羯座，何佳说我最不像摩羯。摩羯的人严肃古板，做什么事情都认真到底，可我恰恰相反。太多太多的原因塑造了一个人的性格，星座这个因素其实并没那么重要。

我姐叫陆挽霜，跟她爸的姓。我叫周鹤轩，跟我妈的姓。她爸是我爸，我妈不是她妈。这句话听起来很拗口，事实上我就是个私生子而已，是冲动的产物，而不是爱情的产物。后来陆挽霜的亲妈一命呜呼以后，我妈这才见得光，被抬上正房，从此过上阔太太生活。

陆挽霜看我和我妈都不太顺眼，我和我妈看陆挽霜也不太顺眼。我爸看我更不太顺眼，看陆挽霜非常顺眼。大概是我整天不思进取，不为陆家争光，而那个姐姐成绩优秀，拿了不少奖状，长得漂亮，长大以后还可以进行商业联姻，反正她的作用比我大，理所应当有着比我更优厚的待遇。比如在零花钱上，如果她是一千，我就是一百。她过生日要大办，我过生日就是和我妈在房间里吃个巴掌大的小蛋糕。

而我妈和我爸之间所有的矛盾都围绕着我与陆挽霜不同的待遇。其实有时候，我觉得很奇怪，毕竟我爸有错在先，为什么在我认祖归宗后不好好补偿我，反而让我有着不公平的待遇。

我十三岁那年进的陆家。陆伟，也就是我的亲爸，非要改变我身上十三年来沾染的属于平民阶层的坏毛病。站一定要有站相，坐一定要有坐相。那天，我斜靠着门，抖着腿，双手合十，嘴角勾起，一本正经地说道："佛还有众生相，我这叫佛相。"

陆伟嘴都被气歪了，拿起鸡毛掸子开始追着要打我。我和他在客厅里玩起转圈圈的游戏。

陆挽霜就在旁边笑得花枝乱颤。那天她穿着一条碎花裙子，站在一片光中，笑花了我的眼。

我跟陆挽霜的亲情开始于她的援助。

说实话，一开始我挺讨厌她的，觉得这个人作得慌，看谁都不顺眼。趁着家里没人的时候，我没少给她使绊子，看着她气急败坏的样子，非常得意。有一次实在气她太狠了，被陆伟发现后，我又是被一顿好揍，还被关了禁闭，不给水喝、不给饭吃。

我在黑黢黢的房间里饿得头晕眼花。想不到最后居然是陆挽霜偷偷给我送的面包和水。当然，自此以后，陆挽霜看我还是不顺眼，我看她倒是顺眼了许多，后来我们严格执行和平共处五项原则，井水不犯河水。

我读高一，她读高二。两个人在同一所学校。她是正规考上去的，我是交钱去读的。她对我的亲情开始于一场斗殴。漂亮的学生通常有小混混惦记着，我那手下收的小弟都爱对着漂亮美女流口水，所以小混混惦记她也不是没有道理。每天放学的时候，我都会慢悠悠地跟在她后面。有一天跳出来几个高年级的小混混要劫色，英雄救美的时刻来临。

四打一的时候，我就是那个"一"，所以那次被揍得很惨，手腕骨折，打了一个月的石膏。陆挽霜问我为什么明明没胜算还要冲出去。我龇牙咧嘴地冲她说道："因为有血缘关系。"

活了十三年，知道有个人身上有一半的血和我一样，这是一件很神奇的事情。毕竟这么多年，我只有小弟，只有女朋友，而没有过姐姐。

所以，陆挽霜是特别的存在。

跟人打架之后，我通常会面临陆伟的暴打，陆挽霜不再冷眼旁观，反而还要为我求情。连陆伟都奇怪，为什么明明针尖对麦芒的两个人会变得如此要好。

陆挽霜真的很作，但是在我眼里，她作得比较可爱。

因为我看她是对的，所以她做得对是对，错也是对。她做得最错的一件事情就是去喜欢黎昕，爱得没有任何自我，连大学做个交换生都要去那个什么鬼大学。她明明想当个理财师，大学毕业后却去当个没前途的小助理。

我问她为什么，她说她要玩一次卧底计划。当然，也是为了黎昕，所以时时关注徐瑞天公司的动态。

黎昕回来成立新公司，她的卧底计划也进行得很顺利，真的剽窃了重要资料过去，还和黎昕订了婚。为了黎昕，她可以放弃一切。那么多年的努力终于有了回报。

可是我发现，黎昕不是个好东西，居然跟沈寻表白。当然，这是我无意中遇见的。我去找他单独理论。他却回答，一切的深情都是他伪装的。

我不信。

他解释道，在高中的时候可能对沈寻有好感，可是记忆是稀薄的。他为了报复徐瑞天，好几次跟沈寻说着那些深情的话，可能有不甘心的成分在里面，可是更多的时候他想的是不让徐瑞天跟沈寻在一起。这样，徐瑞天就是孤独的。

我不知道他说的是真话还是假话，不过有一样东西我明白：爱情不是好东西，沾不得。

何佳不能算作我的爱情，只能算作一次失败的人生尝试。

当初陆挽霜为了拿下何佳的项目，利用我，我又利用何佳。我心甘情愿被她利用，何佳心甘情愿被我利用，互惠共利，很公平。陆挽霜完成任务，我也没必要再跟何佳演戏下去。那些装出来的柔情蜜意我自己都挺恶心的。那场分手，是我故意设计好的，为了彻底粉碎何佳的希望。

何佳怀了孩子，的确在意料之外，我也没动过要娶她的心思。人生，一个人过，足够了。不是所有的男人都会被一个孩子困住。也不是所有的感情能够用威胁的手段就能得到。因为何佳，我变成了瘸子。因为我，她丢了命。这很不公平，我也没办法，毕竟我也不是女娲，可以再造个何佳出来，把她也打残。

陆挽霜跟我妈才是我生命的最重要的女人。她们能幸福比什么都重要。婚礼那天，我看到陆挽霜那样被糟践，想杀了那个光头的心都有。那个光头我认识，叫赖三，好色好吃好赌好喝。明明一刀就能解决陆挽霜所有的痛苦，偏偏她拦着不让。她死死拉着我的手，哭着说道："你不要为我做傻事。"

我很想对她说，把她当成姐姐的时候，就已经变得很傻。我周鹤轩知道什么叫感恩。我问她，被赖三糟蹋的事从什么时候开始的。

她哭得满脸都是泪，说在高三。那天她向黎昕做最后的表白，可是黎昕还是没答应。她悲伤地在外面游荡，便发生了那件事，被拍下视频，一直被威胁、被纠缠。

"你为什么一开始就不告诉我呢？"

陆挽霜捂着脸，哭着说道："我的尊严不允许。"

受了如此大的委屈，她说有尊严。后来她说她要去流浪。我问她不要黎昕了吗，她摇摇头，说要不起。

换作我，也不会要他。听说那个人受了刺激，变成了疯子，住进了精神病院。这是一个好结局。

尽管以后很多年我都在这片高墙里度过，但是依旧不后悔。

只是每次想起何佳的时候，那颗心会有一根刺，动一下，刺一下，拔不出来，一直有细细的疼。

不过没关系，一切都会变好，所有的伤痛都会被忘掉。

沈寻篇

阿拉斯加的 Fairbanks 一年有两百多天能看到极光，是个看极光的好去处。这个城市因为淘金而兴起，有永夜，有永昼，还有最美丽的极光。沈寻没出过远门，第一次出远门就是与徐瑞天来到这里。去看极光的决定下得很仓促，仿佛什么准备都没做好。可是沈寻心中是愉悦的，哪怕条件再恶劣，哪怕天气再冷，她都愿意再来一次。

一路向北，两旁都是雪片，一条公路蜿蜒向前，仿佛尽头就是一座座大山。山上同样覆盖着厚厚的雪，夕阳西下，温暖的橙黄色覆盖在白色的雪上，有一种惊艳的美。

徐瑞天就坐在右边，脸上微笑着，却感觉身体越来越沉重。

沈寻贪婪地看着美景，回头冲着他感叹道："这里真美。"

徐瑞天的脸色很不好，胃也很不舒服，他依旧笑着回答："你也很美。"

"你胃疼不疼，有没有不舒服？"

徐瑞天强撑着摇头："我很好，你不用担心我。"

晚上的时候，两个人终于来到目的地，找了一家偏僻的民宿入住。徐瑞天说着一口流利的英语，同女主人交谈。她是个四十岁的外国人，长得很高、很壮，又穿着厚厚的冬衣，像一头巨熊。她的爱人长着一嘴的大胡子，大概一米九，看上去像是摔跤手。

晚上的时候，沈寻和徐瑞天穿得厚厚的，坐在房间外的阳台上，看着星空。星星密密麻麻地布满星空，像钻石一般闪耀。

沈寻抬头，想努力去找到金牛座和天蝎座在什么地方。可是在那片浩瀚星空中，她寻不到两个星座间的距离。

金牛座最亮星为毕宿五，天蝎座的最亮星为心宿二，处于同一黄道，却隔了好多光年。那些散落的星宿也不能让两个星座碰触。

徐瑞天指着天上，问道："你认识星座吗？"

沈寻反问道："你认识吗？"

徐瑞天淡淡地笑着又反问道："你以为呢？"

"你知道。"

"我知道北斗七星。"

沈寻嗤之以鼻，心里那点儿阴郁被徐瑞天一打岔，一扫而光。

两个人等了一会儿，天空渐渐显出淡绿色的光，很暗，映照在干净的天空，和星星相互辉映，也很美。

徐瑞天指着那道光，笑着说道："沈寻，那就是极光，不过现在很弱。"那极光就好像他本人，此时此刻，那么稀薄。

沈寻抬头望着天空，看着那一抹淡淡的绚丽，整个人都呆了。原来，极光真的那么美。沈寻很难去形容那是怎样的一道光，像是轻柔的纱，淡淡抹了一层。在两个小时中，她看着那道光一点儿一点儿向外蔓延，颜色加深、加亮，最后占据了整个天空，散发着惊人的美丽。

那样的美妖娆夺目，让沈寻忽然想起郑青秋。那个同样美丽妖娆独特的女子现在应该有着自己的幸福了。而沈寻的幸福就在眼前。她回过头去，看着徐瑞天，目光灼灼地问道："徐瑞天，这个时候你不做些什么吗？"

"沈寻，我爱你……我想化作天上的星辰，看着、笑着、等着……"

徐瑞天看着沈寻的眼睛，后面还有好多话好多话想说。可是他已经无法说出口，只感觉到一股一股寒冷往身上扑，面前的人都开始带着重影。他无力地微笑着，企图睁开眼睛，再看一看那眼前的人。做手术后，他的身体依旧不好，日子一天天过去，身体仿佛快要到极限了。所以他才提出要来这个城市，实现当初的诺言。

这个人间多么美好，他有留恋的风景、有留恋的人，却即将再也不能看一眼。

沈寻看着面前的人越来越苍白的脸色，不断下合的眼皮，感觉到一种深深的恐惧。她紧紧抓着徐瑞天冰冷的手，红着眼睛，唤他："徐瑞天，徐瑞天……"

第一声，徐瑞天应了。第二声，房间里静悄悄的，只有沈寻的眼泪还在不断往下掉。原本只是压抑的哭声，最终在极光最美的瞬间，演变成号啕大哭。

夜很深、很长，山很空、很冷。沈寻的幸福轰然倒塌，碎成一片，最后消失不见。那句"我爱你"轻而易举地就被黑夜吞噬，让人寻不着。

其实她一直都知道，面前的人已经撑到极限，可是还想他再撑一撑，再撑一撑，替她撑下去。

此生活着太痛苦，却要依旧努力地活着。沈寻身上实在背负着太多的失去，只能不断往前走。以后没有徐瑞天，这条路又冷又孤单，可是那又怎样？

他化作星辰，在天上看着、笑着、等着。

从十五岁，到二十五岁，这一路走来，跌跌撞撞，青春也最终散场。

十年，噩梦，方醒。

徐瑞天篇

天蝎座是个很孤独的星座，贪婪权势，独断独行，太过自我。很久很久以前，我大约想过，这辈子会孤独终老。

大概是因为太过崇尚金钱、地位和权势，我选择了顾卿。其实这是一件毫无选择的事情。

二十几岁的我有着对工作的热情，在顾家的公司做得风生水起，顾老爷子连连夸赞。在那片夸赞声中我似乎能想象到未来是如何的光明。在那片光明里，我会有一番大作为，站到食物链的顶端。但是我没想到顾老爷子会单独找我去办公室和谈。他的女儿顾卿怀孕，也不愿意打掉孩子，唯一的办法就是结婚。

我没有立即答应，也没有拒绝。顾老爷子给了我两个选择，要么结婚，要么走人。那个时候，顾家的公司是蓝山市最大的公司，我的事业还处于上升期，如何能走人。所以，没有考虑多久，我答应了。

婚后的生活了无生趣。顾卿不爱我，我也不爱她。两个人处于同一屋檐下，却比陌生人还陌生。徐婉出生，家里这才有了些许欢笑。我没有问过她的过去，亦不想知道，对生活的妥协已经让神经麻木太久，对人情世故毫不关心。

金钱和权力太容易让人迷失。在公司待久以后，积累了一定的资金和人脉，不愿意受制于顾老爷子，我重新开了一家公司。生意场上，钩心斗角的事情太多，我也从来不心慈手软。有人说我老练毒辣、心机深沉、不择手段，我也认。只是一味地去算计、去争抢，看着公司渐渐发展壮大，我却觉得自己活得越来越不真实。任何事情都是要付出代价的。

那个时候，我想着，若是一辈子这样，也不算太坏，原本就没什么可期待的。直到后来遇见沈寻，一切都开始悄然生变。

我觉得自己的人生开始于遇见沈寻。

那一年我三十二岁，公司走上正轨，开始盈利。那一天是情人节，我开完会，已经很晚。刚出公司，就遇见一个小女孩背着个小包，拿着一个挂满耳环的架子朝我走来。她很瘦，梳着长长的马尾辫，随着走路不断晃荡，晃出了一种青春的气息。她的双颊被冻得通红，眼睛在深夜的路灯下显得特别的清亮。

她走过来，甜甜地笑着喊道："哥哥，买副耳环给女朋友吧。"

"今天是情人节，别人都是卖玫瑰，你怎么卖耳环？"

"卖玫瑰的人太多。"

"可是你的耳环也没有卖出去多少。"

"嗯。大约廉价的东西代表不了感情。"她愣愣着看着耳环，也不知道在想些什么。

这么廉价的东西我自然也不会买。我看了看手表，道："我没有女朋友。"在情人节的时候，我从来不会给顾卿买什么东西。

面前的小姑娘也没有过多地纠缠。

我正准备走，肚子却传来"咕咕"的叫声。

那个小姑娘叫住我，从她的小包里掏出裹着的塑料袋，里面似乎包着什么，然后递到我面前："哥哥，这是我刚买的红薯，还热着，送给你吃。冬天里，吃红薯再好不过了。"

红薯这种廉价的东西我从来不吃，可是那天我却鬼使神差地接过来，说了一声"谢谢"。她笑着说"不用谢"，然后一溜烟地跑开。

那天的红薯被我握在手里，直到变凉，也没有吃，说不上来为什么。在生意场上，钩心斗角的人太多，如此微小的善意在今后的岁月里被无限放大，不断提醒着我，这个世界并非只有恶。仿佛也只有这样，我才能找回那么一点儿真实。

第二年，我知道她的名字。原来她叫沈寻。第二年，我热心于公益事业，为好几个学校设立助学金，沈寻的学校就是其中之一。那天校长拿着名单让我看，我一眼就认出了她。她的一寸头像稚气未脱，板着脸，不苟言笑。看到这张照片，我却笑了。

校长讲了许多关于她的事情，我只是笑笑没说话，私下却对这个小姑娘暗自关注。越是关注她，越觉得有意思。她活得那么真实、努力，像是沙漠里翠绿的仙人掌，努力地汲取着水分存活。

第二次真正意义上见到她，已经过去了好几年。仙人掌开出了花朵，美丽而倔强。在玻璃窗外面看着她擦茉莉花的样子，我忽然想起多年前她拿着耳环一步一步走到自己面前。那一瞬间，就好像已经失去很久的青春扑着翅膀飞了回来。那个时候我便想，下次再见面，一定要送她一副耳环，再把她一步一步圈进来。

后来呢？

我的确做到了，可是命运太捉弄人，找到了爱情，等到了爱人，却也无法躲避命运的残酷审判。

大约，和她在一起的代价是要舍去我半辈子的生命。

我一直都不喜欢医院，更不喜欢做手术，也不喜欢吃药。医院的冷可以冷到人的骨子里。可是为了和爱的人能够在一起，我还是决定去做手术。打麻醉的时候，我还在想，等醒来的时候，人生一定会更美好。果不其然，醒来的第一眼，便看见她关切的目光，以及那浓厚的黑眼圈。

她拉着我的手，哽咽着说不出话。我有好多话想跟她说，可是张张嘴，什么都说不出来，只能勉强牵扯着嘴角。

每次吃药是最痛苦的事情，也是最期待的事情。每当这个时候，她拿出哄小孩子的架势哄我把药吃掉。其实我都很奇怪，那些哄小孩子的理由她是怎么编出来的。

　　我游离在各种冰冷的医疗器械中，却因为她的陪伴，显得不那么排斥。医生怎么说，我就怎么做，像听话的孩子一般配合，只为活得更久。

　　即便如此，我也能感觉到身体就像那花朵一般，渐渐丧失水分，缓慢枯萎下去。

　　可是那又怎样呢？

　　她在我身边，我便活过。

图书在版编目（CIP）数据

我的青春，愿以你为名：我是金牛座女孩 / 梨十一
著. -- 北京：北京联合出版公司，2017.7
ISBN 978-7-5502-9859-0

Ⅰ. ①我… Ⅱ. ①梨… Ⅲ. ①长篇小说－中国－当代
Ⅳ. ①I247.5

中国版本图书馆CIP数据核字(2017)第031470号

我的青春，愿以你为名：我是金牛座女孩

作　　者：梨十一
出版统筹：新华先锋
责任编辑：夏应鹏
特约监制：黎　靖
策划编辑：黎　靖　王亚伟
封面设计：王　鑫
版式设计：徐　倩
封面绘图：吴　莹　黄小玉
营销统筹：章艳芬

北京联合出版公司出版
（北京市西城区德外大街83号楼9层　100088）
北京雁林吉兆印刷有限公司　新华书店经销
字数131千字　620毫米×889毫米　1/16　15印张
2017年7月第1版　2017年7月第1次印刷
ISBN 978-7-5502-9859-0
定价：36.00元